# El invierno en Lisboa

Biblioteca Antonio Muñoz Molina
Novela

# Antonio Muñoz Molina
## El invierno en Lisboa

Seix Barral

© Antonio Muñoz Molina, 1987
© Editorial Seix Barral, S. A., 1987, 2014
   Avinguda Diagonal, 662, 6.ª planta. 08034 Barcelona (España)
   www.seix-barral.es
   www.planetadelibros.com

Diseño de la colección: Hans Geel
Ilustración de la cubierta: AGE Fotostock
Fotografía del autor: © Ricardo Martín
Primera edición en Colección Booket: marzo de 2006
Segunda impresión: febrero de 2007
Tercera impresión: octubre de 2008
Cuarta impresión: abril de 2010
Quinta impresión: abril de 2011
Sexta impresión: junio de 2013
Séptima impresión: mayo de 2014

Depósito legal: B. 17.158-2011
ISBN: 978-84-322-1722-7
Impreso y encuadernado en Barcelona por: Black Print CPI (Barcelona)
*Printed in Spain* - Impreso en España

## Biografía

Antonio Muñoz Molina nació en Úbeda (Jaén) en 1956. Ha reunido sus artículos en volúmenes como *El Robinson urbano* (1984; Seix Barral, 1993 y 2003) o *La vida por delante* (2002). Su obra narrativa comprende *Beatus Ille* (Seix Barral, 1986 y 1999), *El invierno en Lisboa* (Seix Barral, 1987 y 1999), *Beltenebros* (Seix Barral, 1989 y 1999), *El jinete polaco* (1991; Seix Barral, 2002), *Los misterios de Madrid* (Seix Barral, 1992 y 1999), *El dueño del secreto* (1994), *Ardor guerrero* (1995), *Plenilunio* (1997; Seix Barral, 2013), *Carlota Fainberg* (2000), *En ausencia de Blanca* (2001), *Ventanas de Manhattan* (Seix Barral, 2004), *El viento de la Luna* (Seix Barral, 2006), *Sefarad* (2001; Seix Barral, 2009), *La noche de los tiempos* (Seix Barral, 2009), el volumen de relatos *Nada del otro mundo* (Seix Barral, 2011) y el ensayo *Todo lo que era sólido* (Seix Barral, 2013). Ha recibido, entre otros, el Premio Príncipe de Asturias de las Letras, el Premio Nacional de Literatura en dos ocasiones, el Premio de la Crítica, el Premio Planeta, el Premio Jean Monnet de Literatura Europea, el Prix Méditerranée Étranger, el Premio Jerusalén y el Premio Qué Leer, concedido por los lectores. Desde 1995 es miembro de la Real Academia Española. Vive en Madrid y Nueva York y está casado con la escritora Elvira Lindo.

www.antoniomuñozmolina.es

*Para Andrés Soria Olmedo*
*y Guadalupe Ruiz*

«Existe un momento en las separaciones en el que la persona amada ya no está con nosotros.»

FLAUBERT, *La educación sentimental*

## CAPÍTULO PRIMERO

Habían pasado casi dos años desde la última vez que vi a Santiago Biralbo, pero cuando volví a encontrarme con él, a medianoche, en la barra del Metropolitano, hubo en nuestro mutuo saludo la misma falta de énfasis que si hubiéramos estado bebiendo juntos la noche anterior, no en Madrid, sino en San Sebastián, en el bar de Floro Bloom, donde él había estado tocando durante una larga temporada.

Ahora tocaba en el Metropolitano, junto a un bajista negro y un batería francés muy nervioso y muy joven que parecía nórdico y al que llamaban Buby. El grupo se llamaba *Giacomo Dolphin Trio*: entonces yo ignoraba que Biralbo se había cambiado de nombre, y que Giacomo Dolphin no era un seudónimo sonoro para su oficio de pianista, sino el nombre que ahora había en su pasaporte. Antes de verlo, yo casi lo reconocí por su modo de tocar el piano. Lo hacía como si pusiera en la música la menor cantidad posible de esfuerzo, como si lo que estaba tocando no tuviera mucho que ver con él. Yo estaba sentado en la barra, de espaldas a los músicos, y cuando oí que el piano insinuaba muy lejanamente las notas de una canción cuyo título no supe recordar, tuve un brusco presentimiento de algo, tal vez esa abstracta sensación de pasado que algunas veces he percibido en la música, y cuando me volví aún no

9

sabía que lo que estaba reconociendo era una noche perdida en el Lady Bird, en San Sebastián, a donde hace tanto que no vuelvo. El piano casi dejó de oírse, retirándose tras el sonido del bajo y de la batería, y entonces, al recorrer sin propósito las caras de los bebedores y los músicos, tan vagas entre el humo, vi el perfil de Biralbo, que tocaba con los ojos entornados y un cigarrillo en los labios.

Lo reconocí en seguida, pero no puedo decir que no hubiera cambiado. Tal vez lo había hecho, sólo que en una dirección del todo previsible. Llevaba una camisa oscura y una corbata negra, y el tiempo había añadido a su rostro una sumaria dignidad vertical. Más tarde me di cuenta de que yo siempre había notado en él esa cualidad inmutable de quienes viven, aunque no lo sepan, con arreglo a un destino que probablemente les fue fijado en la adolescencia. Después de los treinta años, cuando todo el mundo claudica hacia una decadencia más innoble que la vejez, ellos se afianzan en una extraña juventud a la vez enconada y serena, en una especie de tranquilo y receloso coraje. La mirada fue el cambio más indudable que noté aquella noche en Biralbo, pero aquella firme mirada de indiferencia o ironía era la de un adolescente fortalecido por el conocimiento. Aprendí que por eso era tan difícil sostenerla.

Durante algo más de media hora bebí cerveza oscura y helada y lo estuve observando. Tocaba sin inclinarse sobre el teclado, más bien alzando la cabeza, para que el humo del cigarrillo no le diera en los ojos. Tocaba mirando al público y haciendo rápidas contraseñas a los otros músicos, y sus manos se movían a una velocidad que parecía excluir la premeditación o la técnica, como si obedecieran únicamente a un azar que un segundo más tarde, en el aire donde sonaban las notas, se organizase por sí mismo en una melodía, igual que el humo de un cigarrillo adquiere formas de volutas azules.

En cualquier caso, era como si nada de eso concerniera al pensamiento o a la atención de Biralbo. Observé que miraba mucho a una camarera uniformada y rubia que servía las mesas y que en algún momento intercambió con ella una sonrisa. Le hizo una señal: poco después, la camarera dejó un whisky sobre la tapa del piano. También su forma de tocar había cambiado con el tiempo. No entiendo mucho de música, y casi nunca me interesé demasiado por ella, pero oyendo a Biralbo en el Lady Bird yo había notado con algún alivio que la música puede no ser indescifrable y contener historias. Esa noche, mientras lo escuchaba en el Metropolitano, yo advertía de una manera muy vaga que Biralbo tocaba mejor que dos años atrás, pero a los pocos minutos de estar mirándolo dejé de oír el piano para interesarme en los cambios que habían sucedido en sus gestos menores: en que tocaba erguido, por ejemplo, y no volcándose sobre el teclado como en otro tiempo, en que algunas veces tocaba sólo con la mano izquierda para tomar con la otra su copa o dejar el cigarrillo en el cenicero. Vi también su sonrisa, no la misma que cruzaba de vez en cuando con la camarera rubia. Le sonreía al contrabajista o a sí mismo con una brusca felicidad que ignoraba el mundo, como puede sonreír un ciego, seguro de que nadie va a averiguar o a compartir la causa de su regocijo. Mirando al contrabajista pensé que esa manera de sonreír es más frecuente en los negros, y que está llena de desafío y orgullo. El abuso de la soledad y de la cerveza helada me conducía a iluminaciones arbitrarias: pensé también que el baterista nórdico, tan ensimismado y a su aire, pertenecía a otro linaje, y que entre Biralbo y el contrabajista había una especie de complicidad racial.

Cuando terminaron de tocar no se detuvieron a agradecer los aplausos. El baterista se quedó inmóvil y un poco extraviado, como quien entra en un lugar con demasiada luz, pero Biralbo y el contrabajista abandonaron rápidamente la tarima conversando en inglés, riendo entre ellos con evidente alivio, igual que si al sonar una sirena dejasen un trabajo prolongado y liviano. Saludando fugazmente a algunos conocidos, Biralbo vino hacia mí, aunque en ningún momento había dado señales de verme mientras tocaba. Tal vez desde antes de que yo lo viera él había sabido que yo estaba en el bar, y supongo que me había examinado tan largamente como yo a él, fijándose en mis gestos, calculando con exactitud más adivinadora que la mía lo que el tiempo había hecho conmigo. Recordé que en San Sebastián —muchas veces yo lo había visto andando solo por las calles— Biralbo se movía siempre de una manera elusiva, como huyendo de alguien. Algo de eso se traslucía entonces en su forma de tocar el piano. Ahora, mientras lo veía venir hacia mí entre los bebedores del Metropolitano, pensé que se había vuelto más lento o más sagaz, como si ocupara un lugar duradero en el espacio. Nos saludamos sin efusión: así había sucedido siempre. La nuestra había sido una amistad discontinua y nocturna, fundada más en la similitud de preferencias alcohólicas —la cerveza, el vino blanco, la ginebra inglesa, el bourbon— que en cualquier clase de impudor confidencial, en el que nunca o casi nunca incurrimos. Bebedores solventes, ambos desconfiábamos de las exageraciones del entusiasmo y la amistad que traen consigo la bebida y la noche: sólo una vez, casi de madrugada, bajo el influjo de cuatro imprudentes dry martinis, Biralbo me había hablado de su amor por una muchacha a quien yo conocía muy superficialmente —Lucrecia— y de un viaje con ella del que acababa de volver. Ambos bebimos demasiado aquella noche. Al día siguiente, cuando me levanté, comprobé que no tenía resaca, sino que todavía estaba borracho, y que había olvidado todo lo que Biralbo me contó. Me acordaba únicamente de la ciudad donde debiera haber terminado aquel viaje tan rápidamente iniciado y concluido: Lisboa.

Al principio no hicimos demasiadas preguntas ni explicamos gran cosa sobre nuestras vidas en Madrid. La camarera rubia se acercó a nosotros. Su uniforme blanco y negro olía levemente a almidón, y su pelo a champú. Siempre agradezco en las mujeres esos olores planos. Biralbo bromeó con ella y le acarició la mano mientras le pedía un whisky, yo insistí en la cerveza. Al cabo de un rato hablamos de San Sebastián, y el pasado, impertinente como un huésped, se instaló entre nosotros.

—¿Te acuerdas de Floro Bloom? —dijo Biralbo—. Tuvo que cerrar el Lady Bird. Volvió a su pueblo, recobró una novia que había tenido a los quince años, heredó la tierra de su padre. Hace poco recibí una carta suya. Ahora tiene un hijo y es agricultor. Los sábados por la noche se emborracha en la taberna de un cuñado suyo.

Sin que en ello intervenga su lejanía en el tiempo, hay recuerdos fáciles y recuerdos difíciles, y a mí el del Lady Bird casi se me escapaba. Comparado con las luces blancas, con los espejos, con los veladores de mármol y las paredes lisas del Metropolitano, que imitaba, supongo, el comedor de un hotel de provincias, el Lady Bird, aquel sótano de arcos de ladrillo y rosada penumbra, me pareció en el recuerdo un exagerado anacronismo, un lugar donde era improbable que yo hubiese estado alguna vez. Estaba cerca del mar, y al salir de él se borraba la música y uno oía el estrépito de las olas contra el Peine de los Vientos. Entonces me acordé: vino a mí la sensación de la espuma brillando en la oscuridad y de la brisa salada y supe que aquella noche de penitencia y dry martinis había terminado en el Lady Bird y había sido la última vez que yo estuve con Santiago Biralbo.

—Pero un músico sabe que el pasado no existe —dijo de pronto, como si refutara un pensamiento no enunciado por mí—. Esos que pintan o escriben no hacen más que acumular pasado sobre sus hombros, palabras o cuadros. Un músico está siempre en el vacío. Su música deja de existir justo en el instante en que ha terminado de tocarla. Es el puro presente.

—Pero quedan los discos. —Yo no estaba muy seguro de entenderlo, y menos aún de lo que yo mismo decía, pero la cerveza me animaba a disentir. Él me miró con curiosidad y dijo, sonriendo:

—He grabado algunos con Billy Swann. Los discos no son nada. Si son algo, cuando no están muertos, y casi todos lo están, es presente salvado. Ocurre igual con las fotografías. Con el tiempo no hay ninguna que no sea la de un desconocido. Por eso no me gusta guardarlas.

Meses más tarde supe que sí guardaba algunas, pero entendí que ese hallazgo no desmentía su reprobación del pasado. La confirmaba más bien, de una manera oblicua y acaso vengativa, como confirman el infortunio o el dolor la voluntad de estar vivo, como confirma el silencio, habría dicho él, la verdad de la música.

Algo parecido le oí decir una vez en San Sebastián, pero ahora ya no era tan proclive a esas afirmaciones enfáticas. Entonces, cuando tocaba en el Lady Bird, su trato con la música se parecía al de un enamorado que se entrega a una pasión superior a él: a una mujer que a veces lo solicita y a veces lo desdeña sin que él pueda explicarse nunca por qué le es ofrecida o negada la felicidad. Con alguna frecuencia había notado yo entonces en Biralbo, en su mirada o en sus gestos, en su manera de andar, una involuntaria propensión a lo patético, más intensa porque ahora, en el Metropolitano, se me revelaba ausente, excluida de su música, ya invisible en sus actos. Ahora miraba siempre a los ojos, y había perdido el hábito de vigilar de soslayo las puertas que se abrían. Supongo que enrojecí cuando la camarera rubia se dio cuenta de que yo la estaba mirando. Pensé: Biralbo se acuesta con ella, y me acordé de Lucrecia, de una vez que la vi sola en el paseo Marítimo y me preguntó por él. Lloviznaba, Lucrecia tenía el pelo recogido y mojado y me pidió un cigarrillo. Su aspecto era el de alguien que muy a su pesar abdica temporalmente de un orgullo excesivo. Cruzamos unas palabras, me dijo adiós y tiró el cigarrillo.

—Me he librado del chantaje de la felicidad —dijo Biralbo tras un breve silencio, mirando a la camarera, que nos daba la espalda. Desde que empezamos a beber en la barra del Metropolitano yo había estado esperando que nombrara a Lucrecia. Supe que ahora, sin decir su nombre, estaba hablándome de ella. Continuó—: De la felicidad y de la perfección. Son supersticiones católicas. Le vienen a uno del catecismo y de las canciones de la radio.

Dije que no lo entendía: lo vi mirarme y sonreír en el largo espejo del otro lado de la barra, entre las filas de relucientes botellas que atenuaba el humo, la somnolencia del alcohol.

—Sí me entiendes. Seguro que te has despertado una mañana y te has dado cuenta de que ya no necesitabas la felicidad ni el amor para estar razonablemente vivo. Es un alivio, es tan fácil como alargar la mano y desconectar la radio.

—Supongo que uno se resigna —me alarmé, ya no seguí bebiendo. Temía que si continuaba iba a empezar a hablarle de mi vida a Biralbo.

—Uno no se resigna —dijo, en voz tan baja que casi no se notaba en ella la ira—. Ésa es otra superstición católica. Uno aprende y desdeña.

Eso era lo que le había ocurrido, lo que lo había cambiado hasta afilar sus pupilas con el brillo del coraje y del conocimiento, de una frialdad semejante a la de esos lugares vacíos donde se advierte poderosamente una presencia oculta. En aquellos dos años él había aprendido algo, tal vez una sola cosa verdadera y temible que contenía enteras su vida y su música, había aprendido al mismo tiempo a desdeñar y a elegir y a tocar el piano con la soltura y la ironía de un negro. Por eso yo ya no lo conocía: nadie, ni Lucrecia, lo habría reconocido, no era necesario que se hubiera cambiado el nombre y viviera en un hotel.

Serían las dos de la madrugada cuando salimos a la calle, silenciosos y ateridos, oscilando con una cierta indignidad de bebedores tardíos. Mientras lo acompañaba a su hotel —estaba en la Gran Vía, no muy lejos del Metropolitano— fue explicándome que al fin había logrado vivir únicamente de la música. Se ganaba la vida de una manera irregular y un poco errante, tocando casi siempre en los clubs de Madrid, y algunas veces en los de Barcelona, viajando de tarde en tarde a Copenhague o a Berlín, no con tanta frecuencia como cuando vivía Billy Swann. «Pero uno no puede ser sublime sin interrupción y vivir sólo de su música», dijo Biralbo, usando una cita que procedía de los viejos tiempos: también tocaba algunas veces en sesiones de estudio, en discos imperdonables en los que por fortuna no constaba su nombre. «Pagan bien», me dijo, «y cuando uno sale de allí se olvida de lo que ha tocado». Si yo oía un piano en una de esas canciones de la radio era probable que fuese él quien lo tocaba: al decir eso sonrió como si se disculpara ante sí mismo. Pero no era cierto, pensé, él ya nunca iba a disculparse de nada, ante nadie. En la Gran Vía, junto al resplandor helado de los ventanales de la Telefónica, se apartó un poco de mí para comprar tabaco en un puesto callejero. Cuando lo vi volver, alto y oscilante, las manos hundidas en los bolsillos de su gran abrigo abierto y con las solapas levantadas, entendí que había en él esa intensa sugestión de carácter que tienen siempre los portadores de una historia, como los portadores de un revólver. Pero no estoy haciendo una vana comparación literaria: él tenía una historia y guardaba un revólver.

## CAPÍTULO II

Uno de aquellos días compré un disco de Billy Swann en el que tocaba Biralbo. He dicho que soy más bien impermeable a la música. Pero en aquellas canciones había algo que me importaba mucho y que yo casi llegaba a apresar cada vez que las oía, y se me escapaba siempre. He leído un libro —lo encontré en el hotel de Biralbo, entre sus papeles y sus fotografías— donde se dice que Billy Swann fue uno de los mayores trompetistas de este siglo. En aquel disco parecía que fuera el único, que nunca hubiera tocado nadie más una trompeta en el mundo, que estaba solo con su voz y su música en medio de un desierto o de una ciudad abandonada. De vez en cuando, en un par de canciones, se escuchaba su voz, y era la voz de un aparecido o de un muerto. Tras él sonaba muy sigilosamente el piano de Biralbo, G. Dolphin en las explicaciones de la funda. Dos de las canciones eran suyas, nombres de lugares que me parecieron al mismo tiempo nombres de mujeres: *Burma, Lisboa.* Con esa lucidez que da el alcohol bebido a solas me pregunté cómo sería amar a una mujer que se llamara Burma, cómo brillarían su pelo y sus ojos en la oscuridad. Interrumpí la música, cogí el impermeable y el paraguas y fui a buscar a Biralbo.

La recepción de su hotel era como el vestíbulo de uno de esos cines antiguos que parecen templos desertados.

Pregunté por Biralbo y me dijeron que nadie con ese nombre estaba registrado allí. Lo describí, dije el número de su habitación, trescientos siete, aseguré que la ocupaba desde hacía alrededor de un mes. El recepcionista, que lucía un tenue cerco de grasa en torno al cuello del uniforme con galones, me hizo un gesto de recelo o de complicidad y dijo: «Pero usted me habla del señor Dolphin.» Casi culpablemente asentí, llamaron a su habitación y no estaba. Un botones que muy pronto cumpliría cuarenta años me dijo que lo había visto en el salón social. Añadió con reverencia que el señor Dolphin siempre se hacía servir allí el café y los licores.

Encontré a Biralbo recostado en un sofá de cuero dudoso y notorios costurones, mirando un programa de televisión. Ante él humeaban un cigarrillo y una taza de café. Llevaba puesto el abrigo: parecía que estuviera esperando la llegada de un tren. Los ventanales de aquel lugar desierto daban a un patio interior, y las cortinas levemente sucias exageraban la penumbra. El atardecer de diciembre se apresuraba en ellas, era como si la noche se atribuyera allí, en la oquedad sombría, reconquistas parciales. Nada de eso parecía concernir a Biralbo, que me recibió con la sonrisa de hospitalidad que otros usan únicamente en el comedor de su casa. Había en las paredes torpes cuadros de caza, y al fondo, bajo uno de esos murales abstractos que uno tiende a tomar por ofensas personales, distinguí un piano vertical. Supe luego que como huésped fiel Biralbo había obtenido el modesto privilegio de ensayar en él por las mañanas. Cundía entre el servicio la estimulante sospecha de que el señor Dolphin era un músico célebre.

Me dijo que le gustaba vivir en los hoteles de categoría intermedia. Amaba, con perverso e inalterable amor de hombre solo, la moqueta beige de los corredores, las puertas cerradas, la sucesiva exageración de los números de las habitaciones, los ascensores casi nunca compartidos con nadie en los que sin embargo hallaba señales de huéspedes tan desconocidos y solos como él, quemaduras de cigarrillos en el suelo, arañazos o iniciales en el aluminio de la puerta automática, ese olor del aire fatigado por la respiración de gente invisible. Solía regresar del trabajo y de las copas nocturnas cuando ya estaba muy próximo el amanecer, incluso en pleno día, si la noche, como a veces sucede, se prolongaba irrazonablemente más allá de sí misma: me dijo que le gustaba sobre todo esa hora extraña de la mañana en que le parecía ser el único habitante de los corredores y del hotel entero, el rumor de las aspiradoras tras las puertas entornadas, la soledad, siempre, la sensación como de propietario despojado que lo enaltecía cuando a las nueve de la mañana caminaba hacia su habitación volteando la pesada llave, palpando su lastre en el bolsillo como una culata de revólver. En un hotel, me dijo, nadie lo engaña a uno, ni siquiera uno mismo tiene coartada alguna para engañarse acerca de su vida.

—Pero Lucrecia no aprobaría que yo viviera en un hotel como éste —me dijo, no sé si aquella tarde; acaso fue la primera vez que pronunció ante mí el nombre de Lucrecia—. Ella creía en los lugares. Creía en las casas antiguas con aparadores y cuadros y en los cafés con espejos. Supongo que la entusiasmaría el Metropolitano. ¿Te acuerdas del Viena, en San Sebastián? Era la clase de sitio donde a ella le gustaba citarse con sus amigos. Creía que hay lugares poéticos de antemano y otros que no lo son.

Habló de Lucrecia con ironía y distancia, de esa manera que algunas veces uno elige para hablar de sí mismo, para labrarse un pasado. Le pregunté por ella: dijo que no sabía dónde estaba, y llamó al camarero para pedirle otro café. El camarero vino y se marchó con el sigilo de esos seres que sobrellevan con melancolía el don de la invisibilidad. En el televisor sucedía en blanco y negro un concurso de algo. Biralbo lo miraba de vez en cuando como quien empieza a familiarizarse con las ventajas de una tolerancia infinita. No estaba más gordo: era más grande o más alto y el abrigo y la inmovilidad lo agrandaban.

Lo visité muchas tardes en aquel salón, y mi memoria tiende a resumirlas en una sola, demorada y opaca. No sé si fue la primera cuando me dijo que subiera con él a su habitación. Quería darme algo, y que yo lo guardara.

Cuando entramos encendió la luz, aunque todavía no era de noche, y yo descorrí las cortinas del balcón. Abajo, al otro lado de la calle, en la esquina de la Telefónica, empezaban a congregarse hombres de piel oscura y anoraks abrochados hasta el cuello y mujeres solas y pintadas que paseaban despacio o se detenían como esperando a alguien que ya debiera haber llegado, gentes lívidas que nunca avanzaban y nunca dejaban de moverse. Biralbo examinó un momento la calle y cerró las cortinas. En la habitación había una luz insuficiente y hosca. Del armario donde oscilaban perchas vacías sacó una maleta grande y la puso encima de la cama. Tras las cortinas se oían rumorosamente los automóviles y la lluvia, que empezó a redoblar con violencia muy cerca de nosotros, sobre la marquesina donde aún no estaba encendido el rótulo del hotel. Yo olía el invierno y la humedad de la noche anunciada y me acordé sin nostalgia de San Sebastián, pero la nostalgia no es el peor chantaje de la lejanía. En una noche así, ya muy tarde, casi de madrugada, Biralbo y yo, exaltados o absueltos por la ginebra, habíamos caminado sin dignidad y sin paraguas bajo una lluvia tranquila y como tocada de misericordia, con olor de algas y de sal, asidua como una caricia, como las conocidas calles de la ciudad que pisábamos. Él se detuvo alzando la cara hacia la lluvia, bajo las ramas horizontales y desnudas de los tamarindos, y me dijo: «Yo debiera ser negro, tocar el piano como Thelonious Monk, haber nacido en Memphis, Tennessee, estar besando ahora mismo a Lucrecia, estar muerto.»

Ahora lo veía inclinado sobre la cama, buscando algo entre las ropas dobladas y ordenadas de la maleta, y de pronto pensé —veía su cara absorta en el espejo del armario— que verdaderamente era otro hombre y que yo no estaba seguro de que fuera mejor. Eso duró sólo un instante. En seguida se volvió hacia mí mostrándome un paquete de cartas atado con una goma elástica. Eran sobres alargados, con los filos azules y rojos del correo aéreo, con sellos muy pequeños y exóticos y una inclinada escritura femenina que había trazado con una tinta violeta el nombre de Santiago Biralbo y su dirección en San Sebastián. En el ángulo superior izquierdo, una sola inicial: *L*. Calculé que habría veinte o veinticinco cartas. Luego me dijo Biralbo que aquella correspondencia había durado dos años y que se detuvo tan abruptamente como si Lucrecia hubiera muerto o nunca hubiera existido.

Pero era él quien había tenido en aquel tiempo la sensación de no existir. Era como si se fuese gastando, me dijo, como si lo gastara el roce del aire, el trato con la gente, la ausencia. Había entendido entonces la lentitud del tiempo en los lugares cerrados donde no entra nadie, la tenacidad del óxido que tarda siglos en desfigurar un cuadro o volver polvo una estatua de piedra. Pero estas cosas me las dijo uno o dos meses después de mi primera visita. También estábamos en su habitación, y él tenía el revólver al alcance de la mano y se levantaba cada pocos minutos para mirar la calle tras las cortinas en las que relumbraba la luz azul del rótulo encendido sobre la marquesina. Había llamado al Metropolitano para decir que estaba enfermo. Sentado en la cama, junto a la lámpara de la mesa de noche, había cargado y amartillado el revólver con gestos secos y fluidos, fumando mientras lo hacía, hablándome no del hombre inmóvil a quien esperaba ver al otro lado de la calle sino de la duración del tiempo cuando nada sucede, cuando uno gasta su vida en la espera de una carta, de una llamada de teléfono.

—Llévate esto —me dijo la primera noche, sin mirar el paquete mientras me lo tendía, mirándome a los ojos—. Guarda las cartas en algún sitio seguro, aunque es probable que yo no te las pida.

Se asomó a la calle, alto y tranquilo entre los faldones de su abrigo oscuro, apartando ligeramente las cortinas. El anochecer y el brillo húmedo de la lluvia sobre el pavimento y las carrocerías de los automóviles sumían a la ciudad en una luz de desamparo. Guardé las cartas en el bolsillo y dije que debía marcharme. Con aire de fatiga Biralbo se apartó del balcón y fue a sentarse en la cama, palpándose el abrigo, buscando algo en la mesa de noche, sus cigarrillos, que no encontró. Recuerdo que fumaba siempre cortos cigarrillos americanos sin filtro. Le ofrecí uno de los míos. Le cortó el filtro, punzándolo entre los pulgares y los índices, y se tendió en la cama. La habitación no era muy grande, y yo me encontraba incómodo, parado junto a la puerta, sin decidirme a repetir que me iba. Probablemente él no me había oído la primera vez. Ahora fumaba con los ojos entornados. Los abrió para señalarme con un gesto la única silla de la habitación. Me acordé de aquella canción suya, *Lisboa*: cuando la oía yo lo imaginaba a él exactamente así, tendido en la habitación de un hotel, fumando muy despacio en la penumbra translúcida. Le pregunté si por fin había estado en Lisboa. Se echó a reír, dobló la almohada bajo su cabeza.

—Desde luego —dijo—. En el momento adecuado. Uno llega a los sitios cuando ya no le importan.

—¿Viste a Lucrecia allí?

—¿Cómo lo sabes? —Se incorporó del todo, aplastó el cigarrillo en el cenicero. Yo me encogí de hombros, más asombrado que él de mi adivinación.

—He oído esa canción, *Lisboa*. Me hizo acordarme de aquel viaje que empezasteis juntos.

—Aquel viaje —repitió—. Fue entonces cuando la compuse.

—Pero tú me dijiste que no habíais llegado a Lisboa.

—Desde luego que no. Por eso hice esa canción. ¿Tú nunca sueñas que te pierdes por una ciudad donde no has estado nunca?

Quise preguntarle si Lucrecia había continuado sola el viaje, pero no me atreví, era indudable que él no deseaba seguir hablando de aquello. Miró el reloj y fingió sorprenderse de lo tarde que era, dijo que sus músicos estarían esperándolo en el Metropolitano.

No me invitó a ir con él. En la calle nos despedimos apresuradamente y él se dio la vuelta subiéndose las solapas del abrigo y a los pocos pasos ya parecía estar muy lejos. Al llegar a mi casa me serví una copa y puse el disco de Billy Swann. Cuando uno bebe solo se comporta como el ayuda de cámara de un fantasma. En silencio se dicta órdenes y las obedece con la vaga precisión de un criado sonámbulo: el vaso, los cubitos de hielo, la dosis justa de ginebra o de whisky, el prudente posavasos sobre la mesa de cristal, no sea que luego venga alguien y descubra la reprobable huella circular no borrada por la bayeta húmeda. Me tendí en el sofá, apoyando la ancha copa en el vientre, y escuché por cuarta o quinta vez aquella música. El fajo prieto de las cartas estaba sobre la mesa, entre el cenicero y la botella de ginebra. La primera canción, *Burma*, estaba llena de oscuridad y de una tensión muy semejante al miedo y sostenida hasta el límite. Burma, Burma, Burma, repetía como un augurio o un salmo la voz lóbrega de Billy Swann, y luego el sonido lento y agudo de su trompeta se prolongaba hasta quebrarse en crudas notas que desataban al mismo tiempo el terror y el desorden. Constantemente la música me acuciaba hacia la revelación de un recuerdo, calles abandonadas en la noche, un resplandor de focos al otro lado de las esquinas, sobre fachadas con columnas y terraplenes de derribos, hombres que huían y que se perseguían alargados por sus sombras, con revólveres y sombreros calados y grandes abrigos como el de Biralbo.

Pero ese recuerdo que agravaron la soledad y la música no pertenece a mi vida, estoy seguro, sino a una película que tal vez vi en la infancia y cuyo título nunca llegaré a saber. Vino de nuevo a mí porque en aquella música había persecución y había terror, y todas las cosas que yo vislumbraba en ella o en mí mismo estaban contenidas en esa sola palabra, *Burma*, y en la lentitud de augurio con que la pronunciaba Billy Swann: Burma o Birmania, no el país que uno mira en los mapas o en los diccionarios sino una dura sonoridad o un conjuro de algo: yo repetía sus dos sílabas y encontraba en ellas, bajo los golpes de tambor que las acentuaban en la música, otras palabras anteriores de un idioma rudamente confiado a las inscripciones en piedra y a las tablas de arcilla: palabras demasiado oscuras que no pudieran ser descifradas sin profanación.

La música había cesado. Cuando me levanté para poner de nuevo el disco advertí sin sorpresa que tenía un poco de vértigo y que estaba borracho. Sobre la mesa, junto a la botella de ginebra, el paquete de cartas tenía ese aire de paciencia inmóvil de los objetos olvidados. Deshice el nudo que lo ataba y cuando me arrepentí las cartas ya se me desordenaban en las manos. Sin abrirlas las estuve mirando, examiné las fechas de los matasellos, el nombre de la ciudad, Berlín, desde donde fueron enviadas, las variaciones en el color de la tinta y en la escritura de los sobres. Una de ellas, la última, no había sido enviada por correo. Tenía apresuradamente escrita la dirección de Biralbo y los sellos pegados, pero intactos. Era una carta mucho más delgada que cualquiera de las otras. Hacia la mitad de la siguiente ginebra eludí el escrúpulo de no mirar su interior. No había nada. La última carta de Lucrecia era un sobre vacío.

## CAPÍTULO III

No siempre nos encontrábamos en el Metropolitano o en su hotel. De hecho, cuando me entregó las cartas, pasó algún tiempo antes de que volviéramos a vernos. Era como si ambos nos diéramos cuenta de que aquel gesto suyo nos había hecho incurrir en un exceso de confianza mutua que sólo atenuaríamos dejando de vernos durante algunas semanas. Yo escuchaba el disco de Billy Swann y miraba a veces, uno por uno, los largos sobres rasgados por una impaciencia en la que sin duda Biralbo ya no se reconocía, y casi nunca tuve la tentación de leer las cartas, incluso hubo días en que las olvidé entre el desconcierto de los libros y de los diarios atrasados. Pero me bastaba con mirar la cuidadosa caligrafía y la desleída tinta violeta o azul de los sobres para acordarme de Lucrecia, tal vez no la mujer a quien Biralbo amó y esperó durante tres años, sino la otra, la que yo había visto algunas veces en San Sebastián, en el bar de Floro Bloom, en el paseo Marítimo o en el de los Tamarindos, con su aire de calculado extravío, con su atenta sonrisa que lo ignoraba a uno al tiempo que lo envolvía sin motivo en una certidumbre cálida de predilección, como si uno no le importara nada o fuera exactamente la persona que ella deseaba ver en aquel justo instante. Pensé que había una incierta semejanza entre Lucrecia y la ciudad donde Biralbo y yo la habíamos conocido, la misma serenidad extravagante e inútil, la misma voluntad de parecer al mismo tiempo hospitalarias y extranjeras, esa tramposa ternura de la sonrisa de Lucrecia, del rosa de los atardeceres en las espumas lentas de la bahía, en los racimos de los tamarindos.

La vi por primera vez en el bar de Floro Bloom, acaso la misma noche en que tocaron juntos Billy Swann y Biralbo. Yo entonces terminaba regularmente las noches en el Lady Bird, sostenido por la vaga convicción de que allí iban las improbables mujeres que accederían a acostarse conmigo cuando al apagarse las luces de los últimos bares llegase con el amanecer la premura del deseo. Pero aquella noche mi propósito era un poco más preciso. Estaba citado con Bruce Malcolm, a quien en ciertos lugares llamaban el Americano. Era corresponsal de un par de revistas de arte extranjeras, y se dedicaba, me dijeron, a la exportación ilegal de pinturas y de objetos antiguos. En aquella época yo andaba más bien justo de fondos. Tenía en casa unos pocos cuadros muy sombríos, de asunto religioso, y un amigo que había pasado antes por parecidas urgencias me dijo que aquel americano, Malcolm, podría comprármelos a buen precio y pagar en dólares. Lo llamé, vino a casa, examinó los cuadros con una lupa, limpió las zonas más oscuras con un algodón empapado en algo que olía a alcohol. Hablaba un español con inflexiones sudamericanas, y tenía una voz persuasiva y aguda. Hizo concienzudas fotos de los cuadros, situándolos frente a una ventana abierta, y al cabo de unos días me llamó para decirme que estaba dispuesto a pagar mil quinientos dólares por ellos, setecientos a la entrega, el resto cuando sus socios o jefes, que estaban en Berlín, los hubieran recibido.

Me citó para pagarme en el Lady Bird. En una mesa apartada me dio setecientos dólares en billetes usados después de contarlos con una lentitud como de cajero victoriano. Los otros ochocientos no llegué a verlos nunca. Probablemente me habría engañado aunque hubiera cumplido su promesa, pero hace años que eso dejó de importarme. Importa más que aquella noche no llegó solo al Lady Bird. Venía con él una muchacha alta y muy delgada, que se inclinaba ligeramente al andar y mostraba cuando sonreía unos dientes muy blancos y un poco separados. Tenía el pelo liso, cortado justo a la altura de los hombros, los pómulos anchos y más bien infantiles, la nariz definida por una línea irregular. No sé si la estoy recordando como la vi aquella noche o si lo que veo mientras la describo es una de las fotos que hallé entre los papeles de Biralbo. Estaban de pie, parados ante mí, de espaldas al escenario donde aún no habían aparecido los músicos, y Malcolm, el Americano, la tomó del brazo con un resuelto ademán de propiedad y de orgullo y me dijo: «Quiero presentarte a mi mujer. Lucrecia.»

Cuando el americano terminó de contar el dinero bebimos por algo que él llamó con felicidad sospechosa el éxito de nuestro negocio. Yo tenía la doble y molesta sensación de haber sido estafado y de estar actuando en una película para la que me hubieran dado insuficientes instrucciones, pero eso me ocurre con frecuencia cuando bebo entre extraños. Malcolm hablaba y bebía mucho, reprobaba mis cigarrillos, me ofrecía consejos para adquirir cuadros y dejar el tabaco, la clave era el equilibrio personal, me dijo, sonriendo mucho, apartándose el humo de la cara, escribiéndome en una servilleta la marca de ciertos caramelos medicinales que suplían la nicotina. La copa de Lucrecia permanecía intacta y vertical ante ella. Me pareció capaz de mantenerse invulnerable e idéntica a sí misma en cualquier lugar donde estuviera, pero corregí ese juicio cuando empezó a sonar el piano de Biralbo. Tocaban solos él y Billy Swann: la ausencia del contrabajo y de la batería daba a su música, a su soledad en el angosto escenario del Lady Bird, una cualidad despojada y abstracta, como la de un dibujo cubista resuelto sólo con el lápiz. En realidad, ahora me acuerdo —pero han pasado cinco años— no advertí que había comenzado la música hasta que Lucrecia nos dio la espalda para volverse hacia el fondo del local, donde los dos hombres tocaban entre la penumbra y los tornasoles del humo. Fue un solo gesto, un fulgor clandestino y tan breve como la luz de un relámpago, como esa mirada que uno sorprende en un espejo. Animado por el whisky, por el recuerdo de los setecientos dólares en mi bolsillo —en aquel tiempo cualquier cantidad considerable de dinero me parecía infinita, me imponía taxis arbitrarios y licores de lujo— yo intentaba emprender una conversación con Lucrecia ante la sonrisa ebria y benévola del americano, pero en el instante en que sonó la música ella se volvió como si Malcolm y yo no existiéramos, apretó los labios, unió sus largas manos entre las rodillas, se apartó el pelo de la cara. Dijo Malcolm: «A mi mujer le gusta mucho la música», y volcó la botella en mi copa sin hielo. Es probable que esto no sea del todo cierto, que cuando oímos a Biralbo Lucrecia no dejara de mirarme, pero sé que entonces sucedió en ella una mutación que yo noté al mismo tiempo que Malcolm. Algo estaba ocurriendo, no en el escenario donde Biralbo extendía sus manos ante el teclado y Billy Swann, todavía en silencio, alzaba su trompeta con lentitud de ceremonia, sino entre ellos, entre Lucrecia y Malcolm, en el espacio de la mesa donde ahora permanecían olvidadas las copas, en el silencio que yo intentaba ignorar como un conocido bruscamente importuno.

Había mucha gente en el Lady Bird y todos aplaudían, y un par de fotógrafos arrodillados asediaban con sus flashes a Billy Swann. Floro Bloom apoyaba en la barra su vasta envergadura de leñador escandinavo —era gordo, rubio, feliz, tenía los ojos muy pequeños y azules—, y nosotros, Lucrecia, Malcolm, yo mismo, nos interesábamos sin demasiado éxito en la música: sólo nosotros no aplaudíamos. Billy Swann se limpió la frente con un pañuelo y dijo algo en inglés, terminando con una carcajada obscena que renovó muy tímidamente los aplausos. Con la boca muy cerca del micrófono y la voz fatigada, Biralbo tradujo las palabras del otro y anunció la próxima canción. También yo lo miré entonces. Malcolm releía meditativamente el recibo que yo acababa de entregarle y desde la lejanía del humo me encontraron los ojos de Biralbo, pero no era a mí a quien buscaban. Estaban fijos en Lucrecia, como si en el Lady Bird no hubiera nadie más que ella, como si estuvieran solos entre una multitud unánime que espiara sus gestos. Mirándola dijo Biralbo en inglés y luego en español el título de la canción que iban a tocar. Mucho tiempo después, en Madrid, me estremeció reconocerla: estaba en aquel mismo disco de Billy Swann, y yo la escuché solo, inmóvil frente a un puñado de cartas que habían atravesado toda la anchura de Europa y la indiferencia del tiempo para llegar a mis manos de extraño. *Todas las cosas que tú eres*, dijo Biralbo, y entre esas palabras y las primeras notas de la canción hubo un corto silencio y nadie se atrevió a aplaudir. No sólo Malcolm, también yo advertí la sonrisa que iluminó las pupilas de Lucrecia sin llegar a sus labios.

He observado que los extranjeros no tienen el menor escrúpulo en cancelar sin previo aviso su amistad o su copiosa cortesía. Bajo la mirada de Biralbo —pero también, desde la barra, Floro Bloom nos estaba vigilando—, Malcolm dijo que él y Lucrecia debían marcharse, y me tendió la mano. Muy seria, sin levantarse aún, ella le contestó algo en inglés, unas palabras rápidas, muy educadas y frías. Lo vi coger su copa y depositarla otra vez en la mesa abarcándola entera con sus duros dedos sucios de pintura, como si considerara la posibilidad de romperla. No hizo nada: mientras Lucrecia le hablaba observé que Malcolm tenía la cabeza ligeramente aplastada, como un saurio. Ella no estaba irritada: no parecía que pudiera estarlo nunca. Miraba a Malcolm como si el sentido común bastara para desarmarlo, y el cuidado que ponía en pronunciar cada una de sus palabras acentuaba la suavidad de su voz casi ocultando la ironía. Cuando Malcolm volvió a hablar lo hizo en un español detestable. La ira le perjudicaba la pronunciación, lo devolvía a su naturaleza de extranjero en un país y en un idioma de confabulados hostiles. Dijo sin mirarme, sin mirar a nadie más que a Lucrecia: «Tú sabes por qué has querido que viniéramos aquí.» A ninguno de los dos le importaba mi presencia.

Decidí interesarme en el tabaco y en la música. Malcolm admitió una tregua. Sacando del bolsillo trasero de su pantalón un fajo de billetes se acercó a la barra, y estuvo un rato conversando con Floro Bloom, agitando el dinero con un poco de petulancia o de rabia en su mano derecha. Miraba de soslayo a Lucrecia, que no se había levantado, a Biralbo, ausente al otro lado del piano, muy lejos de nosotros. A veces levantaba los ojos: entonces Lucrecia se erguía imperceptiblemente, como si lo mirase por encima de un muro. Malcolm dejó el dinero dando un golpe seco en la madera de la barra y se alejó hacia la oscuridad del fondo. Entonces Lucrecia se puso de pie, descartó mi presencia, borrándome con una sonrisa, como se aparta el humo, y fue a decirle algo a Floro Bloom. La trompeta de Billy Swann cortaba el aire igual que una sostenida navaja. Lucrecia movía las manos ante la cara soñolienta de Floro, en un instante tuvo entre ellas un papel y un bolígrafo. Mientras escribía velozmente vigilaba el escenario y el corredor iluminado de rojo por donde había desaparecido Malcolm. Dobló el papel, alargó el cuerpo para esconderlo al otro lado de la barra, le devolvió a Floro el bolígrafo. Cuando Malcolm volvió, apenas un minuto más tarde, Lucrecia me estaba explicando el modo de llegar a su casa y me invitaba a comer con ellos cualquier día. Mentía con serenidad y vehemencia, casi con ternura.

Ninguno de los dos me dio la mano cuando se marcharon. Cayó tras ellos la cortina del Lady Bird y fue como si el aplauso que resonó entonces les hubiera sido dedicado. Nunca volví a verlos juntos. Nunca cobré los ochocientos dólares de mis cuadros ni volví a ver a Malcolm. En cierto modo, tampoco he visto más a aquella Lucrecia: la que vi después era otra, con el pelo mucho más largo, menos serena y más pálida, con la voluntad maltratada o perdida, con esa grave y recta expresión de quien ha visto la verdadera oscuridad y no ha permanecido limpio ni impune. Quince días después de aquel encuentro en el Lady Bird, ella y Malcolm se marcharon en un buque de carga que los llevó a Hamburgo. La dueña de su casa me dijo que habían dejado sin pagar tres meses de alquiler. Sólo Santiago Biralbo supo que se iban, pero no vio alejarse el barco de pescadores donde subieron clandestinamente a medianoche. Lucrecia le había dicho que el carguero los esperaba en alta mar, y no quiso que él se acercara al puerto para despedirla desde lejos. Dijo que le escribiría, le dio un papel con una dirección de Berlín. Biralbo lo guardó en un bolsillo y tal vez, mientras caminaba de prisa hacia el Lady Bird, porque se le había hecho muy tarde, recordó otro papel y otro mensaje que lo estaba esperando una noche de dos semanas atrás, cuando terminó de tocar con Billy Swann y fue a la barra para pedirle a Floro una copa de ginebra o de bourbon.

## CAPÍTULO IV

Los domingos yo me levantaba muy tarde y desayunaba cerveza, porque me avergonzaba un poco pedir café con leche a mediodía en un bar. En las mañanas de los domingos invernales hay en ciertos lugares de Madrid una apacible y fría luz que depura como en el vacío la transparencia del aire, una claridad que hace más agudas las aristas blancas de los edificios y en la que los pasos y las voces resuenan como en una ciudad desierta. Me gustaba levantarme tarde y leer el periódico en un bar limpio y vacío, bebiendo justo la cantidad de cerveza que me permitiera llegar a la comida en ese estado de halagüeña indolencia que le hace a uno mirar todas las cosas como si observara, dotado de un cuaderno de notas, el interior de un panal con las paredes de vidrio. Hacia las dos y media doblaba cuidadosamente el periódico y lo tiraba en una papelera, y eso me daba una sensación de ligereza que hacía muy plácido el camino hacia el restaurante, una casa de comidas aseada y antigua, con mostrador de zinc y frascos cúbicos de vino, donde los camareros ya me conocían, pero no hasta el punto de atribuirse una molesta confianza que me había hecho huir otras veces de lugares semejantes.

Uno de aquellos domingos, cuando yo esperaba la comida en una mesa del fondo, llegaron Biralbo y una mujer muy atractiva en quien tardé un poco en reconocer a la camarera rubia del Metropolitano. Tenían el aire demorado y risueño de quienes acaban de levantarse juntos. Se agregaron al grupo que esperaba turno cerca de la barra, y yo los estuve observando un rato antes de decidirme a llamarlos. Pensé que no me importaba que la melena rubia de la camarera fuese teñida. Se había peinado sin detenerse mucho ante el espejo, llevaba una falda corta y medias de color humo, y Biralbo, mientras conversaban sosteniendo cigarrillos y vasos de cerveza, le acariciaba livianamente la espalda o la cintura. Ella no había terminado de peinarse, pero se había pintado los labios de un rosa casi malva. Imaginé colillas manchadas de ese color en un cenicero, sobre una mesa de noche, pensé con melancolía y rencor que a mí nunca me había sido concedida una mujer como aquélla. Entonces me levanté para llamar a Biralbo.

La camarera rubia —se llamaba Mónica— comió muy aprisa y se marchó en seguida, dijo que tenía turno de tarde en el Metropolitano. Al decirme adiós me hizo prometerle que volveríamos a vernos y me besó muy cerca de los labios. Nos quedamos solos Biralbo y yo, mirándonos con desconfianza y pudor sobre el humo de los cafés y de los cigarrillos, sabiendo cada uno lo que el otro pensaba, descartando palabras que nos devolverían al único punto de partida, al recuerdo de tantas noches repetidas y absurdas que se resumían en una sola noche o en dos. Cuando estábamos solos, aunque no habláramos, era como si en nuestras dos vidas no hubiera existido más que el Lady Bird y las lejanas noches de San Sebastián, y la conciencia de esa similitud, de esa mutua obstinación en un tiempo desdeñado o perdido, nos condenaba a oblicuas conversaciones, a la cautela del silencio.

Quedaba muy poca gente en el comedor y ya habían bajado a medias la cortina metálica. Inopinadamente yo hablé de Malcolm, pero eso era una forma de nombrar a

Lucrecia, un preludio que nos permitía no recordarla aún en voz alta. Con acotaciones de ironía le conté a Biralbo la historia de los cuadros y de los ochocientos dólares que nunca vi. Miró en torno suyo como para cerciorarse de que Mónica no estaba con nosotros y se echó a reír.

—De modo que también a ti te engañó el viejo Malcolm.

—No me engañó. Te juro que aquella noche yo supe que no iba a pagarme.

—Pero no te importaba. En el fondo te daba igual que no te pagara. A él no. Seguro que con tu dinero se pagó el viaje a Berlín. Querían marcharse y no podían. De pronto Malcolm llegó diciendo que había sobornado al capitán de aquel carguero para que los embarcara en la bodega. Tú pagaste ese viaje.

—¿Te lo dijo Lucrecia?

Biralbo volvió a reírse como si él mismo fuera el objeto de la burla y bebió un trago de café. No, Lucrecia no le había dicho nada, no se lo dijo hasta el final, hasta el último día. Nunca hablaban de las cosas reales, como si el silencio sobre lo que ocurría en sus vidas cuando no estaban juntos los defendiera mejor que las mentiras que ella urdía para ir a buscarlo o que las puertas cerradas de los hoteles a donde acudían para encontrarse durante media hora, porque a ella no siempre le daba tiempo a llegar al apartamento de Biralbo, y los minutos futuros se disolvían en nada tras el primer abrazo. Ella miraba su reloj, se vestía, disimulaba las señales rosadas que le habían quedado en el cuello con unos polvos faciales que Biralbo compró una vez por indicación suya en una tienda donde lo miraron con recelo. Sin resignarse a despedirla en el ascensor bajaba con Lucrecia a la calle y la veía decirle adiós desde la ventanilla trasera de un taxi.

Pensaba en Malcolm, que estaría solo, esperando, dispuesto a buscar en la ropa o en el pelo de ella el olor de otro cuerpo. Volvía a su casa o a la habitación del hotel y se tendía en la cama muerto de celos y de soledad. Deambulaba entre las cosas empeñado en la tarea imposible de acuciar al tiempo, de remediar el vacío de cada una de las horas y acaso de los días enteros que le faltaban para ver de nuevo a Lucrecia. Ante sus ojos sólo veía los relojes inmóviles y una cosa oscura y honda como un tumor, una sombra que ninguna luz ni ninguna tregua aliviaba, la vida que ella estaría viviendo en esos mismos instantes, la vida con Malcolm, en la casa de Malcolm, donde él, Biralbo, entró clandestinamente una vez para obtener imágenes no de la breve y cobarde ternura que logró allí de Lucrecia —tenían miedo de que Malcolm volviera, aunque estaba fuera de la ciudad, y cada ruido que oían era el de su llave en la cerradura—, sino de su otra vida, instalada desde entonces en la conciencia de Biralbo con la precisión como de instrumentos de clínica de las cosas reales. Una casa sólo imaginada, no visitada nunca, tal vez no habría alimentado tan eficazmente su dolor como el recuerdo exacto que ahora poseía de ella. La brocha y la cuchilla de afeitar de Malcolm en una repisa de cristal bajo el espejo del cuarto de baño, la bata de Malcolm, de un tejido muy poroso y azul, colgada tras la puerta del dormitorio, sus zapatillas de fieltro bajo la cama, su fotografía en la mesa de noche, junto al despertador que él oiría cada mañana al mismo tiempo que Lucrecia... El olor de la colonia de Malcolm disperso por las habitaciones, indudable en sus toallas, la leve miseria de intimidad masculina que repelía a Biralbo como a un usurpador. El estudio de Malcolm, muy sucio, con botes llenos de pinceles y frascos de aguarrás, con reproducciones de cuadros clavadas en la pared hacía mucho tiempo. De pronto Biralbo, que había estado hablándome retrepado en su silla, sonriendo mientras dejaba la ceniza de su cigarrillo en la taza de café, se irguió y me miró muy fijo, porque acababa de encontrar en su memoria algo no recordado hasta entonces, como esos objetos que algunas veces hallamos donde no debieran estar y que hacen que miremos verdaderamente lo que ya no veíamos.

—Yo vi esos cuadros que tú le vendiste —me dijo; también ahora los veía su asombro, y tenía miedo de perder la precisión del recuerdo—. En uno de ellos había una especie de dama alegórica, una mujer con los ojos vendados que sostenía algo en la mano...

—Una copa. Una copa con una cruz.

—...Tenía el pelo negro y largo, y la cara redonda, muy blanca, con colorete en los pómulos.

Hubiera querido preguntarle si sabía algo más sobre el destino de aquellos cuadros, pero a él ya no le importaba mucho lo que yo dijera. Estaba viendo algo con una claridad que su memoria le había negado hasta entonces, un yacimiento del tiempo en estado puro, pues la visión de un cuadro que nunca se había esforzado en recordar le devolvía tal vez unas horas intactas de su pasado con Lucrecia, y gradualmente, en décimas de segundo, como una luz que ha enfocado un solo rostro se extiende hasta alumbrar una habitación entera, sus ojos descubrían las cosas que aquella tarde vio alrededor del cuadro, la cercanía de Lucrecia, el peligro de que regresara Malcolm, la opresiva luz de finales de septiembre que había entonces en todas las habitaciones donde se encontraban sin saber que estaban apurando las vísperas de una ausencia de tres años.

—Malcolm nos espiaba —dijo Biralbo—. Me espiaba a mí. Alguna vez lo vi rondar el portal de mi casa, como un policía torpe, ya sabes, parado con un periódico en la esquina, tomando una copa en el bar de enfrente. Esos extranjeros creen mucho en las películas. Algunas noches iba solo al Lady Bird y se quedaba mirándome mientras yo tocaba, sentado al fondo de la barra, haciendo como que le interesaba mucho la música o la conversación de Floro

Bloom. A mí me daba igual, incluso me reía un poco, pero una noche Floro me miró muy serio y me dijo, ten cuidado, ese tipo lleva una pistola.

—¿Te amenazó?

—Amenazó a Lucrecia, de una manera ambigua. A veces corría ciertos riesgos en los negocios. Supongo que no se habrían marchado tan aprisa si Malcolm no tuviera miedo de algo. Tenía tratos con gente peligrosa, y no era tan valiente como parecía. Poco después de comprarte los cuadros hizo un viaje a París. Fue entonces cuando yo estuve en su casa. Al volver le dijo a Lucrecia que había mucha gente que deseaba engañarlo, y sacó la pistola, la dejó encima de la mesa, mientras estaban cenando, luego hizo como que la limpiaba. Dijo que tenía preparado un cargador entero para quien quisiera engañarlo.

—Bravatas —dije yo—. Bravatas de cornudo.

—Juraría que no hizo aquel viaje a París. Le había dicho a Lucrecia que iba a ver no sé qué cuadros en un museo, unos cuadros de Cézanne, me acuerdo de eso. Le mintió para espiarnos. Estoy seguro de que nos vio entrar en su casa y se quedó esperando muy cerca de allí. A lo mejor tuvo la tentación de subir y sorprendernos y no llegó a atreverse.

Cuando Biralbo me dijo aquello noté un escalofrío. Estábamos terminando de tomar el café y los camareros habían ordenado ya las mesas para la cena y nos miraban sin ocultar su impaciencia, eran las cinco de la tarde y en la radio alguien hablaba fervorosamente de un partido de fútbol, pero de pronto yo había visto, desde arriba, como se ve en las películas, una calle vulgar de San Sebastián en la que un hombre, parado en la acera, levantaba los ojos hacia una ventana, con las manos en los bolsillos, con una pistola, con un periódico bajo el brazo, pisando con energía el pavimento mojado para desentumecerse los pies. Luego me di cuenta de que era algo así lo que temía ver Biralbo cuando se asomaba a la ventana de su hotel en Madrid. Un hombre que espera y disimula, no demasiado, lo justo para que quien debe verlo sepa que está ahí y que no va a marcharse.

Nos levantamos, Biralbo pagó la cuenta, al rechazar mi dinero dijo que ya no era un músico pobre. Salimos a la calle y aunque todavía daba el sol en los pisos más altos de los edificios, en los ventanales y en esa torre semejante a un faro del hotel Victoria, había una opacidad de cobre al final de las calles y un frío nocturno en los zaguanes de las casas. Sentí la vieja angustia invernal de los domingos por la tarde y agradecí que Biralbo sugiriera en seguida un lugar preciso para la próxima copa, no el Metropolitano, uno de esos bares neutros y vacíos con la barra acolchada. En tardes así no hay compañía que mitigue el desconsuelo, ese brillo de focos en el asfalto, de anuncios luminosos en la alta negrura del anochecer, que todavía tiene en la lejanía límites rojizos, pero yo prefería que hubiera alguien conmigo y que esa presencia me excusara de la obligación de elegir el regreso, de volver a mi casa caminando solo por las vastas aceras de Madrid.

—Se marcharon tan aprisa como si los persiguiera alguien —dijo Biralbo al cabo de un par de bares y de ginebras inútiles; lo dijo como si su pensamiento se hubiera detenido cuando terminamos de comer y él no siguió hablándome de Lucrecia y de Malcolm—. Porque hasta entonces habían pensado instalarse de un modo definitivo en San Sebastián. Malcolm quería poner una galería de arte, incluso estuvo a punto de alquilar un local. Pero volvió de París o de dondequiera que estuviese aquellos dos días y le dijo a Lucrecia que tenían que irse a Berlín.

—Lo que quería era alejarla de ti —dije; el alcohol me daba una rápida lucidez para adivinar las vidas de los otros.

Biralbo sonreía mirando muy atentamente la altura de

38

la ginebra en su copa. Antes de contestarme la hizo disminuir casi un centímetro.

—Hubo un tiempo en que me halagaba pensar eso, pero ya no estoy tan seguro. Yo creo que a Malcolm, en el fondo, no le importaba que Lucrecia se acostara de vez en cuando conmigo.

—Tú no sabes cómo te miraba aquella noche en el Lady Bird. Tenía los ojos azules y redondos, ¿te acuerdas?

—...No le importaba porque sabía que Lucrecia era suya o no era de nadie. Podía haberse quedado conmigo, pero se fue con él.

—Le tenía miedo. Yo lo vi aquella noche. Tú me has dicho que la amenazó con una pistola.

—Un nueve largo. Pero ella quería marcharse. Simplemente aprovechó la ocasión que le ofrecía Malcolm. Una barca de pescadores o de contrabandistas, un carguero con matrícula de Hamburgo, que a lo mejor tenía nombre de mujer, Berta o Lotte o algo así. Lucrecia había leído demasiados libros.

—Estaba enamorada de ti. También yo vi eso. Lo habría notado cualquiera que la mirase aquella noche, hasta Floro Bloom. Te dejó una nota, ¿no? Yo la vi escribirla.

Absurdamente me empeñaba en demostrarle a Biralbo que Lucrecia había estado enamorada de él. Con indiferencia, con lejana gratitud, él seguía bebiendo y me dejaba hablar. Expulsaba el humo sin quitarse el cigarrillo de los labios, tapándose la barbilla y la boca con la mano que lo sostenía, y yo ignoraba siempre lo que había tras el brillo atento de sus ojos. Acaso seguía viendo no el dolor ni las firmes palabras, sino las cosas banales que habían trenzado, sin que él se diera cuenta, su vida, aquella nota, por ejemplo, que contenía la hora y el lugar de una cita, y que él siguió guardando mucho tiempo después, cuando ya le parecía un residuo de la vida de otro, igual que las cartas que me confió y que yo no he leído ni leeré nunca. Hacía breves gestos de impaciencia, miraba el reloj, dijo que faltaba muy poco para que tuviera que irse al Metropolitano. Me acordé de las delgadas piernas, de la sonrisa y del perfume de la camarera rubia. Era únicamente yo quien se obstinaba en seguir preguntando. Veía la mirada de Malcolm en el Lady Bird y la asignaba al hombre que espera algo y camina despacio bajo una ventana, inmóvil a veces entre la leve lluvia de San Sebastián.

Mientras, Biralbo estaba en la casa, era allí donde lo había citado Lucrecia, tal vez fue ella misma quien le sugirió a Malcolm dos días antes que su encuentro conmigo tuviera lugar en el Lady Bird... Si él la vigilaba siempre, ¿de qué otro modo habría podido Lucrecia dejarle aquella nota a Biralbo? Me di cuenta de que razonaba en el vacío: si Malcolm desconfiaba tanto, si percibía la más leve variación en la mirada de Lucrecia y estaba seguro de que en cuanto su vigilancia cesara ella iría a reunirse con Biralbo, ¿por qué no la llevó consigo cuando se fue a París?

*El jueves a las siete en mi casa llama antes por teléfono no hables hasta que no oigas mi voz.* Eso decía la nota, y la firma, como en las cartas, era una sola inicial: *L.* La había escrito tan rápido que olvidó las comas, me dijo Biralbo, pero su letra era tan impecable como la de un cuaderno de caligrafía. Una letra inclinada, minuciosa, casi solícita, como un gesto de buena educación, igual que la sonrisa que me dedicó Lucrecia cuando nos presentó Malcolm. Tal vez le sonrió así cuando fue con él a la estación y le dijo adiós desde el andén. Luego se dio la vuelta, subió a un taxi y llegó a su casa justo a tiempo de recibir a Biralbo. Con la misma sonrisa, pensé, y me arrepentí en seguida: era a Biralbo y no a mí a quien debía ocurrírsele ese pensamiento.

—¿Ella lo vio marcharse? —pregunté—. ¿Estás seguro de que esperó hasta que el tren se puso en marcha?

—Y cómo quieres que me acuerde. Supongo que sí,

que él se asomó a la ventanilla para decirle adiós y todo eso. Pero pudo bajarse en la estación siguiente, en la frontera de Irún.

—¿Cuándo volvió?

—No lo sé. Debió tardar dos o tres días. Pero yo estuve casi dos semanas sin saber nada de Lucrecia. Le pedía a Floro Bloom que llamara a su casa y no contestaba nadie, ya no volvió a dejarme recados en el Lady Bird. Una noche yo me atreví a llamar y alguien, no sé si Malcolm o ella misma, cogió el teléfono y luego colgó sin decir nada. Yo daba vueltas por su calle y vigilaba su portal desde el café de enfrente, pero nunca los veía salir, y ni siquiera de noche podía saber si estaban en casa, porque tenían cerrados los postigos.

—También yo llamé a Malcolm para pedirle mis ochocientos dólares.

—¿Y hablaste con él?

—Nunca, desde luego. ¿Se escondían?

—Supongo que Malcolm preparaba la huida.

—¿No te explicó nada Lucrecia?

—Sólo me dijo que se iban. No tuvo tiempo de decirme mucho más. Yo estaba en el Lady Bird, ya era de noche, pero Floro no había abierto aún. Yo ensayaba algo en el piano y él estaba ordenando las mesas, y entonces sonó el teléfono. Dejé de tocar, a cada timbrazo se me paraba el corazón. Estaba seguro de que esa vez sí era Lucrecia y temía que el teléfono no siguiera sonando. Floro tardó una eternidad en ir a cogerlo, ya sabes lo despacio que andaba. Cuando lo cogió yo estaba parado en medio del bar, ni me atrevía a acercarme. Floro dijo algo, me miró, moviendo mucho la cabeza, dijo que sí varias veces y colgó. Le pregunté quién había llamado. Quién iba a ser, me contestó, Lucrecia. Te espera dentro de quince minutos en los soportales de la Constitución.

Era una noche de las primeras de octubre, una de esas

noches prematuras que lo sorprenden a uno al salir a la calle como el despertar en un tren que nos ha llevado a un país extranjero donde ya es invierno. Era temprano aún, Biralbo había llegado al Lady Bird cuando quedaba todavía en el aire una tibia luz amarilla, pero cuando salió ya era de noche y la lluvia arreciaba con la misma saña del mar contra los acantilados. Echó a correr mientras buscaba un taxi, porque el Lady Bird estaba lejos del centro, casi en el límite de la bahía, y cuando al fin uno se detuvo él estaba empapado y no acertó a decir el lugar a donde iba. Miraba en la oscuridad el reloj iluminado del salpicadero, pero como no sabía a qué hora salió del Lady Bird se hallaba extraviado en el tiempo y no creía que fuera a llegar nunca a la plaza de la Constitución. Y si llegaba, si el taxi encontraba el camino en el desorden de las calles y de los automóviles, al otro lado de la cortina de lluvia que volvía a cerrarse apenas la borraban las varillas del limpiaparabrisas, probablemente Lucrecia ya se habría marchado, cinco minutos o cinco horas antes, porque él ya no sabía calcular la dirección del tiempo.

No la vio cuando bajó del taxi. Las farolas de las esquinas no alcanzaban a alumbrar el interior sombrío y húmedo de los soportales. Oyó que el taxi se alejaba y se quedó inmóvil mientras el estupor desvanecía en nada su premura. Por un instante fue como si no recordara por qué había ido a aquella plaza tan oscura y desierta.

—Entonces la vi —dijo Biralbo—. Sin sorpresa ninguna, igual que si ahora cierro los ojos y los abro y te veo a ti. Estaba apoyada en la pared, junto a los escalones de la biblioteca; casi en la oscuridad, pero desde lejos se veía su camisa blanca. Era una camisa de verano, pero sobre ella llevaba un chaquetón azul oscuro. Por el modo en que me sonrió me di cuenta de que no íbamos a besarnos. Me dijo: «¿Has visto cómo llueve?» Yo le contesté que así llueve siempre en las películas cuando la gente va a despedirse.

—¿Así hablabais? —dije, pero Biralbo no parecía entender mi extrañeza—. ¿Después de dos semanas sin veros eso era todo lo que os teníais que decir?

—También ella tenía el pelo mojado, pero esa vez no le brillaban los ojos. Llevaba una bolsa grande de plástico, porque le había dicho a Malcolm que debía recoger un vestido, de modo que apenas le quedaban unos pocos minutos para estar conmigo. Me preguntó por qué sabía yo que aquel encuentro era el último. «Pues por las películas», le dije, «cuando llueve tanto es que alguien se va a ir para siempre».

Lucrecia miró su reloj —ése era el gesto de ella que más había temido Biralbo desde que se conocieron— y dijo que le quedaban diez minutos para tomar un café. Entraron en el único bar que estaba abierto en los soportales, un lugar sucio y con olor a pescado que a Biralbo le pareció una injuria más irreparable que la velocidad del tiempo o la extrañeza de Lucrecia. Hay ocasiones en las que uno tarda una fracción de segundo en aceptar la brusca ausencia de todo lo que le ha pertenecido: igual que la luz es más veloz que el sonido, la conciencia es más rápida que el dolor, y nos deslumbra como un relámpago que sucede en silencio. Por eso aquella noche Biralbo no sentía nada contemplando a Lucrecia ni comprendía del todo lo que significaban sus palabras ni la expresión de su rostro. El verdadero dolor llegó varias horas más tarde, y fue entonces cuando quiso recordar una por una las palabras que los dos habían dicho y no pudo lograrlo. Supo que la ausencia era esa neutra sensación de vacío.

—¿Pero no te dijo por qué se iban así? ¿Por qué en un carguero de contrabandistas y no en avión, o en tren?

Biralbo se encogió de hombros: no, no se le había ocurrido hacerle esas preguntas. Sabiendo lo que Lucrecia iba a contestar le pidió que se quedara, lo pidió sin súplica, una sola vez. «Malcolm me mataría», dijo Lucrecia, «ya sabes cómo es. Ayer volvió a enseñarme esa pistola alemana que tiene». Pero lo decía de un modo en el que nadie hubiera discernido el miedo, como si la posibilidad de que Malcolm la matara no fuera más temible que la de llegar tarde a una cita. Lucrecia era así, dijo Biralbo, con la serenidad de quien al fin ha entendido: de pronto se extinguía en ella toda señal de fervor y miraba como si no le importara perder todo lo que había tenido o deseado. Biralbo precisó: como si no le hubiera importado nunca.

No probó su café. Se levantaron al mismo tiempo los dos y permanecieron inmóviles, separados por la mesa, por el ruido del bar, alojados ya en el lugar futuro donde a cada uno lo confinaría la distancia. Lucrecia miró su reloj y sonrió antes de decir que iba a marcharse. Por un instante su sonrisa se pareció a la de quince días atrás, cuando se despidieron antes del amanecer junto a una puerta donde estaba escrito con letras doradas el nombre de Malcolm. Biralbo aún seguía en pie, pero Lucrecia ya había desaparecido en la zona de sombra de los soportales. En el reverso de una tarjeta de Malcolm había escrito a lápiz una dirección de Berlín.

# CAPÍTULO V

Esa canción, *Lisboa*. Yo la oía y estaba de nuevo en San Sebastián de esa manera en que uno vuelve a las ciudades en sueños. Una ciudad se olvida más rápido que un rostro: queda remordimiento o vacío donde antes estuvo la memoria, y, lo mismo que un rostro, la ciudad sólo permanece intacta allí donde la conciencia no ha podido gastarla. Uno la sueña, pero no siempre merece el recuerdo de lo que ha visto mientras dormía, y en cualquier caso lo pierde al cabo de unas horas, peor aún, en unos pocos minutos, al inclinarse sobre el agua fría del lavabo o probar el café. A esa dolencia del olvido imperfecto parecía inmune Santiago Biralbo. Decía que no se acordaba nunca de San Sebastián: que aspiraba a ser como esos héroes de las películas cuya biografía comienza al mismo tiempo que la acción y no tienen pasado, sino imperiosos atributos. Aquella noche de domingo en que me contó la partida de Lucrecia y de Malcolm —habíamos vuelto a beber en exceso y él llegó tarde y nada sobrio al Metropolitano— me dijo cuando nos despedíamos: «Imagínate que nos vimos por primera vez aquí. No viste a alguien a quien conocías, sólo a un hombre que tocaba el piano.» Señalando el cartel donde se anunciaba la actuación de su grupo añadió: «No lo olvides. Ahora soy Giacomo Dolphin.»

Pero era mentira esa afirmación suya de que la música está limpia de pasado, porque su canción, *Lisboa*, no era más que la pura sensación del tiempo, intocado y transparente, como guardado en un hermético frasco de cristal. Era Lisboa y también San Sebastián del mismo modo que un rostro contemplado en un sueño contiene sin extrañeza la identidad de dos hombres. Al principio se oía como el rumor de una aguja girando en el intervalo de silencio de un disco, y luego ese sonido era el de las escobillas que rozaban circularmente los platos metálicos de la batería y un latido semejante al de un corazón cercano. Sólo más tarde perfilaba la trompeta una cautelosa melodía. Billy Swann tocaba como si temiera despertar a alguien, y al cabo de un minuto comenzaba a sonar el piano de Biralbo, que señalaba dudosamente un camino y parecía perderlo en la oscuridad, que volvía luego, en la plenitud de la música, para revelar la forma entera de la melodía, como si después de que uno se extraviara en la niebla lo alzara hasta la cima de una colina desde donde pudiera verse una ciudad dilatada por la luz.

Nunca he estado en Lisboa, y hace años que no voy a San Sebastián. Tengo un recuerdo de ocres fachadas con balcones de piedra oscurecidas por la lluvia, de un paseo marítimo ceñido a una ladera boscosa, de una avenida que imita un bulevar de París y tiene una doble fila de tamarindos, desnudos en invierno, coronados en mayo por extraños racimos de flores de un rosa pálido muy semejante al de la espuma de las olas en los atardeceres de verano. Recuerdo las quintas abandonadas frente al mar, la isla y el faro en mitad de la bahía y las luces declinantes que la circundan de noche y se reflejan en el agua con un parpadeo como de estrellas submarinas. Lejos, al fondo, estaba el rótulo azul y rosa del Lady Bird, con su caligrafía de neón, los veleros anclados que tenían en la proa nombres de mujeres o de países, los barcos de pesca que despedían un intenso olor a madera empapada y a gasolina y a algas.

A uno de ellos subieron Malcolm y Lucrecia, temiendo acaso perder el equilibrio mientras llevaban sus maletas sobre el crujido y la oscilación de la pasarela. Maletas muy pesadas, llenas de cuadros viejos, de libros, de todas las cosas que uno no se resuelve a dejar atrás cuando ha decidido irse para siempre. Mientras el barco se adentraba en la oscuridad oirían con alivio el lento estrépito del motor en el agua. Debieron de volverse para mirar desde lejos el faro de la isla, el perfil último de la ciudad iluminada, sumergida despacio al otro lado del mar. Supongo que a esa misma hora Biralbo bebía crudo bourbon sin hielo en la barra del Lady Bird, aceptando la melancólica solidaridad masculina de Floro Bloom. Me pregunté si Lucrecia había acertado a distinguir en la lejanía las luces del Lady Bird, si lo había intentado.

Sin duda las buscó cuando volvió a la ciudad al cabo de tres años y agradeció que aún estuvieran encendidas, pero ya no quiso entrar allí, no le gustaba visitar los lugares donde había vivido ni ver a los antiguos amigos, ni siquiera a Floro, tranquilo cómplice en otro tiempo de sus coartadas o sus citas, mensajero inmóvil.

Biralbo ya no creía que ella fuera a regresar nunca. Cambió su vida en aquellos tres años. Se hartó de la ignominia de tocar el órgano eléctrico en el café-piano del Viena y en las fiestas soeces de las barriadas. Obtuvo un contrato de profesor de música en un colegio femenino y católico, pero siguió tocando algunas noches en el Lady Bird, a pesar de que Floro Bloom, mansamente resignado a la quiebra por la deslealtad de los bebedores nocturnos, apenas podía pagarle ya ni sus copas de bourbon. Se levantaba a las ocho, explicaba solfeo, hablaba de Liszt y de Chopin y de la sonata *Claro de luna* en vagas aulas pobladas de adolescentes con uniforme azul y vivía solo en un bloque de apartamentos, a la orilla del río, muy lejos del mar. Viajaba al centro en un tren de cercanías al que llaman El

Topo y esperaba cartas de Lucrecia. Por aquella época yo casi nunca lo veía. Oí que había dejado la música, que iba a marcharse de San Sebastián, que se había vuelto abstemio, que ya era alcohólico, que Billy Swann lo había llamado para que tocara con él en varios clubs de Copenhague. Alguna vez me lo crucé cuando iba a su trabajo: el pelo húmedo y peinado muy apresuradamente, un aire de docilidad o de ausencia, perceptible en su modo de llevar la corbata o la sobria cartera donde guardaba los exámenes que tal vez no corregía. Tenía un aspecto de desertor reciente de mala vida y caminaba siempre con los ojos fijos en el suelo, muy aprisa, como si llegara tarde, como si huyera sin convicción de un despertar mediocre. Una noche me encontré con él en un bar de la Parte Vieja, en la plaza de la Constitución. Estaba algo bebido, me invitó a una copa, me dijo que estaba celebrando sus treinta y un años, y que a partir de cierta edad los cumpleaños hay que celebrarlos a solas. A eso de la medianoche pagó y se fue sin demasiada ceremonia, tenía que madrugar, me explicó, encogiendo la cabeza entre las solapas del abrigo mientras hundía las manos en los bolsillos y aseguraba la cartera bajo el brazo. Tenía entonces una manera irrevocable y extraña de irse: al decir adiós ingresaba bruscamente en la soledad.

Escribía cartas y las esperaba. Se fue edificando una vida perfectamente clandestina en la que no intervenían ni el paso del tiempo ni la realidad. Todas las tardes, a las cinco, cuando terminaba sus clases, subía al Topo y regresaba a su casa, con la corbata oscura ceñida al cuello y su cartera como de cobrador de algo bajo el brazo, leía el periódico durante el breve viaje o miraba los altos bloques de pisos y los caseríos dispersos entre las colinas. Luego se encerraba con llave y ponía discos. Había comprado a plazos un piano vertical, pero lo tocaba muy poco. Prefería tenderse y fumar oyendo música. Nunca en su vida volvería a escuchar tantos discos y a escribir tantas cartas. Sacaba la llave del portal, y antes de hacerlo, desde la calle, ya miraba el buzón que tal vez contendría una carta y se estremecía al abrirlo. En los primeros dos años las cartas de Lucrecia solían llegarle cada dos o tres semanas, pero no había tarde en que él no esperara encontrar una cuando abría el buzón, y desde que se despertaba vivía para alcanzar ese instante: habitualmente cosechaba cartas de banco, citaciones del colegio, hojas de propaganda que tiraba con odio, con un poco de rencor. Automáticamente cualquier sobre que tuviera los bordes listados del correo aéreo lo sumía en la felicidad.

Pero el silencio definitivo tardó dos años en llegar, y él no podría decir que no lo hubiera esperado. Al cabo de seis meses en los que no pasó un solo día sin que él no la esperara, llegó la última carta de Lucrecia. No vino por correo: Billy Swann se la trajo a Biralbo varios meses después de que fuera escrita.

No he olvidado aquel regreso de Billy Swann a la ciudad. Supongo que hay ciudades a las que se vuelve siempre igual que hay otras en las que todo termina, y que San Sebastián es de las primeras, a pesar de que cuando uno ve la desembocadura del río desde el último puente, en las noches de invierno, cuando mira las aguas que retroceden y el brío de las olas blancas que avanzan como crines desde la oscuridad, tiene la sensación de hallarse en el fin del mundo. En los dos extremos de ese puente, que llaman de Kursaal, como si estuviera en un acantilado de Sudáfrica, hay dos altos fanales de luz amarilla que parecen los faros de una costa imposible, anunciadores de naufragios. Pero yo sé que a esa ciudad se vuelve y que lo comprobaré algún día, que cualquier otro sitio, Madrid, es un lugar de tránsito.

Billy Swann volvió de América, parece que justo a tiempo de eludir una condena por narcóticos, acaso huyendo sobre todo de la lenta declinación de su fama, pues había ingresado casi al mismo tiempo en la mitología y en el olvido: muy pocos de quienes escuchaban sus discos antiguos, me contó Biralbo, imaginaban que siguiera vivo. En la persistente soledad y penumbra del Lady Bird dio un largo abrazo a Floro Bloom y le preguntó por Biralbo. Tardó un poco en darse cuenta de que Floro no comprendía sus exclamaciones en inglés. Había llegado sin más equipaje que una maleta maltratada y el estuche de cuero negro y doble fondo donde guardaba su trompeta. Caminó a grandes zancadas entre las mesas vacías del Lady Bird, pisó enérgicamente la tarima donde estaba el piano y le quitó la funda. Con una delicadeza muy semejante al pudor tocó el preludio de un *blues*. Acababa de salir de un hospital de Nueva York. En un español que exigía de quien lo oyera menos atención que cualidades adivinatorias le pidió a Floro Bloom que telefoneara a Biralbo. Desde que salió del hospital vivía en un estado de permanente urgencia: tenía prisa por comprobar que no estaba muerto, por eso había regresado tan rápidamente a Europa. «Aquí un músico todavía es alguien», le dijo a Biralbo, «pero en América es menos que un perro. En los dos meses que he pasado en Nueva York sólo la Oficina de Narcóticos se interesó por mí».

Había vuelto para instalarse definitivamente en Europa: tenía grandes y nebulosos planes en los que estaba incluido Biralbo. Le preguntó por su vida en los últimos tiempos, hacía más de dos años que no sabía nada de él. Cuando Biralbo le dijo que ya casi nunca tocaba, que ahora era profesor de música en un colegio de monjas, Billy Swann se indignó: ante una botella de whisky, firmes los codos en la barra del Lady Bird, renegó de él con esa ira sagrada que exalta a veces a los viejos alcohólicos y le hizo acordarse de los antiguos tiempos: cuando tenía veintitrés o veinticuatro años y él, Billy Swann, lo encontró tocando a cambio de bocadillos y cerveza en un club de Copenhague, cuando quería aprenderlo todo y juraba que nunca sería sino un músico y que no le importaban el hambre y la mala vida si eran el precio para conseguirlo.

—Mírame —me contó Biralbo que le dijo—: Siempre he sido uno de los grandes, antes de que esos tipos listos que escriben libros lo supieran y también después de que hayan dejado de decirlo, y si me muero mañana no encontrarás en mis bolsillos dinero suficiente para pagar mi entierro. Pero soy Billy Swann, y cuando yo me muera no habrá nadie en el mundo que haga sonar esa trompeta como lo hago yo.

Cuando apoyaba los codos en la barra los puños de su camisa retrocedían mostrando unas muñecas muy delgadas y duras y surcadas de venas. Biralbo se fijó en lo sucios que estaban los bordes de los puños y anotó con alivio, casi con gratitud, que aún permanecían en ellos los enfáticos gemelos de oro que tantas veces, en otro tiempo, había visto brillar contra las luces de los escenarios cuando Billy Swann alzaba su trompeta. Pero ya no creía seguir mereciendo su predilección, sólo temía sus palabras, el brillo húmedo de sus ojos tras las gafas. Con un vago sentimiento de culpabilidad o de estafa advirtió de pronto hasta qué punto había cambiado y claudicado en los últimos años: como una piedra arrojada al fondo de un pozo la presencia de Billy Swann estremecía la inmovilidad del tiempo. Frente a ellos, al otro lado de la barra, Floro Bloom asentía apaciblemente sin entender una sola palabra y procuraba que las copas no quedaran vacías. Pero tal vez estaba comprendiéndolo todo, pensó Biralbo al advertir una mirada de sus ojos azules. Floro Bloom lo había sorprendido cuando miraba cobardemente su reloj y calculaba las pocas horas que le quedaban aún para llegar al trabajo. Absorto en algo, Billy Swann apuró su copa, chasqueó la lengua y se limpió la boca con un pañuelo más bien sucio.

—No tengo nada más que decirte —concluyó severamente—. Ahora mira otra vez el reloj y dime que debes irte a dormir y te partiré la boca de un puñetazo.

Biralbo no se fue: a las nueve de la mañana llamó al colegio para decir que estaba enfermo. Acompañados silenciosamente por Floro Bloom siguieron bebiendo durante dos días. Al tercero Billy Swann fue ingresado en una clínica y tardó una semana en recuperarse. Volvió a su hotel con la vacilante dignidad de quien ha pasado algunos días en la cárcel, con las manos más huesudas y la voz un poco más oscura. Cuando Biralbo entró en su habitación y lo vio tendido en la cama se asombró de no haber notado hasta entonces la cara de muerto que tenía.

—Mañana debo irme a Estocolmo —dijo Billy Swann—. Tengo allí un buen contrato. En un par de meses te llamaré. Tocarás conmigo y grabaremos juntos un disco.

Al oír eso Biralbo casi no sintió alegría, ni agradecimiento, sólo una sensación de irrealidad y de miedo. Pensó que si se marchaba a Estocolmo perdería su contrato en el colegio, que tal vez le llegaría en ese tiempo una carta de Lucrecia que iba a quedarse durante varios meses abandonada e inútil en el buzón. Puedo imaginar la expresión de su cara en aquellos días: la vi en una foto del periódico donde se daba noticia de la llegada de Billy Swann a la ciudad. Se veía en ella a un hombre alto y envejecido, con la cara angulosa medio tapada por el ala de uno de esos sombreros que usaban los actores secundarios en las películas antiguas. Junto a él, menos alto, desconcertado y muy joven, estaba Santiago Biralbo, pero su nombre no venía en la nota del periódico. Por ella supe yo que Billy Swann había vuelto. Tres años después, en Madrid, comprobé que Biralbo guardaba ese recorte ya amarillo y vago entre sus papeles, junto a una foto en la que Lucrecia no se parece nada a mis recuerdos: tiene el pelo muy corto y sonríe con los labios apretados.

—En enero estuve en Berlín —dijo Billy Swann—. Vi allí a tu chica.

Tardó un poco en continuar hablando: Biralbo no se atrevía a preguntarle nada. Vio de nuevo lo que el regreso de Billy Swann le había hecho revivir: una noche de hacía más de dos años, en el Lady Bird, cuando salió a tocar buscando el rostro de Lucrecia entre las cabezas oscuras de los bebedores y lo encontró al fondo, impreciso entre el humo y las luces rosadas, sereno y firme en aquella mesa donde también estaba Malcolm y otro hombre de aspecto familiar en quien al principio no me reconoció.

—Yo llevaba un par de noches tocando en el Satchmo, un sitio muy raro, parece un bar de putas —continuó Billy Swann—. Cuando entré en el camerino ella estaba esperándome. Sacó del bolso una carta y me pidió que te la mandara. Estaba muy nerviosa, se marchó en seguida.

Biralbo aún no dijo nada: que al cabo de tanto tiempo alguien le hablara de Lucrecia, que Billy Swann hubiera estado con ella en Berlín, provocaba en él un raro estado de estupor, casi de miedo, de incredulidad. No le preguntó a Billy Swann qué había sido de la carta: tampoco se le ocurrió indagar por qué Lucrecia no la había confiado al correo. Según sus noticias, Billy Swann se había marchado de Berlín hacía tres o cuatro meses, volvió a América, casi lo dieron por muerto en aquel hospital de Nueva York donde tardó semanas en recobrar la conciencia. No quería preguntarle nada porque temía que dijera: «Olvidé la carta en el hotel de Berlín, se me extravió en un aeropuerto la maleta donde la guardaba.» Deseaba tanto leerla que tal vez en aquel instante la habría preferido a una aparición súbita de Lucrecia.

—No la he perdido —dijo Billy Swann, y se incorporó para abrir el estuche de su trompeta, que estaba sobre la mesa de noche. Todavía le temblaban las manos, la trompeta cayó al suelo y Biralbo se inclinó para recogerla.

Cuando se puso en pie, Billy Swann había abierto el doble fondo del estuche y le tendía la carta.

Miró los sellos, la dirección, su propio nombre escrito con aquella letra que nunca vulnerarían la soledad ni la desgracia. Por primera vez el remite no era una larga inicial, sino un nombre completo, *Lucrecia*. Palpó el sobre y le pareció delgadísimo, pero no llegó a abrirlo. Lo percibía liso y sensitivo bajo las yemas de los dedos como el marfil de un teclado que aún no se decidiera a pulsar. Billy Swann había vuelto a tenderse en la cama. Era una tarde de finales de mayo, pero él estaba tendido con su traje negro y sus zapatones de cadáver y se había tapado con la colcha hasta el cuello, porque le dio frío al levantarse. Su voz era más lenta y nasal que nunca. Hablaba como repitiendo circularmente los primeros versos de un *blues*.

—Vi a tu chica. Yo abrí la puerta y ella estaba sentada en mi camerino. Era muy pequeño y ella estaba fumando, lo había llenado todo de humo.

—Lucrecia no fuma —dijo Biralbo; fue una satisfacción menor afirmar ese detalle, tan preciso como la exactitud de un gesto: como si de verdad recordara de pronto el color de sus ojos o el modo en que ella sonreía.

—Estaba fumando cuando yo entré. —A Billy Swann le enojaba que alguien dudara de su memoria—. Antes de verla me dio el olor de los cigarrillos. Sé distinguirlo del de la marihuana.

—¿Recuerdas qué te dijo? —Ahora sí, ahora Biralbo se atrevía. Billy Swann se volvió muy despacio hacia él, con su cabeza de mono segada por la blancura de la colcha, y sus arrugas se agravaron cuando empezó a reír.

—No dijo casi nada. Le preocupaba que yo no me acordara de ella, como a esos tipos que me encuentro de vez en cuando y me dicen: «Billy, ¿no te acuerdas de mí? Tocamos juntos en Boston el cincuenta y cuatro.» Así me habló ella, pero yo me acordaba. Me acordé cuando le vi las piernas. Puedo reconocer a una mujer entre veinte mirándole sólo las piernas. En los teatros hay muy poca luz, y uno no ve las caras de las mujeres que hay sentadas en la primera fila, pero sí sus piernas. Me gusta mirarlas mientras toco. Las veo mover las rodillas y golpear el suelo con los tacones para llevar el ritmo.

—¿Por qué te dio la carta? Tiene puestos los sellos.

—Ella no llevaba tacones. Llevaba unas botas planas, manchadas de barro. Unas botas de pobre. Tenía mejor aspecto que cuando me la presentaste aquí.

—¿Por qué tenías que ser tú quien me diera la carta?

—Supongo que le mentí. Ella quería que tú la recibieras cuanto antes. Sacó del bolso el tabaco, el lápiz de labios, un pañuelo, todas esas cosas absurdas que llevan las mujeres. Lo dejó todo en la mesa del camerino y no encontraba la carta. Hasta un revólver tenía. Se arrepintió antes de sacarlo, pero yo lo vi.

—¿Tenía un revólver?

—Un treinta y ocho reluciente. No hay nada que una mujer no pueda llevar en el bolso. Por fin sacó la carta. Yo le mentí. Ella quería que lo hiciera. Le dije que iba a verte en un par de semanas. Pero luego me marché del club y vino todo aquello de Nueva York... Puede que no le mintiera entonces. Supongo que pensaba venir a verte y que me equivoqué de avión. Pero no perdí tu carta, muchacho. La guardé en el doble fondo, como en los viejos tiempos...

Al día siguiente Biralbo despidió a Billy Swann con una doble sospecha de orfandad y de alivio. En el vestíbulo de la estación, en la cantina, en el andén, intercambiaron promesas embusteras: que Billy Swann abandonaría provisionalmente el alcohol, que Biralbo escribiría una carta blasfema para despedirse de las monjas, que iban a verse en Estocolmo dos o tres semanas más tarde. Biralbo no escribiría más cartas a Berlín, porque contra el amor de las mujeres no cabía mejor remedio que el olvido. Pero cuando el tren se alejó Biralbo entró de nuevo en la cantina y leyó por sexta o séptima vez aquella carta de Lucrecia, eludiendo sin éxito la melancolía de su apresurada frialdad: diez o doce líneas escritas en el reverso de un plano de Lisboa. Lucrecia aseguraba que regresaría pronto y le pedía disculpas por no haber encontrado otro papel donde escribirle. El plano era una borrosa fotocopia en la que había, hacia la izquierda, un punto retintado en rojo y una palabra escrita con una letra que no pertenecía a Lucrecia: *Burma*.

## CAPÍTULO VI

Que Floro Bloom no hubiera cerrado todavía el Lady Bird era inexplicable si uno ignoraba su inveterada pereza o su propensión a las formas más inútiles de la lealtad. Parece que su verdadero nombre era Floreal: que venía de una familia de republicanos federales y que hacia 1970 fue feliz en algún lugar del Canadá, a donde llegó huyendo de persecuciones políticas de las que no hablaba nunca. En cuanto a ese apodo, Bloom, tengo razones para suponer que se lo asignó Santiago Biralbo, porque era gordo y pausado y tenía siempre en sus mejillas una rosada plenitud muy semejante a la de las manzanas. Era gordo y rubio, verdaderamente parecía que hubiera nacido en el Canadá o en Suecia. Sus recuerdos, como su vida visible, eran de una confortable simplicidad: un par de copas bastaban para que se acordara de un restaurante de Quebec donde trabajó durante algunos meses, una especie de merendero en mitad de un bosque a donde acudían las ardillas para lamer los platos y no se asustaban si lo veían a él: movían el hocico húmedo, las diminutas uñas, la cola, se marchaban luego dando menudos saltos sobre el césped y sabían la hora exacta de la noche en que debían regresar para apurar los restos de la cena. A veces uno estaba comiendo en aquel lugar y una ardilla se le posaba en la mesa. En la barra del Lady Bird, Floro Bloom las recordaba como si pudiera verlas ante sí con sus lacrimosos ojos azules. No se asustaban, decía, como refiriendo un prodigio. Moviendo el hocico le lamían la mano, como gatitos, eran ardillas felices. Pero luego Floro Bloom adquiría el gesto solemne de aquella alegoría de la República que guardaba en la trastienda del Lady Bird y establecía vaticinios: «¿Te imaginas que una ardilla se acercara aquí a la mesa de un restaurante? La degollaban, seguro, le hincaban un tenedor.»

Aquel verano, con los extranjeros, el Lady Bird conoció una tenue edad de plata. Floro Bloom asistía a ella con un poco de fastidio: inquieto y fatigado andaba atendiendo las mesas y la barra, casi no tenía tiempo de conversar con los habituales, quiero decir, con los que sólo muy de tarde en tarde pagábamos. Desde el otro lado de la barra miraba el bar con el estupor de quien ve su casa invadida por extraños, venciendo una íntima reprobación ponía los discos que le reclamaban, escuchaba con indiferencia ecuánime confesiones de borrachos que sólo hablaban en inglés, acaso pensaba en las ardillas dóciles de Quebec cuando parecía más perdido.

Contrató a un camarero: ensayó un gesto ensimismado ante la máquina registradora que lo eximía de atender a quienes no le importaban. Durante un par de meses, hasta principios de septiembre, Santiago Biralbo volvió a tocar el piano en el Lady Bird gozando de un ilimitado crédito en botellas de bourbon. La timidez o el presentimiento del fracaso me han vedado siempre los bares vacíos: aquel verano también yo volví al Lady Bird. Elegía una esquina apartada de la barra, bebía solo, hablaba de la Ley de Cultos de la República con Floro Bloom. Cuando Biralbo terminaba de tocar tomábamos juntos la penúltima copa. De madrugada caminábamos hacia la ciudad siguiendo la curva de luces de la bahía. Una noche, cuando adquirí mi sitio y mi copa en el Lady Bird, Floro Bloom se me acercó y limpió la barra mirando a un punto indeterminado del aire.

—Vuélvete y mira a la rubia —me dijo—. No podrás olvidarla.

Pero no estaba sola. Sobre sus hombros caía una melena larga y lisa que resplandecía en la luz con un brillo de oro pálido. Había en la piel de sus sienes una transparencia azulada. Tenía los ojos impasibles y azules y mirarla era como entregarse sin remordimiento a la frialdad de una desgracia. Posadas sobre sus largos muslos se movían las manos siguiendo el ritmo de la canción que tocaba Biralbo, pero la música no llegaba a interesarle, ni la mirada de Floro Bloom, ni la mía, ni la existencia de nadie. Estaba sentada contemplando a Biralbo como una estatua puede contemplar el mar y de vez en cuando bebía de su copa, o contestaba algo al hombre que tenía junto a ella, trivial como la explicación de un grabado.

—No faltan desde hace dos o tres noches —me informó Floro Bloom—. Se sientan, piden sus copas y miran a Biralbo. Pero él no se fija. Está enajenado. Quiere irse a Estocolmo con Billy Swann, no piensa más que en la música.

—Y en Lucrecia —dije yo, a uno nunca le falta clarividencia para juzgar las vidas de los otros.

—Cualquiera sabe —dijo Floro Bloom—. Pero mira a la rubia, mira a ese tipo que viene con ella.

Era tan grande y tan vulgar que uno tardaba un rato en darse cuenta de que también era negro. Siempre sonreía, no demasiado, lo justo como para que su vasta sonrisa no pareciese una afrenta. Bebían mucho y se marchaban al final de la música y él siempre dejaba sobre la mesa propinas desmedidas. Una noche vino a la barra para pedir algo y se quedó junto a mí. Entre los dientes sostenía un cigarro, por un instante me envolvió el olor del humo que expulsaba enérgicamente por la nariz. En una mesa del fondo, recostada en la pared, lo esperaba la rubia, perdida en el tedio y en la soledad. Se me quedó mirando con sus dos copas en la mano y dijo que me conocía. Un amigo común le había hablado de mí. «Malcolm», dijo, y luego mascó el cigarro y dejó las copas en la barra como para darme tiempo a que recordara. «Bruce Malcolm», repitió con el acento más extraño que yo haya escuchado nunca, y se apartó de un manotazo el humo de la cara. «Pero me parece que aquí le llamaban el americano.»

Hablaba como ejerciendo una parodia del acento francés. Hablaba exactamente igual que los negros de las películas y decía *ameguicano* y *me paguece* y nos sonreía a Floro Bloom y a mí como si hubiera mantenido con nosotros una amistad más antigua que nuestros recuerdos. Nos preguntó quién tocaba el piano y cuando se lo dijimos repitió admirativamente: *Bigalbo.* Llevaba una chaqueta de cuero. La piel de sus manos tenía la pálida y tensa textura del cuero muy gastado. Tenía el pelo crespo y gris y nunca cesaba de aprobar lo que veían sus grandes ojos vacunos. Moviendo mucho la cabeza nos pidió perdón y recobró sus copas: con notorio orgullo, con humildad, nos dijo que su secretaria lo estaba esperando. Sin duda es un hecho milagroso que sin dejar ninguna de las dos copas ni quitarse de la boca el cigarro depositara una tarjeta en la barra. Floro Bloom y yo la examinamos al mismo tiempo: Toussaints Morton, decía, cuadros y libros antiguos, Berlín.

—Has conocido a todo el mundo —me dijo Biralbo, en Madrid—. A Malcolm, a Lucrecia. Incluso a Toussaints Morton.

—No tiene mérito —dije yo: no me importaba que Biralbo se burlara de mí, con aquella sonrisa de quien lo sabe todo—. Vivíamos en la misma ciudad, íbamos a los mismos bares.

—Conocíamos a las mismas mujeres. ¿Te acuerdas de la secretaria?

—Floro Bloom estaba en lo cierto. Uno la veía y ya no había modo de olvidarla. Pero era una especie de estatua de hielo. Se le notaban las venas azules bajo la piel.

—Era una hija de puta —dijo bruscamente Biralbo. No solía usar esa clase de palabras—. ¿Te acuerdas de su mirada en el Lady Bird? Me miró igual que cuando su jefe y Malcolm estaban a punto de matarme. No hace ni un año, en Lisboa.

En seguida pareció arrepentirse de lo que acababa de decir. En él eso era una estrategia o un hábito: decía algo y luego sonreía mirando hacia otra parte, como si la sonrisa o la mirada lo autorizaran a uno a no creer lo que había oído. Adoptaba entonces la misma expresión que tenía mientras estaba tocando en el Metropolitano, un aire como de somnolencia o desdén, una tranquila frialdad de testigo de su propia música o de sus palabras, tan indudables y fugaces como una melodía recién ejecutada. Pero tardó algún tiempo en volver a hablarme de Toussaints Morton y de su secretaria rubia. Cuando lo hizo, la última noche que nos vimos, en su habitación del hotel, tenía un revólver en la mano y vigilaba algo tras las cortinas del balcón. No parecía tener miedo: sólo esperaba, inmóvil, contemplando la calle, la esquina populosa de la Telefónica, tan absorto en la espera como cuando contaba los días que iban pasando desde la última carta de Lucrecia.

Él no lo sabía entonces, pero la llegada de Billy Swann fue el primer vaticinio del regreso. Unas semanas después de que se marchara apareció Toussaints Morton: también él venía de Berlín, de aquella inconcebible región del mundo donde Lucrecia seguía siendo una criatura real.

En mi memoria aquel verano se resume en unos pocos atardeceres de indolencia, de cielos púrpura y rosa sobre la lejanía del mar, de prolongadas noches en las que el alcohol tenía la misma tibieza que la llovizna del amanecer. Con bolsos de playa y sandalias de verano, con el leve vello de los muslos manchado de salitre, con la piel tenuemente enrojecida, delgadas extranjeras rubias acudían al Lady Bird a la caída de la tarde. Desde la barra, mientras servía sus copas, Floro Bloom las consideraba en silencio con ternura de fauno, elegía imaginariamente, me señalaba el perfil o la mirada de alguna, tal vez signos propicios. Ahora las recuerdo a todas, incluso a las que una o dos noches se quedaron con Floro Bloom y conmigo cuando cerró el Lady Bird, como borradores inexactos de un modelo que contenía las perfecciones dispersas en cada una de ellas: la impasible, la alta y helada secretaria de Toussaints Morton.

Al principio Biralbo no reparó en ella, entonces no se fijaba mucho en las mujeres, y cuando Floro o yo le decíamos que observara a alguna que nos atraía particularmente él se complacía en señalarle imperfecciones menores: que tenía las manos cortas, por ejemplo, o que sus tobillos eran demasiado gruesos. La tercera o la cuarta noche —ella y Toussaints Morton llegaban siempre a la misma hora y ocupaban la misma mesa próxima al escenario—, mientras recorría los rostros de los bebedores usuales, le sorprendió descubrir en aquella desconocida un gesto que le recordaba a Lucrecia, y eso hizo que la mirase varias veces, buscando una expresión que no volvió a repetirse, que acaso no había llegado a suceder, porque era una pervivencia del tiempo en que buscaba en todas las mujeres algún indicio de los rasgos, de la mirada o del andar de Lucrecia.

Aquel verano, me explicó dos años después, había empezado a darse cuenta de que la música ha de ser una pasión fría y absoluta. Tocaba de nuevo regularmente, casi siempre solo y en el Lady Bird, notaba en los dedos la fluidez de la música como una corriente tan infinita y serena como el transcurso del tiempo: se abandonaba a ella como a la velocidad de un automóvil, avanzando más rápido a cada instante, entregado a un objetivo impulso de oscuridad y distancia únicamente regido por la inteligencia, por el instinto de alejarse y huir sin conocer más espacio que el que los faros alumbran, era igual que conducir solo a medianoche por una carretera desconocida. Hasta entonces su música había sido una confesión siempre destinada a alguien, a Lucrecia, a él mismo. Ahora intuía que se le iba convirtiendo en un método de adivinación, casi había perdido el instinto automático de preguntarse mientras tocaba qué pensaría Lucrecia si pudiera escucharlo. Lentamente la soledad se le despoblaba de fantasmas: a veces, un rato después de despertarse, lo asombraba comprobar que había vivido unos minutos sin acordarse de ella. Ni siquiera en sueños la veía, sólo de espaldas, a contraluz, de modo que su rostro se le negaba siempre o era el de otra mujer. Con frecuencia deambulaba en sueños por un Berlín arbitrario y nocturno de iluminados rascacielos y faros rojos y azules sobre las aceras bruñidas de escarcha, una ciudad de nadie en la que tampoco estaba Lucrecia.

A principios de junio le escribió una carta, la última. Un mes más tarde, cuando abrió el buzón, encontró lo que no había visto desde hacía mucho tiempo, lo que ya sólo esperaba por una costumbre más arraigada que su voluntad: un largo sobre con los filos listados en el que estaban escritos el nombre y la dirección de Lucrecia. Sólo cuando ya lo había rasgado ávidamente se dio cuenta de que era la misma carta que unas semanas antes escribió él. Tenía una tachadura o una firma en lápiz rojo y cruzaba su reverso una frase escrita en alemán. Alguien en el Lady Bird se la tradujo: *Desconocido en esta dirección*.

Volvió a leer su propia carta, que había viajado tan lejos para regresar a él. Pensó sin amargura que llevaba casi tres años escribiéndose a sí mismo, que ya era tiempo de vivir otra vida. Por primera vez desde que conoció a Lucrecia se atrevió a imaginar cómo sería el mundo si ella no existiera, si no la hubiera encontrado nunca. Pero sólo bebiendo una ginebra o un whisky y subiendo luego a tocar el piano del Lady Bird ingresaba indudablemente en el olvido, en su vacía exaltación. Cierta noche de julio un rostro se precisó ante él: un gesto fortuito que actuó en su memoria como esa mano que al posarse sobre una cicatriz revive involuntariamente el dolor crudo de la herida.

La secretaria de Toussaints Morton lo miraba como si tuviera ante sí una pared o un paisaje inmóvil. Volvió a verla unas horas más tarde, aquella misma noche, en la estación del Topo. Era un lugar sucio y mal iluminado, con ese aire de devastación que tienen siempre los vestíbulos de las estaciones antes del amanecer, pero la rubia estaba sentada en un banco como en el diván de un salón de baile, intocada y serena, con un bolso de piel y una carpeta sobre las rodillas. Junto a ella Toussaints Morton mascaba un cigarro y sonreía a las paredes sucias de la estación, a Biralbo, que no recordaba haberlo visto en el Lady Bird. Aquella sonrisa era tal vez un saludo que él prefirió ignorar, le desagradaba la simpatía de los desconocidos. Compró un billete y esperó junto al andén oyendo que el hombre y la mujer hablaban muy quedamente a sus espaldas en una fluida mezcla de francés y de inglés que le resultaba indescifrable. De vez en cuando una poderosa carcajada masculina rompía el murmullo como de corredor de hospital y resonaba en la estación desierta. Con algo de aprensión Biralbo sospechó que el hombre se reía de él, pero no llegó a volverse. Hubo un silencio más largo: supo que lo miraban. No se movieron cuando llegó el tren. Ya en él, Biralbo los miró abiertamente desde su ventanilla y encontró la sonrisa obscena de Toussaints Morton, que movía la cabeza como diciéndole adiós. Los vio levantarse cuando el Topo abandonaba muy lentamente la estación. Debieron de subir a él dos o tres vagones más atrás del que ocupaba Biralbo, porque ya no volvió a verlos aquella noche. Pensó que tal vez continuarían el viaje hasta la frontera de Irún: antes de abrir la puerta de su casa ya se había olvidado de ellos.

Hay hombres inmunes al ridículo y a la verdad que parecen resueltamente consagrados a la encarnación de una parodia. Por aquel tiempo yo pensaba que Toussaints Morton era uno de ellos: muy alto, exageraba su estatura con botas de tacón y usaba chaquetas de cuero y camisas rosadas con amplios cuellos picudos que casi le llegaban a los hombros. Anillos de muy dudosa pedrería y cadenas doradas relumbraban en su piel oscura y en el vello de su pecho. Mascando un cigarro hediondo agrandaba su sonrisa, y llevaba siempre en el bolsillo superior de la chaqueta un largo mondadientes de oro con el que solía limpiarse las uñas, y se las olía luego discretamente, como quien aspira rapé. Un impreciso olor manifestaba su presencia antes de que uno pudiera verlo o cuando acababa de marcharse: era la mezcla del humo de su tabaco cimarrón y del perfume que envolvía a su secretaria como una pálida y fría emanación de su melena lisa, de su inmovilidad, de su piel rosada y translúcida.

Ahora, al cabo de casi dos años, yo he vuelto a reconocer ese olor, que ya será para siempre el del pasado y el miedo. Santiago Biralbo lo percibió por primera vez una tarde de verano, en San Sebastián, en el vestíbulo del edificio donde vivía entonces. Se había levantado muy tarde, había comido en un bar cercano y no pensaba ir al centro, porque aquella noche, era miércoles, estaría cerrado el Lady Bird. Caminaba hacia el ascensor sosteniendo todavía la llave del buzón —seguía mirándolo varias veces al día por si acaso se retrasaba el cartero— cuando una sensación de lejana familiaridad y extrañeza le hizo erguirse y mirar en torno suyo: un segundo antes de identificar el olor vio a Toussaints Morton y a su secretaria felizmente instalados en el sofá del vestíbulo. Sobre las rodillas juntas y desnudas de la secretaria permanecían el mismo bolso y la misma carpeta que llevaba dos o tres noches antes en la estación del Topo. Toussaints Morton abrazaba una gran bolsa de papel de la que sobresalía el cuello de una botella de whisky. Sonreía casi fieramente apretando el cigarro a un lado de la boca, sólo se lo quitó cuando se puso en pie para tenderle una de sus grandes manos a Biralbo: tenía el tacto de la madera bruñida por el uso. La secretaria, Biralbo supo luego que se llamaba Daphne, hizo un gesto casi humano cuando se levantó: echando a un lado la cabeza se apartó el pelo de la cara, le sonrió a Biralbo, únicamente con los labios.

Toussaints Morton hablaba en español como quien conduce a toda velocidad ignorando el código y haciendo escarnio de los guardias. Ni la gramática ni la decencia entorpecieron nunca su felicidad, y cuando no encontraba una palabra se mordía los labios, decía *miegda* y se trasladaba a otro idioma con la soltura de un estafador que cruza la frontera con pasaporte falso. Pidió disculpas a Biralbo por su *intgomisión*: se declaró devoto del jazz, de Art Tatum, de Billy Swann, de las tranquilas veladas en el Lady Bird: dijo que prefería la intimidad de los recintos pequeños a la evidente bobería de la muchedumbre —el jazz, como el flamenco, era una pasión de minorías—: dijo su nombre y el de su secretaria, aseguró que regentaba en Berlín un discreto y floreciente negocio de antigüedades, más bien clandestino, sugirió, si uno abre una tienda e instala un rótulo luminoso los impuestos rápidamente lo decapitan. Señaló vagamente la carpeta de su secretaria, la bolsa de papel que él mismo sostenía: en Berlín, en Londres, en Nueva York —sin duda Biralbo había oído hablar de la Nathan Levy Gallery—, Toussaints Morton era alguien en el negocio de los grabados y los libros antiguos.

Daphne sonreía con la placidez de quien escucha el ruido de la lluvia. Biralbo ya había abierto la puerta del ascensor y se disponía a subir solo al piso octavo, un poco aturdido, siempre le ocurría eso cuando hablaba con alguien después de estar solo durante muchas horas. Entonces Toussaints Morton retuvo ostensiblemente la puerta del ascensor apoyando en ella la rodilla y dijo, sonriendo, sin quitarse el cigarro de la boca:

—Lucrecia me habló mucho de usted allá en Berlín. Fuimos grandes amigos. Decía siempre: «Cuando no me quede nadie, todavía me quedará Santiago Biralbo.»

Biralbo no dijo nada. Subieron juntos en el ascensor, manteniendo un difícil silencio únicamente mitigado por la sonrisa irrompible de Toussaints Morton, por la fijeza de las pupilas azules de su secretaria, que miraba la rápida sucesión de los números iluminados como vislumbrando el paisaje creciente de la ciudad y su serena lejanía. Biralbo no les dijo que entraran: se internaron en el corredor de su casa con el complacido interés de quien visita un museo de provincias, examinando aprobadoramente los cuadros, las lámparas, el sofá donde en seguida se sentaron. De pronto Biralbo estaba parado ante ellos y no sabía qué decirles, era como si al entrar en su casa los hubiera encontrado conversando en el sofá del comedor y no acertara a expulsarlos ni a preguntar por qué estaban allí. Cuando pasaba muchas horas solo su sentido de la realidad se le volvía particularmente quebradizo: tuvo una breve sensación de extravío muy semejante a la de algunos sueños, y se vio a sí mismo parado ante dos desconocidos que ocupaban su sofá, intrigado no por el motivo de su presencia sino por los caracteres de la inscripción que había en la medalla de oro que llevaba al cuello Toussaints Morton. Les ofreció una copa: recordó que no tenía nada de beber. Gozosamente Toussaints Morton descubrió la mitad de la botella que traía y señaló la marca con su ancho dedo índice. Biralbo pensó que tenía dedos de contrabajista.

—Lucrecia siempre lo decía: «Mi amigo Biralbo sólo bebe el mejor bourbon.» Me pregunto si éste será lo bastante bueno para usted. Daphne lo encontró y me dijo: «Toussaints, es algo caro, pero ni en Tennessee lo encontrarás mejor.» Y la cuestión es que Daphne no bebe. Tampoco fuma, y no come más que verduras y pescado hervido. Díselo tú, Daphne, el señor habla inglés. Pero ella es muy tímida. Me dice: «Toussaints, ¿cómo puedes hablar tanto en tantos idiomas?» «¡Porque tengo que decir todo lo que no dices tú!», le contesto... ¿Lucrecia no le habla de mí?

Como si el impulso de su carcajada lo empujara hacia atrás Toussaints Morton apoyó la espalda en el sofá, posando una mano grande y oscura en las rodillas blancas de Daphne, que sonrió un poco, serena y vertical.

—Me gusta esta casa. —Toussaints Morton paseó una mirada ávida y feliz por el comedor casi vacío, como agradeciendo una hospitalidad largamente apetecida—. Los discos, los muebles, ese piano. De niño mi madre quería que yo aprendiera a tocar el piano. «Toussaints», me decía, «alguna vez me lo agradecerás». Pero yo no aprendí. Lucrecia siempre me hablaba de esta casa. Buen gusto, sobriedad. En cuanto lo vi a usted la otra noche se lo dije a Daphne: «Él y Lucrecia son almas gemelas.» Conozco a un hombre mirándolo una sola vez a los ojos. A las mujeres no. Hace cuatro años que Daphne es mi secretaria, ¿y cree usted que la conozco? No más que al presidente de los Estados Unidos...

«Pero Lucrecia nunca ha estado aquí», pensó lejanamente Biralbo: la risa y las incesantes palabras de Toussaints Morton actuaban como un somnífero sobre su conciencia. Aún estaba de pie. Dijo que iría a buscar vasos y un poco de hielo. Cuando les preguntó si querían agua, Toussaints Morton se tapó la boca como fingiendo que no podía detener la risa.

—Por supuesto que queremos agua. Daphne y yo pedimos siempre whisky con agua en los bares. El agua es para ella, el whisky para mí.

Cuando Biralbo volvió de la cocina Toussaints Morton estaba de pie junto al piano y hojeaba un libro, lo cerró de golpe, sonriendo, ahora fingía una expresión de disculpa. Por un instante Biralbo advirtió en sus ojos una inquisidora frialdad que no formaba parte de la simulación: ojos grandes y muertos, con un cerco rojizo en torno a las pupilas. Daphne, la secretaria, tenía las manos juntas y extendidas ante sí, con las palmas hacia abajo, y se miraba las uñas. Las tenía largas y sonrosadas, sin esmalte, de un rosa un poco más pálido que el de su piel.

—Permítame —dijo Toussaints Morton. Le quitó a Biralbo la bandeja de las manos y llenó dos vasos de bourbon, hizo como si al inclinar la botella sobre el vaso de Daphne recordara de pronto que ella no bebía. Dejó el suyo sobre la mesa del teléfono después de paladear ruidosamente el primer trago. Se hundió más en el sofá, confortado, casi hospitalario, prendiendo con amplia felicidad su cigarro apagado.

—Yo lo sabía —dijo—. Sabía cómo era usted antes de verlo. Pregúntele a Daphne. Le decía siempre: «Daphne, Malcolm no es el hombre adecuado para Lucrecia, no mientras viva ese pianista que se quedó en España.» Allá en Berlín Lucrecia nos hablaba tanto de usted... Cuando no estaba Malcolm, desde luego. Daphne y yo fuimos como una familia para ella cuando se separaron. Daphne se lo puede decir: en mi casa Lucrecia tenía siempre a su disposición una cama y un plato de comida, no fueron buenos tiempos para ella.

—¿Cuándo se separó de Malcolm? —dijo Biralbo. Toussaints Morton lo miró entonces con la misma expresión que lo había inquietado cuando volvió al comedor con los vasos y el hielo, e inmediatamente rompió a reír.

—¿Te das cuenta, Daphne? El señor se hace de nuevas. No es necesario, amigo, ustedes ya no tienen que esconderse, no delante de mí. ¿Sabe que algunas veces fui yo quien echó al correo las cartas que le escribía Lucrecia? Yo, Toussaints Morton. Malcolm la quería, él era mi amigo, pero yo me daba cuenta de que ella estaba loca por usted. Daphne y yo conversábamos mucho sobre eso, y yo le decía, «Daphne, Malcolm es mi amigo y mi socio pero esa chica tiene derecho a enamorarse de quien quiera». Eso es lo que pensaba yo, pregúntele a Daphne, no tengo secretos para ella.

A Biralbo las palabras de Toussaints Morton comenzaban a producirle un efecto de irrealidad muy semejante al del bourbon: sin que él se diera cuenta habían bebido ya más de la mitad de la botella, porque Toussaints Morton no cesaba de volcarla con brusquedad sobre los dos vasos, manchando la bandeja, la mesa, limpiándolas en seguida con un pañuelo de colores tan largo como el de un ilusionista. Biralbo, que desde el principio sospechó que mentía, empezaba a escucharlo con la atención de un joyero no del todo indecente que se aviene por primera vez a comprar mercancía robada.

—No sé nada de Lucrecia —dijo—. No la he visto desde hace tres años.

—Desconfía. —Toussaints Morton movió melancólicamente la cabeza mirando a su secretaria como si buscara en ella un alivio para la ingratitud—. ¿Te das cuenta, Daphne? Igual que Lucrecia. No me sorprende, señor —se volvió digno y serio hacia Biralbo, pero en sus ojos había la misma mirada indiferente al juego y a la simulación—. También ella desconfió de nosotros. Díselo, Daphne. Dile que se marchó de Berlín sin decirnos nada.

—¿Ya no vive en Berlín?

Pero Toussaints Morton no le contestó. Se puso en pie muy trabajosamente, apoyándose en el respaldo del sofá, jadeando con el cigarro en la boca entreabierta. La secretaria lo imitó con un gesto automático, la carpeta como acunada entre los brazos, el bolso al hombro. Cuando se movía, su perfume se dilataba en el aire: había en él una sugerencia de ceniza y de humo.

—Está bien, señor —dijo Toussaints Morton, herido, casi triste. Al verlo de pie recordó Biralbo lo alto que era—. Lo entiendo. Entiendo que Lucrecia no quiera saber nada de nosotros. Hoy en día no significan nada los viejos amigos. Pero dígale que Toussaints Morton estuvo aquí y deseaba verla. Dígaselo.

Impulsado por una absurda voluntad de disculpa Biralbo repitió que no sabía nada de Lucrecia: que no estaba en San Sebastián, que tal vez no había regresado a España. Los tranquilos y ebrios ojos de Toussaints Morton permanecían fijos en él como en la evidencia de una mentira, de una innecesaria deslealtad. Antes de entrar en el ascensor, cuando ya se marchaban, le tendió a Biralbo una tarjeta: aún no pensaban regresar a Berlín, le dijo, se quedarían unas semanas en España, si Lucrecia cambiaba de opinión y quería verlos ahí le dejaban un teléfono de Madrid. Biralbo se quedó solo en el pasillo y cuando entró de nuevo en su casa cerró con llave la puerta. Ya no se escuchaba el ruido del ascensor, pero el humo de los cigarrillos de Toussaints Morton y el perfume de su secretaria aún permanecían casi sólidamente en el aire.

## CAPÍTULO VII

—Míralo —dijo Biralbo—. Mira cómo sonríe.

Me acerqué a él y aparté ligeramente la cortina para mirar a la calle. En la otra acera, inmóvil y más alto que quienes pasaban a su lado, Toussaints Morton miraba y sonreía como aprobándolo todo: la noche de Madrid, el frío, las mujeres quietas que fumaban cerca de él, al filo de la acera, apoyadas en un indicador de dirección, en la pared de la Telefónica.

—¿Sabe que estamos aquí? —me aparté del balcón: me había parecido que la mirada de Toussaints Morton me alcanzaba, desde lejos.

—Seguro —dijo Biralbo—. Quiere que yo lo vea. Quiere que sepa que me ha encontrado.

—¿Por qué no sube?

—Tiene orgullo. Quiere darme miedo. Lleva dos días ahí.

—No veo a su secretaria.

—Tal vez la ha mandado al Metropolitano. Por si yo salgo por otra puerta. Lo conozco. Todavía no quiere atraparme. Por ahora sólo pretende que yo sepa que no puedo escaparme de él.

—Apagaré la luz.

—Da igual. Él sabrá que seguimos aquí.

Biralbo echó del todo las cortinas y se sentó en la

cama sin soltar el revólver. La habitación se me volvía cada vez más pequeña y oscura bajo la sucia luz de las mesas de noche. Sonó entonces el teléfono: era un modelo antiguo, negro y muy anguloso, de aspecto funeral. Parecía únicamente concebido para transmitir desgracias. Biralbo lo tenía al alcance de la mano: se lo quedó mirando y luego me miró a mí mientras sonaba, pero no lo descolgó. Yo deseaba que cada timbrazo fuera el último, pero volvía a repetirse tras un segundo de silencio, más estridente aún y más tenaz, como si lleváramos horas escuchando. Al fin cogí el teléfono: pregunté quién era y no me contestó nadie, luego escuché un pitido intermitente y agudo. Biralbo no se había movido de la cama: estaba fumando y ni siquiera me miraba, comenzó a silbar una lenta canción al mismo tiempo que expulsaba el humo. Me asomé al balcón. Toussaints Morton ya no estaba en la acera de la Telefónica.

—Volverá —dijo Biralbo—. Siempre vuelve.

—¿Qué quiere de ti?

—Algo que yo no tengo.

—¿Vas a ir al Metropolitano esta noche?

—No me apetece tocar. Llama tú de mi parte y pregunta por Mónica. Dile que estoy enfermo.

Hacía un calor insano en la habitación, el aire caliente zumbaba en los acondicionadores, pero Biralbo no se había quitado el abrigo, parecía que de verdad estuviera enfermo. Siempre lo veo con él en mis recuerdos de aquellos últimos días, siempre tendido en la cama, o fumando tras las cortinas del balcón, la mano derecha en el bolsillo del abrigo, buscando el tabaco, acaso la culata de su revólver. En el armario guardaba un par de botellas de whisky. Bebíamos en los vasos opacos del lavabo, metódicamente, sin atención ni placer, el whisky sin hielo me quemaba los labios, pero yo seguía bebiendo y casi nunca decía nada, sólo escuchaba a Biralbo y miraba de vez en cuando hacia la otra acera de la Gran Vía, buscando la alta figura de

Toussaints Morton, estremeciéndome al confundirlo con cualquiera de los hombres de piel oscura que se detenían en las esquinas al anochecer. Desde la calle subía el miedo hacia mí como un sonido de sirenas lejanas: era una sensación de intemperie, de soledad y viento frío de invierno, como si los muros del hotel y sus puertas cerradas ya no pudieran defenderme.

Pero Biralbo no tenía miedo: no podía tenerlo, porque no le importaba lo que ocurriera en el exterior, al otro lado de la calle, tal vez mucho más cerca, en los corredores de su hotel, detrás de la puerta, cuando sonaban pasos amortiguados y llaves girando en una cerradura muy próxima y era un huésped desconocido e invisible al que luego oíamos toser en la habitación contigua. Con frecuencia limpiaba su revólver empleando en ello la desocupada atención de quien se lustra los zapatos. Recuerdo la marca inscrita en el cañón: *Colt trooper 38*. Tenía la extraña belleza de una navaja recién afilada, en su forma reluciente había una sugestión de irrealidad, como si no fuera un revólver que súbitamente podía disparar o matar, sino un símbolo de algo, letal en sí mismo, en su recelosa inmovilidad, igual que un frasco de veneno guardado en un armario.

Había pertenecido a Lucrecia. Ella lo trajo de Berlín, era un atributo de su nueva presencia, como el pelo tan largo y las gafas oscuras y la inexpresada voluntad de sigilo y de incesante huida. Volvió cuando Biralbo ya había dejado de esperarla: no vino del pasado ni del Berlín ilusorio de las postales y las cartas, sino de la pura ausencia, del vacío, investida de otra identidad tan ligeramente perceptible en su rostro de siempre como el acento extranjero con que entonaba ahora algunas palabras. Volvió una mañana de noviembre: el teléfono despertó a Biralbo, y al principio no reconoció aquella voz, porque también la había olvidado, como el color exacto de los ojos de Lucrecia.

—A la una y media —dijo ella—. En ese bar del paseo Marítimo. La Gaviota. ¿Te acuerdas?

Biralbo no se acordaba: colgó el teléfono y miró el despertador como si volviera de un sueño: eran las doce y media de una mañana gris y enrarecida por la doble extrañeza de no haber ido al trabajo y de escuchar la voz de Lucrecia, reciente aún, recobrada, casi desconocida, no imposible al cabo de los años y de la lejanía, sino instalada en un punto preciso de la realidad, en un minuto accesible y futuro, la una y media, había dicho ella, y luego el nombre del bar y una liviana despedida que confirmaba su ingreso en el territorio de las citas posibles, de los rostros que no es necesario imaginar porque basta una llamada de teléfono para invocar su presencia. Ahora el tiempo comenzó a avanzar para Santiago Biralbo a una velocidad que le era desconocida y lo volvía inhábil, como si estuviera tocando con músicos demasiado rápidos para él. Su propia lentitud se había traspasado a las cosas, de modo que el calentador de la ducha parecía que nunca fuera a encenderse y la ropa limpia había desaparecido del armario donde siempre estuvo, y el ascensor estaba ocupado y tardaba horas en subir, y no había taxis en el barrio, en ningún lugar de la ciudad, nadie esperaba un tren en la estación del Topo.

Notó que esa suma de contratiempos menores lo distraía de pensar en Lucrecia: quince minutos antes de que concluyeran los tres años de su ausencia, mientras Biralbo buscaba un taxi, Lucrecia estuvo más lejos que nunca de su pensamiento. Sólo cuando subió al taxi y dijo a dónde iba recordó estremeciéndose de miedo que verdaderamente estaba citado con ella, que iba a verla igual que veía sus propios ojos asustados en el retrovisor. Pero no era su propia cara la que estaba mirando, sino otra cuyos rasgos le resultaban parcialmente extraños, porque era la que iba a ser mirada por Lucrecia, juzgada por ella, interrogada en busca de esas señales del tiempo que sólo ahora Biralbo era capaz de advertir, como si pudiera verse a sí mismo desde los ojos de Lucrecia.

Aun antes de encontrarse con ella lo imantaba su presencia invisible, porque la premura y el miedo también eran Lucrecia, y la sensación de abandonarse a la velocidad del taxi, como en el pasado, como cuando acudía a una cita en la que durante media hora iba a jugarse clandestinamente la vida. Pensó que en los últimos tres años el tiempo había sido una cosa inmóvil, como el espacio cuando se viaja de noche por llanuras sin luces. Había medido su duración por la distancia entre las cartas de Lucrecia, porque los otros actos de su vida se le representaban en la negligente memoria como figuras en un relieve plano, como incisiones o manchas en la pared que miraba muy fijo cuando se acostaba y no dormía. Ahora, en el taxi, no había pormenor que no fuese único y arrasado por el tiempo y desvanecido en él: en el tiempo imperioso que otra vez debía medir por minutos y aun por fracciones de segundo, en el reloj que había ante él, a un lado del volante, en el de la iglesia por donde pasó a la una y veinte, en el que imaginaba ya en la muñeca de Lucrecia, secreto y asiduo como el latido de su sangre. Igual que había recobrado la seguridad increíble de que Lucrecia existía recobraba el miedo a llegar tarde: también a haber engordado y a haberse envilecido, a ser indigno del recuerdo de ella o infiel a los vaticinios de su imaginación.

El taxi entró en la ciudad, costeó las alamedas del río, cruzó la avenida de los Tamarindos y los callejones húmedos de la Parte Vieja y surgió bruscamente en el paseo Marítimo, frente a un ilimitado mediodía gris surcado de gaviotas suicidas entre la llovizna. Un hombre impasible y solo, con abrigo oscuro y sombrero terciado sobre la cara, estaba mirando el mar como si contemplara el fin del mundo. Ante él, al otro lado de la barandilla, las olas saltaban sobre los rompientes en altas erupciones de espuma. Biralbo creyó ver que el hombre cobijaba un cigarrillo en la mano ahuecada para defenderlo del viento. Pensó: yo soy ese hombre. El bar donde lo había citado Lucrecia estaba sobre un acantilado que se internaba en el mar. Vio el brillo de sus cristaleras al doblar una curva. De pronto la vida entera de Biralbo cabía en los dos minutos que faltaban para que se detuviera el taxi. Sobre las crestas grises de las olas se mecían gaviotas inmóviles. Al verlas desde la ventanilla Biralbo recordó al hombre del abrigo oscuro: tenía en común con ellas la indiferencia ante el desastre. Pero ése era un modo de no pensar en el hecho pavoroso de que le quedaban segundos para encontrarse con Lucrecia. El taxista se detuvo a un lado del paseo y se quedó mirando a Biralbo en el retrovisor. «La Gaviota», dijo casi con solemnidad: «Hemos llegado.»

A pesar de las grandes cristaleras del fondo, en La Gaviota había una opacidad de encuentros clandestinos, de whisky a deshoras y prudente alcoholismo. Las puertas automáticas se abrieron silenciosamente ante Biralbo. Vio mesas limpias y desiertas con manteles a cuadros, y una barra muy larga en la que no había nadie. Al otro lado de las cristaleras estaba la isla coronada por el faro, y tras ella la lejanía gris de los acantilados y el mar, el verde oscuro de las colinas sesgadas por la niebla. Serenamente, como si fuera otro, recordó una canción: *Stormy weather*. Eso le hizo acordarse de Lucrecia.

Pensó que había llegado tarde: que había equivocado la hora o el lugar de la cita. De perfil contra el remoto paisaje enturbiado a veces por las salpicaduras de la espuma una mujer fumaba ante una copa ancha y translúcida de la que no bebía. El pelo muy largo y las gafas oscuras le tapaban la cara. Se puso en pie, dejó las gafas en la mesa. «Lucrecia», dijo Biralbo, sin moverse aún, pero no la estaba llamando, incrédulamente la nombraba.

No imagino estas cosas, no busco sus pormenores en las palabras que me ha dicho Biralbo. Las veo como desde muy lejos, con una precisión que no debe nada ni a la voluntad ni a la memoria. Veo la lentitud de su abrazo tras los ventanales de La Gaviota, en la luz pálida de aquel mediodía de San Sebastián, como si en aquel instante yo hubiera estado caminando por el paseo Marítimo y hubiera visto de soslayo que un hombre y una mujer se abrazaban en un bar desierto. Lo veo todo desde el porvenir, desde las noches de recelo y alcohol en el hotel de Biralbo, cuando él me contaba el regreso de Lucrecia procurando entibiarlo con una ironía desmentida por la expresión de sus ojos, por el revólver que guardaba en la mesa de noche.

Al abrazar a Lucrecia notó en su pelo un olor que le era extraño. Se apartó para mirarla bien y lo que vio no fue el rostro que sus recuerdos le negaron durante tres años ni los ojos cuyo color tampoco ahora podía precisar, sino la pura certidumbre del tiempo: estaba mucho más delgada que entonces y la melena oscura y la fatigada palidez de los pómulos le afilaban los rasgos. La cara de uno es un vaticinio que siempre acaba por cumplirse. La de Lucrecia le pareció más desconocida y más hermosa que nunca porque contenía las señales de una plenitud que tres años atrás sólo estaba anunciada y que al cumplirse hacía que se dilatara sobre ella el amor de Biralbo. En otro tiempo Lucrecia solía vestirse de colores vivos y se cortaba siempre el pelo a la altura de los hombros. Ahora llevaba un pantalón negro muy ceñido, que acentuaba su delgadez, y un sumario anorak gris. Ahora fumaba cigarrillos americanos y bebía más velozmente que Biralbo, apurando las copas con determinación masculina. Lo vigilaba todo tras los cristales de sus gafas oscuras: se echó a reír cuando Biralbo le preguntó qué significaba la palabra *Burma*. Nada, le dijo, un sitio de Lisboa: había usado el reverso de aquel plano fotocopiado porque le apetecía escribirle y no encontraba papel.

—Ya no volvió a apetecerte —dijo Biralbo, sonriendo, para atenuar la queja inútil, la reprobación que él mismo advertía en su voz.

—Todos los días. —Lucrecia se echó el pelo hacia atrás, conteniéndolo con las manos apoyadas en las sienes—. Todos los días y a todas horas sólo pensaba en escribirte. Te escribía aunque no lo hiciera. Te iba contando todas las cosas a medida que me sucedían. Todas, incluso las peores. Incluso las que ni yo misma habría querido saber. Tú también dejaste de escribirme.

—Sólo cuando me devolvieron una carta.

—Me marché de Berlín.

—¿En enero?

—¿Cómo lo sabes? —Lucrecia sonrió: jugaba con un cigarrillo sin encender, con las gafas. En su atenta mirada había una distancia más definitiva y gris que la de la ciudad tendida en la bahía, dispersa tras las colinas y la bruma.

—Billy Swann te vio entonces. Acuérdate.

—Tú te acuerdas de todo. Siempre me daba miedo tu memoria.

—No me dijiste que pensabas separarte de Malcolm.

—No lo pensaba: una mañana me desperté y lo hice. Aún no ha terminado de creérselo.

—¿Sigue en Berlín?

—Supongo. —En la mirada de Lucrecia había una resolución que por primera vez ignoraba la duda y el miedo: también la piedad, pensó Biralbo—. Pero no he sabido nada de él desde entonces.

—¿A dónde te fuiste? —A Biralbo le daba miedo preguntar. Notaba que iba a llegar a un límite tras el que ya no se atrevería a seguir. Sin eludir su mirada Lucrecia guardó silencio: podía negar algo sin decir que no ni mover la cabeza, sólo mirando fijamente a los ojos.

—Quería ir a cualquier sitio donde él no estuviera. Ni él ni sus amigos.

—Uno de ellos estuvo aquí —dijo lentamente Biralbo—. Toussaints Morton.

Lucrecia hizo un brevísimo gesto de alarma que no llegó a conmover su mirada ni la línea delgada y rosa de sus labios. Por un instante miró en torno suyo como si temiera ver a Toussaints Morton sentado a una mesa cercana, acodado en la barra, sonriendo tras el humo de uno de sus chatos cigarros.

—Este verano, en julio —continuó Biralbo—. Creía que tú estabas en San Sebastián. Me dijo que erais grandes amigos.

—Él no es amigo de nadie, ni siquiera de Malcolm.

—Estaba seguro de que tú y yo vivíamos juntos —dijo Biralbo con melancolía y pudor, y cambió de tono en seguida—. ¿Tiene negocios con Malcolm?

—Trabaja solo, con esa secretaria suya, Daphne. Malcolm era una especie de asalariado. Malcolm ha sido siempre la mitad de importante de lo que él mismo piensa.

—¿Te amenazó?

—¿Malcolm?

—Cuando le dijiste que te ibas.

—No dijo nada. No se lo creía. No podía creer que una mujer lo dejara. Aún estará esperándome.

—A Billy Swann le pareció que tenías miedo de algo cuando fuiste a verle.

—Billy Swann bebe mucho. —Lucrecia sonrió de una manera que Biralbo desconocía: era como su forma de apurar una copa o de sostener un cigarro, señales del tiempo, de la tibia extrañeza, de una antigua lealtad gastada en el vacío—. No puedes imaginar mi alegría cuando supe que estaba en Berlín. No quería oírlo tocar, sólo que me hablara de ti.

—Ahora está en Copenhague. Me llamó el otro día: lleva seis meses sin beber.

—¿Por qué no estás tú con él?

—Tenía que esperarte.

—No me voy a quedar en San Sebastián.

—Tampoco yo. Ahora puedo irme.

—Ni siquiera sabías que yo fuera a volver.

—A lo mejor es que no has vuelto.

—Estoy aquí. Soy Lucrecia. Tú eres Santiago Biralbo.

Lucrecia alargó sus manos sobre la mesa hasta unirlas con las de Biralbo, que permanecieron inmóviles. Le tocó la cara y el pelo como para reconocerlo con una certeza que no lograba la mirada. Acaso no la conmovía la ternura, sino la sensación de una mutua orfandad. Dos años más tarde, en Lisboa, durante una noche y un amanecer de invierno, Biralbo iba a aprender que eso era lo único que los vincularía siempre, no el deseo ni la memoria, sino el abandono, sino la seguridad de estar solos y de no tener ni la disculpa del amor fracasado.

Lucrecia miró su reloj, aún no dijo que debía marcharse. Ése fue casi el único gesto que él reconoció, la única inquietud de otro tiempo que recobraba intacta. Pero ahora Malcolm no estaba, no había razón para la clandestinidad y la premura. Lucrecia guardó los cigarrillos y el mechero y se puso las gafas.

—¿Sigues tocando en el Lady Bird?

—Casi nunca. Pero si quieres tocaré esta noche. A Floro Bloom le gustará verte. Siempre me preguntaba por ti.

—No quiero ir al Lady Bird —dijo Lucrecia, ya en pie, subiéndose la cremallera del anorak—. No quiero ir a ningún sitio que me recuerde aquellos tiempos.

No se besaron al decirse adiós. Igual que hacía tres años, Biralbo vio cómo se alejaba el taxi donde ella iba, pero esta vez Lucrecia no se volvió para seguir mirándolo desde la ventanilla trasera.

## CAPÍTULO VIII

Volvió despacio a la ciudad, caminando junto a la barandilla del paseo Marítimo, salpicado a veces por la fría espuma deshecha en los rompientes. El hombre del abrigo oscuro y el sombrero aún estaba en el mismo lugar, mirando acaso a las gaviotas. Por la escalinata del Acuarium bajó al puerto de los pescadores, aturdido, hambriento, un poco ebrio, empujado por una exaltación moral que no se parecía ni a la felicidad ni a la desgracia, que era anterior o indiferente a ellas, como el deseo de comer algo o de fumar un cigarrillo. Mientras caminaba iba diciendo en voz baja los versos de una canción que Lucrecia había preferido siempre y que era una contraseña y una impúdica declaración de amor cuando ella y Malcolm entraban en el Lady Bird y Biralbo comenzaba a tocarla, no entera, sólo insinuándola, dispersando unas pocas notas indudables en otra melodía. Descubrió que esa música ya no lo emocionaba, que no aludía a Lucrecia ni al pasado, ni siquiera a él mismo. Recordó algo que le había dicho Billy Swann: «No le importamos a la música. No le importa el dolor o el entusiasmo que ponemos en ella cuando la tocamos o la oímos. Se sirve de nosotros, como una mujer de un amante que la deja fría.»

Aquella noche iba a cenar con Lucrecia. «Llévame a algún sitio nuevo», le había dicho ella, «a un lugar donde yo no haya estado nunca». Lo dijo como si exigiera no un restaurante, sino un país desconocido, pero ése era el modo en que ella había hablado siempre, poniendo una especie de apetencia heroica y deseo imposible en los más banales episodios de su vida. A las nueve volvería a verla, acababan de sonar las tres en los campanarios cercanos de Santa María del Mar: de nuevo el tiempo era para Biralbo como un lugar irrespirable, como las habitaciones de los hoteles donde hacía tres años se encontraba con Lucrecia cuando ella se iba y lo dejaba solo frente a la cama deshecha y al mar inmóvil que veía desde la ventana, ese mar de San Sebastián que en los atardeceres de invierno, desde la lejanía, es como una lámina vertical de pizarra. Deambuló por los soportales, entre redes apiladas y cajas vacías de pescado, hallando un vago alivio en los colores de las casas, amortiguados por el gris del aire, en las fachadas azules, en los postigos verdes o rojizos de las ventanas, en la alta línea de tejados que se extendían hacia las colinas del fondo. Era como si el regreso de Lucrecia le permitiera ver de nuevo la ciudad, que casi no había existido para sus pupilas mientras ella no estaba. Hasta el silencio que enaltecía sus pasos y los olores recobrados del puerto le confirmaban la proximidad de Lucrecia.

Él no recordaba que comimos juntos aquel día. Yo estaba con Floro Bloom en una taberna de la Parte Vieja y lo vi entrar, lento y ausente, con el pelo mojado, y sentarse a una mesa del fondo. «El lacayo del Vaticano ya no quiere tratos con los parias del mundo», dijo sonoramente Floro Bloom, volviéndose hacia él, que no nos había visto. Trajo su jarra de cerveza y se sentó con nosotros, pero apenas dijo nada durante la comida. Sé que fue justo aquel día porque enrojeció ligeramente cuando Floro le preguntó si estaba enfermo de verdad: esa mañana había llamado al colegio para hablar con él y alguien —«una voz clerical»— le dijo que don Santiago Biralbo había faltado a clase por encontrarse indispuesto. «Indispuesto», subrayó Floro Bloom, «a nadie más que a una monja se le ocurre hoy en día usar esa palabra». Biralbo comió muy de prisa, se disculpó por no tomar el café con nosotros: debía marcharse, su primera clase era a las cuatro. Cuando salió del bar, Floro Bloom movió pesadamente su cabeza de oso. «Él lo niega», me dijo, «pero yo estoy seguro de que esas monjas lo obligan a rezar el rosario».

Tampoco fue al trabajo aquella tarde. En los últimos tiempos, a medida que descreía en su porvenir como músico y se acostumbraba a la afrenta de enseñar solfeo, había descubierto en sí mismo una ilimitada disposición a la docilidad y a la vileza que bruscamente se extinguió en unas pocas horas. No es que ya no temiera ser expulsado del colegio: desde que vio a Lucrecia era como si fuese otro quien corría ese peligro, quien mansamente madrugaba todos los días y era capaz de avenirse a ensayar con sus alumnas una canción religiosa. Llamó al colegio: tal vez la misma voz clerical que había renovado en Floro Bloom un instinto hereditario de profanar conventos le deseó pronta mejoría con recelo y frialdad. No le importaba, en Copenhague Billy Swann todavía estaba esperándolo, muy pronto sería tiempo de empezar otra vida, la otra vida, la verdadera, la que la música le anunció siempre como una prefiguración de algo que él sólo había conocido de manera tangible cuando se lo revelaron los fervorosos ojos de Lucrecia. Pensó que únicamente había aprendido a tocar el piano cuando lo hizo para ser escuchado y deseado por ella: que si alguna vez lograba el privilegio de la perfección sería por lealtad al porvenir que Lucrecia le había vaticinado la primera noche que lo oyó tocar en el Lady Bird, cuando ni él mismo pensaba que le fuera posible parecerse algún día a un verdadero músico, a Billy Swann.

—Ella me inventó —dijo Biralbo una de las últimas noches, cuando ya no íbamos al Metropolitano—. Yo no era tan bueno como ella pensaba, no merecía su entusiasmo. Quién sabe, a lo mejor aprendí para que Lucrecia no se diera cuenta nunca de que yo era un impostor.

—Nadie puede inventarnos. —Al decir eso sentí que tal vez era una desgracia—. Llevabas muchos años tocando el piano cuando la conociste. Floro decía siempre que fue Billy Swann quien te hizo saber que eras un músico.

—Billy Swann o Lucrecia. —Recostado en su cama del hotel Biralbo se encogió de hombros, como si tuviera frío—. Da igual. Entonces yo sólo existía si alguien pensaba en mí.

Se me ocurrió que si eso era cierto yo nunca había existido, pero no dije nada. Le pregunté a Biralbo por aquella cena con Lucrecia: dónde estuvieron, de qué habían hablado. Pero él no recordaba el nombre exacto del lugar, el dolor casi había borrado aquella noche de su memoria, sólo quedaba en ella la soledad final y el largo viaje en el taxi que lo llevó a su casa, la carretera iluminada por los faros, el silencio, el humo de sus cigarrillos, ventanas iluminadas en los edificios solitarios de las colinas, entre la parda niebla. Así había sido siempre la parte de su vida vinculada a Lucrecia: un ajedrez de huidas y de taxis, un viaje nocturno por el espacio en blanco de lo nunca sucedido. Porque aquella noche no ocurrió nada que no le hubiera sido vaticinado de antemano por la antigua sensación del fracaso, por el vacío en el estómago: solo, en su casa, oyendo discos que ya no le procuraban la certeza de la felicidad, se peinaba ante el espejo o elegía una corbata como si no fuera exactamente él quien estaba citado con Lucrecia, como si en realidad ella no hubiera vuelto.

Había alquilado un piso frente a la estación, un apartamento con dos habitaciones casi vacías desde cuyas ventanas veía el curso oscuro del río cercado de alamedas y los últimos puentes. A las ocho Biralbo ya estaba muy cerca del portal, pero no se decidió a subir, estuvo un rato mirando las carteleras de un cine y luego recorrió los claustros sombríos de San Telmo esperando inútilmente que los minutos pasaran mientras muy cerca, al otro lado de la calle, en la oscuridad, las olas se alzaban sobre la barandilla del paseo Marítimo con un brillo de fósforo.

Al mirarlas supo por qué tenía la sensación de haber vivido ya una noche semejante: la había soñado, había caminado así en uno de sus sueños de ciudades nocturnas, iba a cumplir algo que misteriosamente ya le había sucedido durante la ausencia de Lucrecia y que ya era irreparable.

Al fin subió. Ante una puerta hostil hizo sonar varias veces el timbre antes de que ella le abriera. La oyó disculparse por la suciedad de la casa y las habitaciones vacías, la esperó mucho tiempo en el comedor, donde sólo había una butaca y una máquina de escribir, oyendo el ruido de la ducha, examinando los libros alineados en el suelo, contra la pared. Había cajas de cartón, un cenicero lleno de colillas, una estufa apagada. Sobre ella, un bolso negro y entreabierto. Imaginó que era el mismo donde ella había guardado la carta que le entregó a Billy Swann. Lucrecia aún estaba en la ducha, se oía el ruido del agua contra la cortina de plástico. Biralbo abrió del todo el bolso, sintiéndose ligeramente abyecto. Pañuelos de papel, un lápiz de labios, una agenda llena de notas en alemán que a Biralbo le parecieron dolorosamente las direcciones de otros hombres, un revólver, una pequeña cartera con fotografías: en una de ellas, ante un bosque de árboles amarillos, Lucrecia, con un chaquetón azul marino, se dejaba abrazar por un hombre muy alto, sujetándole las manos sobre su cintura. También una carta en la que a Biralbo le extrañó reconocer su propia escritura, y una lámina doblada cuidadosamente, la reproducción de un cuadro: una casa, un camino, una montaña azul surgiendo entre árboles. Demasiado tarde advirtió que había dejado de oír el ruido de la ducha. Lucrecia lo miraba desde el umbral, descalza, con el pelo húmedo, envuelta en un albornoz que no le cubría las rodillas. Le brillaban los ojos y la piel y parecía más delgada: sólo la vergüenza mitigó el deseo de Biralbo.

—Buscaba cigarrillos —dijo, con el bolso todavía en las manos. Lucrecia se le acercó unos pasos para recogerlo y señaló un paquete que había junto a la máquina de escribir. Olía intensamente a jabón y a colonia, a piel desnuda y húmeda bajo la tela azul del albornoz.

—Malcolm hacía eso —le dijo—. Me registraba el bolso cuando yo estaba en la ducha. Una vez esperé a que se durmiera para escribirte una carta. La rompí luego en trozos muy pequeños y me acosté. ¿Sabes qué hizo? Se levantó, anduvo buscando en la papelera y en el suelo, reunió uno por uno todos los pedazos hasta reconstruir la carta. Tardó toda la noche. Trabajo inútil, era una carta absurda. Por eso la rompí.

—Billy Swann me dijo que tenías un revólver.

—Y una lámina de Cézanne. —Lucrecia la dobló para guardarla en el bolso—. ¿También te dijo eso?

—¿Era de Malcolm el revólver?

—Se lo quité. Fue lo único que me llevé al marcharme.

—De modo que sí le tenías miedo.

Lucrecia no le contestó. Se quedó un instante mirándolo con extrañeza y ternura, como si tampoco ella se hubiera acostumbrado aún a su presencia, a aquel lugar desierto al que ninguno de los dos pertenecía. La única lámpara de la habitación estaba en el suelo y prolongaba oblicuamente sus sombras. Llevando el bolso consigo Lucrecia desapareció tras la puerta del dormitorio. Biralbo creyó oír que la cerraba con llave. Acodado en la ventana miró la línea del río y las luces de la ciudad queriendo apartar de su imaginación el hecho inconcebible de que a unos pasos de él, tras la puerta cerrada, Lucrecia tal vez se habría sentado en la cama, perfumada y desnuda, para ponerse las medias, la breve ropa íntima cuyo contraste acentuaría en la penumbra el tono rosado y blanco de su piel.

Desde aquella ventana la ciudad le parecía otra: resplandeciente, oscura como el Berlín que durante tres años había visto en los sueños, cercada por la noche sin luces y la línea blanca del mar. «Soñamos la misma ciudad», le había escrito Lucrecia en una de sus últimas cartas, «pero yo la llamo San Sebastián y tú Berlín».

Ahora la llamaba Lisboa: siempre, mucho antes de marcharse a Berlín, desde que Biralbo la conoció, Lucrecia había vivido en el desasosiego y la sospecha de que su verdadera vida estaba esperándola en otra ciudad y entre gentes desconocidas, y eso la hacía renegar sordamente de los lugares donde estaba y pronunciar con desesperación y deseo nombres de ciudades en las que sin duda se cumpliría su destino si alguna vez las visitaba. Durante años lo habría dado todo por vivir en Praga, en Nueva York, en Berlín, en Viena. Ahora el nombre era Lisboa. Tenía folletos en color, recortes de periódicos, un diccionario de portugués, un gran plano de Lisboa en el que Biralbo no vio escrita la palabra *Burma*. «Tengo que ir cuanto antes», le dijo aquella noche, «es como el fin del mundo, imagina lo que sentirían los navegantes antiguos cuando se adentraran en alta mar y ya no vieran la tierra».

—Iré contigo —dijo Biralbo—. ¿No te acuerdas? Antes hablábamos siempre de huir juntos a una ciudad extranjera.

—Pero tú no te has movido de San Sebastián.

—Estaba esperándote para cumplir mi palabra.

—No se puede esperar tanto.

—Yo he podido.

—Nunca te lo pedí.

—Tampoco yo me lo propuse. Pero eso no tiene nada que ver con la voluntad. Al final, estos últimos meses, yo creía que ya no estaba esperándote, pero no era cierto. Incluso ahora mismo te espero.

—No quiero que lo hagas.

—Dime por qué has vuelto entonces.

—Estoy de paso. Voy a irme a Lisboa.

Noto que en esta historia casi lo único que sucede son los nombres: el nombre de Lisboa y el de Lucrecia, el título de esa brumosa canción que yo aún sigo escuchando. Los nombres, como la música, me dijo una vez Biralbo con la sabiduría de la tercera o cuarta ginebra, arrancan del tiempo a los seres y a los lugares que aluden, instituyen el presente sin otras armas que el misterio de su sonoridad. Por eso él pudo componer la canción sin haber estado nunca en Lisboa: la ciudad existía antes de que él la visitara igual que existe ahora para mí, que no la he visto, rosada y ocre al mediodía, levemente nublada contra el resplandor del mar, perfumada por las sílabas de su nombre como de aliento oscuro, Lisboa, por la tonalidad del nombre de Lucrecia. Pero hasta de los nombres es preciso despojarse, afirmaba Biralbo, porque también en ellos habita una clandestina posibilidad de memoria, y hace falta arrancársela entera para poder vivir, decía, para salir a la calle y caminar hacia un café como si de verdad uno estuviera vivo.

Pero ésa era otra de las cosas que sólo comenzó a aprender tras el regreso de Lucrecia, después de aquella lenta noche de palabras y alcohol en la que bruscamente supo que lo había perdido todo, que le había sido arrebatado el derecho a sobrevivir en la memoria de lo que ya no existía. Bebieron en bares apartados, en los mismos bares a donde iban hacía tres años para esconderse de Malcolm, y la ginebra y el vino blanco les permitían recobrar el juego antiguo de la simulación y la ironía, de las palabras dichas como si no se dijeran y el silencio absuelto por una sola mirada o una ocurrencia simultánea que levantaba la risa y la gratitud de Lucrecia cuando caminaba asida casi conyugalmente del brazo de Biralbo o lo miraba en silencio en la barra de un bar. La risa los había salvado siempre: una elegancia suicida para burlarse de sí mismos que era la mutua y solidaria máscara de la desesperación, de un doble espanto en el que cada uno de ellos seguía estando infinitamente solo, condenado y perdido.

Desde la ladera de uno de los dos montes simétricos que cierran la bahía, quieta y nocturna como un lago, miraron la ciudad, desde un lugar con velas y cubiertos de plata y camareros que permanecían inmóviles en la penumbra, con las manos cruzadas sobre largos delantales blancos. También él, Biralbo, amaba los lugares, a condición de que en ellos estuviera Lucrecia, amaba en cada minuto la plenitud del tiempo con la serena avaricia de quien por primera vez tiene ante sí más horas y monedas de las que nunca se atrevió a apetecer. Como la ciudad al otro lado de los ventanales, la noche entera parecía ofrecérsele ilimitadamente, un poco amarga, oscura y no del todo propicia, pero sí real, casi accesible, reconocida e impura como el rostro de Lucrecia. Eran otros: aceptaron serlo, mirarse como si se vieran por primera vez, no invocar el fuego sagrado y corrompido por la lejanía, reprobar la nostalgia, pues era cierto que el tiempo los había mejorado y que la lealtad no fue inútil. Crudamente Biralbo entendió que nada de eso lo salvaba, que el mutuo y ávido reconocimiento no excluía la severa evidencia de la soledad: más bien la confirmaba, como un axioma melancólico. Pensó: «La deseo tanto que no puedo perderla.» Fue entonces cuando volvió a decirle que la llevaría a Lisboa.

—Pero no te das cuenta —dijo Lucrecia suavemente, como si las velas y la penumbra atenuaran su voz—. Debo ir yo sola.

—Dime si hay alguien esperándote allí.

—No hay nadie, pero eso no importa.

—¿Burma es el nombre de un bar?

—¿Te dijo eso Toussaints Morton?

—Me dijo que abandonaste a Malcolm porque todavía estabas enamorada de mí.

Lucrecia lo miró tras el humo azul y gris de los cigarrillos como desde otro extremo del mundo: también como si estuviera dentro de él y pudiera verse a sí misma desde las pupilas de Biralbo.

—¿Estará abierto todavía el Lady Bird? —dijo, pero tal vez no era eso lo que iba a decir.

—Pero tú no querías que fuéramos.

—Ahora sí. Quiero oírte tocar.

—Tengo en casa un piano y una botella de bourbon.

—Quiero oírte en el Lady Bird. ¿Estará Floro Bloom?

—A estas horas ya habrá cerrado. Pero tengo una llave.

—Llévame al Lady Bird.

—Te llevaré a Lisboa. Cuando tú quieras, mañana mismo, esta noche. Voy a dejar el colegio. Floro tiene razón: me hacen llevar a misa a las alumnas.

—Vamos al Lady Bird. Quiero que toques aquella canción, *Todas las cosas que tú eres.*

A las dos de la mañana un taxi los dejó en la puerta del Lady Bird. Estaba cerrado, desde luego, Floro Bloom y yo nos habíamos marchado a la una, después de esperar vanamente que Biralbo llegara. Tal vez también Lucrecia había sido atrapada por el chantaje del tiempo. Inmóvil en la acera, subiéndose las solapas de su chaquetón azul para defenderse de la humedad y la llovizna, le pidió a Biralbo que mantuviera encendido durante unos minutos el rótulo de neón, que tiñó de intermitentes rosas y azules el pavimento mojado, el rostro de Lucrecia, más pálido bajo las luces nocturnas. En la oscuridad el Lady Bird olía a garaje y a sótano y a humo de tabaco. Impunemente prolongaban el juego del pasado como en el escenario de un teatro vacío. Biralbo sirvió las copas, ordenó las luces, miró a Lucrecia desde la tarima del piano: como depuradas por la memoria, las cosas sucedían de una manera definitiva y abstracta, él iba a tocar y ella, como otras noches remotas, se disponía a escucharlo desde la barra sosteniendo una copa, pero no había nada ni nadie más, como en el recuerdo distorsionado de un sueño. Porque habían nacido para fugitivos amaron siempre las películas, la música, las ciudades extranjeras. Lucrecia se acodó en la barra, probó el whisky y dijo, burlándose de sí misma y de Biralbo y de lo que estaba a punto de decir y amándolo sobre todas las cosas:

—Tócala otra vez. Tócala otra vez para mí.

—Sam —dijo él, calculando la risa y la complicidad—. Samtiago Biralbo.

Tenía frío en los dedos, había bebido tanto que la velocidad de la música en su imaginación condenaba a sus manos a una torpeza muy semejante al miedo. Sobre el teclado, surgiendo de la bruñida superficie negra, eran dos manos solas y automáticas que pertenecían a otro, a nadie. Aventuró dudosamente unas pocas notas, pero no tuvo tiempo de trazar la forma entera de la melodía. Con su copa en la mano Lucrecia se acercó a él, más alta y lenta sobre los tacones.

—Siempre he tocado para ti —dijo Biralbo—. Incluso antes de que nos conociéramos. Incluso cuando estabas en Berlín y yo estaba seguro de que no ibas a volver. La música que hago no me importa si no la escuchas tú.

—Ése era tu destino. —Lucrecia seguía en pie ante la tarima del piano, firme y lejana, a un paso de Biralbo—. Yo he sido un pretexto.

Entornando los ojos para no aceptar la temible verdad que había visto en los de Lucrecia, Biralbo reanudó el comienzo de aquella canción, *Todas las cosas que tú eres*, como si la música aún pudiera protegerlo o salvarlo. Pero

Lucrecia continuó hablando, se acercó más a él, le dijo que esperase un poco. Con un tranquilo ademán posó su mano en el teclado y le pidió que la mirara.

—No me has mirado aún —dijo—. Todavía no has querido mirarme.

—No he hecho otra cosa desde que me llamaste. Antes de verte ya te estaba imaginando.

—No quiero que me imagines. —Lucrecia se puso un cigarrillo en los labios y lo encendió sin esperar a que él le diera fuego—. Quiero que me veas. Mírame: no soy la misma de entonces, no soy la que estaba en Berlín y te escribía cartas.

—Me gustas más ahora. Eres más real que nunca.

—No te das cuenta. —Lucrecia lo miró con la melancolía de quien mira a un enfermo—. No te das cuenta de que el tiempo ha pasado. No una semana ni un mes, tres años enteros, Santiago, hace tres años que me fui. Dime cuántos días estuvimos juntos. Dímelo.

—Dime tú por qué has querido que viniéramos al Lady Bird.

Pero esa pregunta no le fue respondida. Lucrecia le dio lentamente la espalda y caminó hacia el teléfono con las manos hundidas en los bolsillos de su chaquetón, como si le hubiera dado frío. Biralbo la oyó pedir un taxi, la miró sin moverse mientras ella le decía adiós desde la puerta del Lady Bird. De un extremo a otro del bar, en el espacio entre sus dos miradas, percibió como una bofetada lentísima el tamaño y la oscuridad del abismo vacío que por primera vez era capaz de medir, que hasta aquella noche y aquella conversación ni siquiera había vislumbrado. Tapó el piano, lavó las copas en el fregadero, apagó las luces. Cuando al salir a la calle bajó la cortina metálica del Lady Bird le extrañó que el dolor no hubiera llegado todavía.

## CAPÍTULO IX

—Fantasmas —dijo Floro Bloom, examinando el cenicero con una vaga unción eucarística, como si sostuviera
una patena—. Con los labios pintados. —Llevando en la
otra mano una copa entró al almacén murmurando cosas
con la cabeza baja y los faldones de la sotana moviéndose
rumorosamente entre sus piernas, igual que si pasara a la
sacristía después de decir misa. Dejó el cenicero y la copa
sobre el escritorio y se frotó las manos con una envolvente
suavidad eclesiástica—. Fantasmas —repitió, señalándome
con un grave dedo índice las tres colillas manchadas de
rojo. Sin afeitar y con la sotana desabrochada sobre el pecho parecía un sacristán licencioso—. Una mujer fantasma.
Muy impaciente. Enciende muchos cigarrillos y los abandona a la mitad. *Phantom Lady*. ¿Has visto esa película?
Copas en el fregadero. Dos. Fantasmas concienzudos.

—¿Biralbo?

—Quién si no. El visitante de las sombras. —Floro
Bloom vació el cenicero y se abrochó ceremoniosamente la
sotana, paladeando luego un trago de whisky—. Eso es lo
malo de los bares cuando llevan mucho tiempo abiertos.
Se llenan de fantasmas. Uno entra al retrete y hay un fantasma lavándose las manos. Ánimas del Purgatorio. —Volvió a beber, alzando su copa hacia la bandera de la República—. Ectoplasmas de gente.

—A lo mejor se asustan cuando te ven con la sotana.

—Paño de primera. —Floro Bloom levantó sin esfuerzo una gran caja de botellas y la llevó a la barra—. Sastrería eclesiástica y militar. ¿Sabes cuántos años hace que tengo esta sotana? Dieciocho. Confección a medida. Fue lo único que me llevé cuando me expulsaron del Seminario. Ideal para guardapolvo y bata de casa. ¿Tienes hora?

—Las ocho.

—Pues habrá que ir abriendo. —Floro se quitó la sotana con un suspiro de tristeza—. Me pregunto si el joven Biralbo vendrá a tocar esta noche. —¿A quién traería ayer?

—A una mujer fantasma y casta. —Floro Bloom levantó una cortina y me señaló el camastro que él o yo usábamos algunas veces—. No se acostó con ella. Por lo menos aquí. De modo que hay una sola posibilidad: la bella Lucrecia.

—Así que lo sabíais —dijo Biralbo: como a todo el que ha vivido absorto en una pasión excesiva le sorprendía descubrir que otros tuvieran noticia de lo que para él había sido un estado íntimo de su conciencia. Y era mayor la sorpresa porque le obligaba a modificar un recuerdo lejano—. Pero Floro no me dijo nada entonces.

—Se sentía dolido. «Desleales», me decía, «yo que les hice de tercero en los malos tiempos y ahora se ocultan de mí».

—No nos ocultábamos. —Biralbo hablaba como si el dolor todavía pudiera rozarlo—. Se ocultaba ella. Tampoco yo la veía.

—Pero hicisteis aquel viaje juntos.

—Yo no llegué a terminarlo. Tardé un año en ir a Lisboa.

Sigo escuchando la canción: como una historia que me han contado muchas veces agradezco cada pormenor, cada desgarradura y cada trampa que me tiende la música, distingo las voces simultáneas de la trompeta y del piano, casi las guío, porque a cada instante sé lo que en seguida va a sonar, como si yo mismo fuera inventando la canción y la historia a medida que la escucho, lenta y oblicua, como una conversación espiada desde otro lado de una puerta, como la memoria de aquel último invierno que pasé en San Sebastián. Es cierto, hay ciudades y rostros que uno sólo conoce para después perderlos, nada nos es devuelto nunca, ni lo que no tuvimos, ni lo que merecíamos.

—Fue como despertar de pronto —dijo Biralbo—. Como cuando te has dormido a mediodía y despiertas al anochecer y no reconoces la luz ni sabes dónde estás, ni quién eres. Le ocurre a los enfermos en los hospitales, me lo contó Billy Swann en aquel sanatorio de Lisboa. Se despertó y creía que estaba muerto y que soñaba que vivía, que aún era Billy Swann. Como en aquella historia de los durmientes de Éfeso que tanto le gustaba a Floro Bloom, ¿te acuerdas? Cuando Lucrecia se marchó yo apagué las luces del Lady Bird y salí a la calle; y de pronto habían pasado tres años, justo entonces, en los cinco últimos minutos. Oía su voz diciéndomelo muchas veces seguidas mientras iba a mi casa: «Han pasado tres años.» Todavía puedo oírla si cierro los ojos.

Dijo que más que al dolor o a la soledad despertó a la sorpresa de un mundo y de un tiempo que carecían de resonancias, como si desde entonces debiera vivir para siempre en el interior de una casa acolchada: la ciudad, la música, su memoria, su vida, se habían entramado desde que conoció a Lucrecia en un juego de correspondencias o de símbolos que se sostenían tan delicadamente entre sí, me dijo, como los instrumentos de una banda de jazz. Billy Swann solía decirle que lo que importa en la música no es la maestría, sino la resonancia: en un espacio vacío, en un local lleno de voces y de humo, en el alma de alguien. ¿No es eso, una pura resonancia, un instinto de tiempo y de adivinación, lo que sucede en mí cuando escucho aquellas canciones que Billy Swann y Biralbo tocaron juntos, *Burma* o *Lisboa*?

Bruscamente le había sobrevenido el silencio: sintió que en él se desvanecían los últimos años de su vida como ruinas derrumbadas en el fondo del mar. De ahora en adelante el mundo ya no sería un sistema de símbolos que aludieran a Lucrecia. Cada gesto y deseo y cada canción que tocara se agotarían en sí mismos como una llama que se extingue sin dejar cenizas. En unos pocos días o semanas Biralbo se creyó autorizado a dar el nombre de renuncia o de serenidad a aquel desierto sin voces. El orgullo y el hábito de la soledad le ayudaban: porque cualquier gesto que hiciera inevitablemente contendría una súplica, no iba a buscar a Lucrecia, ni a escribirle, ni a beber en los bares próximos a su casa. Con inflexible puntualidad llegaba al colegio todas las mañanas y a las cinco de la tarde volvía a casa en el Topo leyendo el periódico o mirando en silencio los veloces paisajes de las afueras. Dejó de escuchar discos: cada canción que oía, las que más amaba, las que sabía tocar con los ojos cerrados, eran ya el testimonio de una estafa. Cuando bebía mucho imaginaba cartas larguísimas que nunca llegó a escribir y se quedaba mirando obstinadamente el teléfono. Recordó una noche de varios años atrás: acababa de conocer a Lucrecia y concebía livianamente la posibilidad de acostarse con ella, pero sólo habían conversado tres o cuatro veces, en el Lady Bird, en una mesa del Viena. Llamaron a la puerta, le extrañó, porque ya era muy tarde. Cuando abrió, Lucrecia estaba frente a él, del todo inesperada, disculpándose, ofreciéndole algo, un libro o un disco que al parecer le prometió y que Biralbo no recordaba.

Contra su voluntad se estremecía cada vez que sonaba el timbre del teléfono o el de la puerta y luego renegaba de sí mismo por haberse concedido la debilidad moral de suponer que tal vez era Lucrecia quien llamaba. Una noche fuimos a verlo Floro Bloom y yo. Cuando nos abrió noté en su mirada el estupor de quien ha pasado solo muchas horas. Mientras avanzábamos por el pasillo Floro Bloom alzó solemnemente entre las dos manos una botella de whisky irlandés imitando al mismo tiempo el sonido de una campanilla.

—*Hoc est enim corpus meum* —dijo, mientras servía las copas—. *Hic est enim calix sanguinis mei*. Pura malta, Biralbo, recién traído de la vieja Irlanda.

Biralbo puso música. Dijo que había estado enfermo. Con aire de alivio fue a la cocina para buscar hielo. Se movía en silencio, con hospitalidad inhábil, sonriendo únicamente con los labios a las bromas de Floro, que se había instalado en una mecedora exigiendo aperitivos y naipes de póquer.

—Lo sospechábamos, Biralbo —dijo—. Y como hoy tengo cerrado el bar decidimos venir a cultivar contigo algunas obras de misericordia: dar de beber al sediento, corregir al que yerra, visitar al enfermo, enseñar al que no sabe, dar buen consejo al que lo ha menester... ¿Has menester buen consejo, Biralbo?

Tengo un recuerdo inexacto de aquella noche: me sentía incómodo, me emborraché en seguida, perdí al póquer, hacia medianoche sonó el teléfono en la habitación llena de humo. Floro Bloom me miró de soslayo, la cara encendida por el whisky. Cuando bebía tanto parecían más pequeños y más azules sus ojos. Biralbo tardó un poco en contestar: por un momento nos miramos los tres como si hubiéramos estado esperando la llamada.

—Hagamos tres tiendas —dijo Floro mientras Biralbo iba hacia el teléfono. Me pareció que llevaba mucho tiempo sonando y que estaba a punto de callar—. Una para Elías, otra para Moisés...

—Soy yo —dijo Biralbo, mirándonos con recelo, asintiendo a algo que no quería que supiéramos—. Sí. Ahora mismo. Iré en un taxi. Tardo quince minutos.

—Es inútil —dijo Floro. Biralbo había colgado el teléfono y encendía un cigarrillo—. No consigo recordar para quién era la otra tienda...

—Tengo que irme. —Biralbo buscó dinero en sus bolsillos, guardó el tabaco, no le importaba que estuviéramos allí—. Vosotros quedaos si os apetece, hay cerveza en la cocina. A lo mejor vuelvo tarde.

—*Malattia d'amore...* —dijo Floro Bloom de manera que sólo yo pudiese oírlo. Biralbo ya se había puesto la chaqueta y se peinaba apresuradamente ante el espejo del pasillo. Oímos que cerraba con violencia la puerta y luego el ruido del ascensor. No había pasado ni un minuto desde que sonó el teléfono y Floro Bloom y yo estábamos solos y de pronto éramos intrusos en la casa y en la vida de otro—. Dar posada al peregrino. —Melancólicamente Floro dejaba gotear sobre su copa la botella vacía—. Míralo: lo llama y acude como un perro. Se peina antes de salir. Abandona a sus mejores amigos...

Desde una ventana vi salir a Biralbo y caminar como una sombra que huyera entre la llovizna hacia el lugar donde se alineaban las luces verdes de los taxis. «Ven. Ven cuanto antes», le había suplicado Lucrecia con una voz que él no conocía, quebrada por el llanto o el miedo, como extraviada en una oscuridad letal, en la ciudad lejana y sitiada por el invierno, tras alguna de las ventanas y de las luces insomnes que yo seguía mirando desde la casa de Biralbo mientras él avanzaba alojado de nuevo en la penumbra de un taxi, comprendiendo tal vez que un impulso más fuerte que el amor y del todo ajeno a la ternura, pero no al deseo ni a la soledad, seguía uniéndolo a Lucrecia, a pesar de ellos mismos, contra su voluntad y su razón, contra cualquier clase de esperanza.

Al bajar del taxi vio una sola luz encendida en lo más alto de la fachada oscura. Alguien estaba en la ventana y se apartó de ella cuando Biralbo quedó solo bajo las luces de la calle. Subió a saltos por una escalera interminable. Estaba jadeando y le temblaban las manos cuando pulsó el timbre de la puerta. Nadie le vino a abrir, tardó un poco en darse cuenta de que sólo estaba entornada. Llamando en voz baja a Lucrecia la empujó. Al fondo del pasillo brillaba una luz tras cristales opacos. Olía intensamente a humo de cigarro y a un perfume de mujer que no era de Lucrecia. Cuando Biralbo abrió la puerta de la habitación iluminada sonó como un disparo el timbre del teléfono. Estaba en el suelo, junto a la máquina de escribir, entre un desorden de libros y de papeles manchados por las huellas de unos zapatos muy grandes. Siguió sonando con una especie de obstinada crueldad mientras Biralbo examinaba el dormitorio vacío, todavía cálido y con la cama deshecha, el cuarto de baño, donde vio el albornoz azul de Lucrecia, la lívida cocina llena de vasos sin fregar. Volvió al comedor: durante un segundo creyó que el teléfono ya no seguiría sonando, se estremeció al oír un nuevo timbrazo más largo y más agudo. Al inclinarse para cogerlo advirtió que uno de aquellos papeles sucios de pisadas era una carta que él había escrito a Lucrecia. Oyó su voz. Le pareció que hablaba tapando con la mano el auricular.

—¿Por qué has tardado tanto?

—Vine en cuanto pude. ¿Dónde estás?

—¿Te ha visto alguien subir?

—Desde abajo me pareció que había alguien en la ventana.

—¿Estás seguro?

—Creo que sí. Hay papeles y libros por el suelo.

—Sal de ahí en seguida. Estarán vigilando.

—Dime qué ocurre, Lucrecia.

—Estoy en un sitio de la Parte Vieja. Hostal Cubana, junto a la plaza de la Trinidad.

—Iré ahora mismo.

—Da un rodeo. No te acerques mientras no estés seguro de que no te siguen.

Biralbo iba a preguntarle algo cuando ella colgó. Se quedó un instante oyendo absurdamente el pitido del teléfono. Miró la carta manchada de barro: tenía una fecha de octubre de dos años atrás. Con un tenue sentimiento de lealtad hacia sí mismo la guardó sin leerla y apagó la luz. Se asomó a la ventana: creyó que alguien se escondía en la sombra de un portal, que había visto la brasa de un cigarrillo. Los faros de un automóvil lo tranquilizaron: en el portal no había nadie. Cerró muy despacio la puerta y bajó las escaleras procurando que no sonaran sus pisadas. En el último rellano el rumor de una conversación lo detuvo. Sonó brevemente una música, como si alguien hubiera abierto y cerrado una puerta, y luego una risa de mujer. Inmóvil en la oscuridad Biralbo esperó a que volviera el silencio para seguir bajando. Con receloso alivio caminó hacia la franja de luz que venía de la calle, pálida y fría como la de la luna. Una sombra se interpuso súbitamente en ella. En un momento la sucia luz del portal aturdió a Biralbo: vio ante él, tan cerca que habría podido tocarlo, el rostro oscuro y sonriente de un hombre, vio unos ojos vacunos y una mano muy grande que se le tendía con lentitud extraña, oyó como desde muy lejos una voz que pronunciaba su nombre, «mi queguido Bigalbo», y cuando empujó aquel cuerpo con una violencia que a él mismo le sorprendió y echó a correr hacia la calle vio como en un relámpago una melena rubia y una mano que sostenía una pistola.

Le dolía el hombro: recordó la pesada sonoridad de un cuerpo que se derrumbaba y un obsceno juramento en francés. Corría buscando los callejones de la Parte Vieja: el viento salado y frío del mar le golpeó la cara y se dio cuenta de que no sabía dónde estaba. Oía resonar sus pasos en el pavimento mojado: el eco se los devolvía en las calles desiertas, o tal vez eran los pasos del hombre que estaba persiguiéndolo. Con desusada claridad vio en su imaginación la cara de Lucrecia. Le faltaba el aire y seguía corriendo, cruzó una plaza iluminada en la que había un palacio y un reloj, percibió el olor a tierra húmeda y a helechos de la ladera del monte Urgull, sintió que era invulnerable y que si no paraba de correr iba a perder el conocimiento, pasó junto a un zaguán del que salía una luz roja y una mujer que fumaba se lo quedó mirando. Como si emergiera de las aguas de un pozo se apoyó contra una pared con la boca muy abierta y los ojos cerrados, sintiendo en la espalda el frío de la piedra lisa. Abrió los ojos: lo cegaba la lluvia, tenía el pelo empapado. Estaba junto a la iglesia de Santa María del Mar. No vio a nadie en las calles que desembocaban frente a ella. Sobre su cabeza, más arriba de los campanarios y de los tejados, en la bruma amarilla y gris de la que descendía quietamente la lluvia, aleteaban gaviotas invisibles. Al fondo de las calles oscuras resplandecían los altos edificios de los bulevares como alumbrados por reflectores nocturnos. Biralbo tembló de fatiga y de frío y salió de la oscuridad, caminando muy cerca de las paredes, de los postigos de los bares cerrados. De vez en cuando se volvía: era como si esa noche únicamente él anduviera por una ciudad abandonada.

El Hostal Cubana era casi tan inmundo como su nombre prometía. Sus pasillos olían a sábanas ligeramente sudadas y a paredes húmedas, al aire encerrado de los armarios. Tras el mostrador de recepción un jorobado pedaleaba en una bicicleta estática. Con una toalla sucia se limpió el sudor de la cara mientras estudiaba con lento recelo a Biralbo.

—La señorita está esperándolo —le dijo—. Habitación veintiuno, al fondo del pasillo.

Se caló las gafas que le agrandaban los ojos y señaló una esquina turbia de penumbra. Biralbo observó un leve temblor en sus manos hinchadas, casi azules.

—Oiga. —El hombre lo llamó cuando él ya se internaba en el pasillo—. No crea que permitimos siempre estas cosas.

Tras las puertas cerradas se oían rumores de cuerpos y ronquidos de borrachos. La irrealidad se había adueñado otra vez de Biralbo: cuando llamó con los nudillos a la habitación número veintiuno dudó que verdaderamente fuera a abrirle Lucrecia. Dio tres cautelosos golpes, como si obedeciera una contraseña. Al principio nada sucedió: pensó que también esta vez empujaría la puerta y no habría nadie al otro lado: que se había perdido, que nunca iba a encontrar a Lucrecia.

Oyó los muelles de una cama, pasos de pies descalzos sobre baldosas desiguales: muy cerca alguien tosía y era descorrido un cerrojo. Olió otra vez a sudor antiguo y a paredes húmedas y no supo vincular esa sensación a la invulnerable delicia de estar mirando al cabo de tantos días los ojos pardos de Lucrecia. El pelo suelto, el pantalón oscuro y la ceñida camiseta malva la hacían parecer más delgada y más alta. Cerró la puerta, apoyándose en ella abrazó largamente a Biralbo sin soltar el revólver. El miedo o el frío la hacían temblar como si la conmoviera el deseo. Mirando la indecente pobreza de la cama y de la mesa de noche sobre la que había una lámpara de pantalla bordada Biralbo se acordó en un arrebato de lucidez y de piedad de los hoteles de lujo que ella había amado siempre. Es mentira, pensaba, no estamos aquí, Lucrecia no está abrazándome, no ha vuelto.

—¿Te han seguido? —Ni siquiera su rostro se parecía al de otro tiempo: los años o la soledad lo habían maltratado, tal vez ya no era hermoso, pero a quién le importaba, no a Biralbo.

—Salí corriendo. No me pudieron alcanzar.

—Dame un cigarrillo. No he fumado desde que me encerré aquí.

—Dime por qué te busca Toussaints Morton.

—¿Lo has visto?

—Lo tiré al suelo de un empujón. Pero antes ya había notado el perfume de su secretaria.

—*Poison*. Nunca usa otro. Se lo compra él.

Lucrecia se había tendido en la cama, temblaba aún, tragando ávidamente el humo del cigarrillo. En sus pies descalzos advirtió Biralbo con perpetua ternura las señales rojizas de los tacones que ella no estaba acostumbrada a usar. Inclinándose la besó levemente en los pómulos. Había huido, igual que él, tenía el pelo húmedo y las manos heladas.

Habló muy despacio, con los ojos cerrados, apretando a veces los labios para que Biralbo no oyera el ruido seco de los dientes cuando un largo escalofrío los hacía chocar entre sí. Entonces asía contra su pecho la mano de Biralbo, hincándole las pálidas uñas en los nudillos, como si temiera que él fuera a marcharse o que si la soltaba se hundiría en el miedo. Cuando temblaba perdía el curso de sus propias palabras, borradas por una exaltación muy semejante a la fiebre, se erguía en la cama, se quedaba inmóvil mientras él ponía un cigarrillo en sus labios, ya no rosados, como en otro tiempo, ásperos y resumidos en una doble línea de obstinación y soledad que se desvanecía a veces en la forma de su antigua sonrisa, la que Biralbo ya casi había olvidado, porque era así como le sonreía Lucrecia cuando estaba a punto de besarlo, tantos años atrás. Pensó que esa sonrisa no estaba destinada a él, que era como esos gestos infantiles que repetimos en sueños.

Por primera vez habló de su vida en Berlín: del frío, de la incertidumbre, de habitaciones alquiladas más sórdidas que el Hostal Cubana, de Malcolm, que por alguna razón que ella nunca supo había perdido la protección de sus antiguos jefes y el empleo en aquella dudosa revista de arte que nadie llegó a ver; dijo que después de varios meses en los que se vio obligada a cuidar niños y a limpiar oficinas y casas de indescifrables alemanes, Malcolm volvió un día con algo de dinero, sonriendo mucho, oliendo a alcohol, anunciándole que muy pronto terminaría su mala racha: una o dos semanas después se mudaron a otro apartamento y aparecieron Toussaints Morton y su secretaria, Daphne.

—Te juro que no sé de qué vivíamos —dijo Lucrecia—, pero no me importaba. Al menos ya no veía cucarachas corriendo por el fregadero cuando encendía la luz. Era como si Malcolm y Toussaints se conocieran de siempre, bromeaban mucho, reían a carcajadas, se encerraban con la secretaria para hablar de negocios, como ellos decían, se iban de viaje y tardaban una semana en volver, y entonces Malcolm me mostraba un fajo de dólares o de francos suizos y me decía: «Te lo prometí, Lucrecia, te prometí que tu marido haría algo grande...» De pronto Toussaints y Daphne desaparecieron. Malcolm se puso muy nervioso, tuvimos que dejar el apartamento y nos fuimos al norte de Italia, a Milán, para cambiar de aires, decía él...

—¿Los buscaba la policía?

—Volvimos a los cuartos con cucarachas. Malcolm se pasaba el día tendido en la cama y maldecía a Toussaints Morton, juraba que iba a acordarse de él si lograba atraparlo. Un día recogió una carta en la lista de correos. Llegó con una botella de champaña y me dijo que volvíamos a Berlín. Eso fue en octubre del año pasado. Toussaints Morton era otra vez su mejor amigo, ni se acordaba ya de todas las injurias que había pensado decirle. De nuevo sacaba fajos de billetes del bolsillo de su pantalón, no le gustaban los cheques ni las cuentas bancarias, antes de acostarse contaba el dinero y lo dejaba luego en el cajón de la mesa de noche poniéndole encima el revólver...

Lucrecia se detuvo; durante unos segundos Biralbo sólo escuchó el ruido discontinuo de su respiración, notando el brusco estremecimiento del pecho bajo su mano extendida. Mordiéndose los labios Lucrecia intentaba contener un escalofrío tan intenso como las convulsiones de la fiebre. Volvió los ojos hacia la mesa de noche, hacia el revólver que brillaba bajo la breve luz de la lámpara. Luego miró a Biralbo con la expresión de lejanía y de gratitud con que mira un enfermo a quien ha ido a visitarlo.

—Casi todos los días Toussaints y Daphne iban a comer con nosotros. Llevaban vinos muy caros, caviar, falso, supongo, salmón ahumado, cosas así. Toussaints se ataba la servilleta al cuello y proponía siempre brindis, decía que nosotros cuatro éramos una gran familia... Los domingos, si hacía buen tiempo, íbamos todos al campo, a Malcolm y a Toussaints les hacía felices levantarse temprano para preparar la comida, cargaban el maletero del coche de cestas con manteles y cajas de botellas, pero antes de salir ya estaban borrachos, por lo menos Malcolm, yo creo que el otro no se emborrachaba nunca, aunque hablara y se riera tanto, parecía que estuvieran siempre fingiendo que éramos como esos matrimonios muy unidos, y a Daphne le daba igual, sonreía, me hablaba muy poco, me vigilaba siempre, no se fiaba de mí, pero disimulaba, con ese aire que tenía como de estar mirando la televisión y de aburrirse mucho, a veces hasta sacaba agujas y un ovillo de lana y se ponía a tejer... Ellos estaban aparte, bebiendo, partiendo la leña para el fuego, gastándose bromas que les hacían mucha gracia a los dos, contando chistes sucios en voz baja, para que no los oyéramos. En Navidad vinieron diciendo que habían alquilado una cabaña junto a un lago, en un bosque, iríamos a pasar allí la Nochevieja, una fiesta íntima, con unos pocos invitados, pero al final sólo apareció uno, le llamaban el Portugués, pero parecía belga o alemán, muy alto, con tatuajes en los brazos, un borracho de cerveza, cuando terminaba una lata la estrujaba entre los dedos y la tiraba a cualquier parte. Me acuerdo de que aquel día, el treinta y uno por la mañana, él había estado bebiendo y se acercó a Daphne, yo creo que la tocó, y entonces ella, que hacía punto, empuñó una aguja y se la puso en el cuello, él se quedó quieto y muy pálido y se marchó de la habitación y ya no volvió a mirarnos a Daphne ni a mí, sólo nos miró después, por la noche, cuando Toussaints lo estaba estrangulando en el mismo sofá donde se tendía para beber cerveza, todavía recuerdo lo grandes que se le pusieron los ojos, y la cara morada y azul, y las manos... Malcolm me había dicho que iban a hacer con el Portugués el mayor negocio de sus vidas, ganarían tanto dinero que después de aquello todos nosotros podríamos retirarnos a la Riviera, algo relacionado con un cuadro, estuvieron toda la mañana paseando los tres por la orilla del lago, aunque nevaba mucho, yo los veía pararse de vez en cuando y gesticular como si discutieran, luego se encerraron en otra habitación mientras Daphne y yo preparábamos la comida, gritaban, pero yo no podía entenderlos, porque Daphne subió el volumen de la radio. Salieron muy tarde, la comida ya estaba fría, y no hablaron nada, estaban muy serios los tres, Toussaints miraba de vez en cuando a Daphne, de soslayo, y le sonreía, le hacía señas, miraba a Malcolm sin decir nada, y el Portugués mientras tanto comía haciendo mucho ruido y no hablaba con nadie, iba en camiseta, a pesar del frío, tenía aspecto de haber sido atleta o algo parecido antes de volverse alcohólico, entonces le vi aquellos tatuajes en los brazos y pensé que habría sido legionario en Indochina o en África, porque tenía la piel muy quemada por el sol. Afuera estaba nevando mucho y ya anochecía, había un silencio muy raro, un silencio de nieve, y yo notaba que iba a ocurrir algo y me ardía la cara, había bebido mucho vino, así que me puse el chaquetón y salí, anduve un rato por el bosque, hacia el lago, pero de pronto parecía que estuviera muy lejos y que fuera a perderme, me hundía en la nieve sin poder avanzar y los pies se me estaban helando, ya era de noche, volví a la cabaña guiándome por la luz de la ventana, y cuando me acerqué a ella vi lo que hacían con el Portugués, estaba enfrente de mí, mirándome, al otro lado del cristal, pero el silencio hacía que todo pareciera muy lejano, o que fuera mentira, uno de esos simulacros que le gustan a Toussaints, como si jugaran a estrangular a alguien, pero era cierto, el Portugués tenía la cara azul y sus ojos me miraban, Toussaints estaba detrás de él, en pie, inclinado sobre su hombro, como diciéndole algo al oído, y Malcolm le retorcía un brazo a la espalda y con la otra mano le hincaba su pistola en el centro del pecho, hundiéndola en la camiseta blanca, y en el cuello del Portugués se señalaban las venas y lo ceñía una cosa muy fina que brillaba, un hilo de nilón, me acordé de que algunas veces yo lo había visto en las manos de Toussaints, que jugaba con él enredándoselo entre los dedos, igual que cuando se limpia las uñas con ese mondadientes tan largo... Daphne también estaba allí, pero me daba la espalda, tan quieta como cuando tejía o miraba la televisión, y el Portugués pataleaba un poco, eran más bien espasmos, recuerdo que llevaba un pantalón vaquero y botas militares, pero yo no oía sus golpes en el suelo de madera, y la nieve me cegaba los ojos, entonces Toussaints y Malcolm me miraron, yo no me moví, Daphne también se volvió hacia la ventana, y los ojos del Portugués seguían fijos en mí, pero ya no me veía, le temblaban un poco las piernas, luego dejaron de moverse y Malcolm le quitó la pistola del pecho, y el Portugués aún me miraba...

»No huyó: cuando Malcolm salió a buscarla estaba temblando, inmóvil, aletargada por el frío. Recordaba lo que ocurrió después como si lo hubiera visto tras un cristal empañado de vaho. Malcolm la empujó suavemente hacia el interior de la cabaña, le quitó el chaquetón mojado, luego ella estaba sentada en el sofá y tenía ante sí una copa de brandy, y Malcolm la trataba con la atenta vileza de un marido culpable.

»Impasiblemente contempló lo que hacían: Toussaints volvió del garaje limpiándose la nieve de los hombros y traía un basto lienzo de lona y una soga, se arrodilló ante el Portugués, hablándole como a un enfermo que no ha vuelto de la anestesia, le estiró las piernas mientras Malcolm lo levantaba por los hombros y Daphne extendía la lona en el suelo, junto a los pies de Lucrecia. El cuerpo pesaba mucho, las tablas retumbaron cuando cayó sobre ellas, las manos juntas en el vientre, muy nudosas, muy grandes, los tatuajes de los brazos, la cara vuelta de una manera extraña, como contraída sobre el hombro izquierdo, los ojos ahora cerrados, porque Toussaints le había pasado una mano sobre los párpados. Como enfermeros bruscos y eficaces se movían alrededor del muerto, lo envolvieron en la lona, Malcolm levantó su cabeza para que la soga se ajustara al cuello y luego la dejó caer secamente, le anudaron los pies, la cintura, ciñendo la lona a algo que ya no era un cuerpo, sino un fardo, una forma vaga y pesada que les hizo jadear y maldecir cuando la levantaron, cuando salieron chocando con las puertas y las esquinas de los muebles, precedidos por Daphne, que se había puesto las botas de agua y un impermeable rosa y alzaba en la mano derecha una lámpara de carburo encendida, porque afuera, en el camino hacia el lago, los copos de nieve fosforecían en una oscuridad como de sótano cerrado. En ella los vio desvanecerse Lucrecia desde el umbral de la cabaña, sintiéndose tan extraviada y tan débil como si hubiera perdido mucha sangre, oía voces amortiguadas por la nieve, las blasfemias de Toussaints, el inglés nasal y entrecortado de Malcolm, casi el ruido de las respiraciones, y luego golpes, hachazos, porque la superficie del lago estaba helada, por fin un chapoteo como de una piedra muy grande que se hundiera en el agua, después nada, el silencio, voces que el viento dispersaba entre los árboles.

»A la mañana siguiente volvieron a la ciudad. El hielo había vuelto a cerrarse sobre la lisura inmutable del lago. Durante varios días Lucrecia estuvo como muerta en un sueño de narcóticos. Malcolm la cuidaba, le traía regalos, grandes ramos de flores, le hablaba en voz baja, sin nombrar nunca a Toussaints Morton ni a Daphne, que habían vuelto a desaparecer. Le anunció que muy pronto se mudarían a un apartamento más grande. En cuanto pudo levantarse, Lucrecia huyó: aún seguía huyendo, casi un año después, no era capaz de imaginar que alguna vez terminara la huida.

—Y mientras tanto yo aquí —dijo Biralbo, anegado en un sentimiento de banalidad y de culpa, él acudiendo a clase todas las mañanas, aceptando apaciblemente la postergación, la sospecha del fracaso, esperando como un adolescente desdeñado cartas que no venían, ajeno a Lucrecia, infiel, inútil en su espera, en la docilidad de su dolor, en su ignorancia de la verdadera vida y de la crueldad. Se inclinó sobre Lucrecia, le acarició los agudos pómulos que surgían de la penumbra como el rostro de una mujer ahogada, y al hacerlo notó en las yemas de los dedos una humedad de lágrimas, y luego, cuando le rozaba la barbilla, el inicio leve de un temblor que muy pronto la sacudiría entera como la onda de una piedra en el agua. Sin abrir los ojos Lucrecia lo atrajo hacia sí, abrazándolo, asiéndose a su cintura y a sus muslos, hincándole en la nuca las uñas, muerta de espanto y frío, como aquella noche en que su aliento empañó el cristal de la ventana tras la que lentamente era estrangulado un hombre. «Me hiciste una promesa», dijo, con la cara hundida en el pecho de Biralbo, incorporándose sobre los codos para apresarle el vientre bajo las duras aristas de sus caderas y alcanzar su boca, como si temiera perderlo: «Llévame a Lisboa.»

## CAPÍTULO X

Conducía excitado por el miedo y la velocidad: ya no era, como otras veces, el abandono de los taxis, la inmovilidad frente al bourbon, la pasiva sensación de viajar en un tren arrojado a la noche, la vida inerte de los últimos años. Él mismo regía el ariete del tiempo, como cuando tocaba el piano y los otros músicos y quienes lo escuchaban eran impelidos hacia el porvenir y el vacío por el coraje de su imaginación y la disciplina y el vértigo con que sus manos se movían al pulsar el teclado, no domando la música ni conteniendo su brío, entregándose a él, como un jinete que tensa las riendas al mismo tiempo que hinca los talones en los ijares de un caballo. Conducía el automóvil de Floro Bloom con la serenidad de quien al fin se ha instalado en el límite de sí mismo, en la avanzada medular de su vida, nunca más en los espejismos de la memoria ni de la resignación, notando la plenitud de permanecer cálidamente inmóvil mientras avanzaba a cien kilómetros por hora. Agradecía cada instante que los alejaba de San Sebastián como si la distancia los desprendiera del pasado salvándolos de su maleficio, únicamente a él y a Lucrecia, fugitivos de una ciudad condenada, ya invisible tras las colinas y la niebla para que ninguno de los dos pudiera rendirse a la tentación de volver los ojos hacia ella. La trémula aguja iluminada del salpicadero no medía el impulso de la velocidad sino la audacia de su alma, las varillas del lim-piaparabrisas barrían metódicamente la lluvia para mos-trarle la carretera hacia Lisboa. Si alzaba los ojos hacia el retrovisor veía de frente la cara de Lucrecia: se volvía lige-ramente para mirarla de perfil cuando ella le ponía en los labios un cigarrillo encendido, miraba de soslayo sus ma-nos que manejaban la radio o subían el volumen de la mú-sica cuando sonaba una de aquellas canciones que otra vez eran verdad, porque habían encontrado en el automóvil de Floro —también es posible que él las dejara premedita-damente allí— antiguas cintas grabadas en el Lady Bird de los mejores tiempos, cuando aún no se conocían, cuando tocaron juntos Billy Swann y Biralbo y ella se acercó al fi-nal y le dijo que nunca había oído a nadie que tocara el piano como él. Quiero imaginar que también oyeron la cinta que fue grabada la noche en que Malcolm me pre-sentó a Lucrecia y que en el ruido de fondo de las copas chocadas y las conversaciones sobre el que se levantó la aguda trompeta de Billy Swann quedaba un rastro de mi voz.

Oían la música mientras viajaban hacia el oeste por la carretera de la costa dejando siempre a su derecha los acantilados y el mar, reconocían los secretos himnos que los habían confabulado desde antes de que se conocieran, porque más tarde, cuando los escuchaban juntos, les pare-cieron atributos de la simetría de sus dos vidas anteriores, augurios de un azar que lo dispuso todo para que se en-contraran, incluso la música de ciertas baladas de los años treinta: *Fly me to the moon*, le había dicho Lucrecia cuan-do el automóvil dejó atrás las últimas calles de San Sebas-tián, «llévame a la Luna, a Lisboa».

Hacia las seis de la tarde, cuando ya anochecía, para-ron junto a un motel un poco alejado de la carretera: des-de ella sólo se veían ventanas iluminadas tras los árboles. Mientras cerraba el automóvil Biralbo oyó muy cerca el lento estrépito de la bajamar. Con su bolso de viaje al hombro y las manos en los bolsillos de un largo abrigo a cuadros Lucrecia ya lo esperaba ante la luz del vestíbulo. De nuevo el sentido cotidiano del tiempo se le desvanecía a Biralbo: le era preciso encontrar otra manera de medirlo cuando estaba con ella. La noche anterior, su encuentro con Floro Bloom y conmigo, todas las cosas que habían sucedido antes de que Lucrecia lo llamara, pertenecían a un pasado remoto. Llevaba cinco o seis horas conduciendo cuando se detuvo en el motel: las recordaba con la inconsistencia de unos pocos minutos, le parecía improbable que aquella misma mañana él estuviera en San Sebastián, que la ciudad siguiera existiendo, tan lejos, en la oscuridad.

Aún existíamos. Me gusta verificar pasados simultáneos: acaso al mismo tiempo que Biralbo pedía una habitación yo le preguntaba por él a Floro Bloom. Abrochándose los botones de la sotana me miró con la mansa tristeza de quien no ha sabido evitar un desastre.

—A las ocho de la mañana se presentó en mi casa. A quién se le ocurre, con la resaca que yo tenía. Me levanto, casi me caigo, voy por el pasillo maldiciendo en latín y el timbre de la puerta no para de sonar, como uno de esos despertadores sin escrúpulos. Abro: Biralbo. Con los ojos así de grandes, como de no haber dormido, con esa cara de turco que se le pone cuando no se afeita. Al principio no me enteraba de lo que me decía. Le dije: «Maestro, ¿has velado y orado toda la noche, mientras nosotros dormíamos?» Pero nada, ni caso, no tenía tiempo para perderlo con bromas, me hizo meter la cabeza en agua fría y ni siquiera me dejó preparar un café. Quería que yo fuera a su casa. Me enseñó un papel: la lista de las cosas que debía traerle. La documentación, el talonario de cheques, camisas limpias, yo qué sé. Ah: y un paquete de cartas que estarían guardadas en la mesa de noche. Imagina de quién.

Hasta se puso misterioso, a esas horas, como si yo tuviera el cuerpo para misterios: «Floro, no me preguntes nada, porque no te puedo contestar.» Salgo a la calle, oigo que me llama, se me acerca corriendo: había olvidado darme las llaves. Cuando volví me recibió como si yo fuera el correo del Zar. Se había bebido como medio litro de café y parecía que pudiera fumar dos cigarrillos al mismo tiempo. Se puso muy serio, dijo que debía pedirme un último favor. «Para eso están los amigos», le dije yo, «para abusar de uno y no contarle nada». Quería que le dejara mi coche. «¿A dónde vas?» Otra vez se puso misterioso: «Te lo diré en cuanto pueda.» Le doy las llaves y le digo, «que escribas», pero ni me escuchó, ya se había ido...

La habitación que les dieron no estaba frente al mar. Era grande y no del todo hospitalaria o propicia, de un lujo malogrado por una incierta sugestión de adulterio. Mientras se acercaban a ella Biralbo sentía que lo iba abandonando una quebradiza felicidad, que tenía miedo. Para vencerlo pensó: «Me está ocurriendo lo que deseé siempre, estoy en un hotel con Lucrecia y no se marchará dentro de una hora, cuando mañana me despierte ella estará conmigo, vamos a Lisboa.» Cerró la puerta con llave y se volvió hacia ella y la besó buscando su delgada cintura bajo la tela del abrigo. Había demasiada luz, Lucrecia sólo dejó encendida la lámpara de una mesa de noche. Se comportaban con una vaga cortesía, con ligera frialdad, como eludiendo el hecho de que por primera vez en tres años iban a acostarse juntos.

Camuflado bajo una especie de severo tocador encontraron un frigorífico lleno de bebidas. Como invitados a una fiesta en la que no conocieran a nadie se sentaron en la cama uno al lado del otro, fumando, las copas entre las rodillas. Cada movimiento que hacían era un vaticinio de algo que no llegaba a suceder: Lucrecia se recostó en la almohada, miró su copa, las aristas doradas de la luz en el hielo, luego miró en silencio a Biralbo, y en sus ojos velados por la fatiga y la incredulidad él reconoció el fervor de otro tiempo, no la inocencia, pero no le importaba, la prefería así, más sabía, rescatada del miedo, vulnerable, hipnótica como la estatua de una diosa. Nadie podría encontrarlos: estaban perdidos del mundo, en un motel, en mitad de la noche y de la tormenta que azotaba los cristales, ahora él guardaba el revólver y sabría defenderla. Cautelosamente se inclinaba hacia ella cuando la vio erguirse como si la despertara un golpe, mirando a la ventana. Oyeron el motor de un automóvil, un ruido de neumáticos sobre la grava del camino.

—No pueden habernos seguido —dijo Biralbo—. Ésta no es la carretera principal.

—Me siguieron a mí hasta San Sebastián. —Lucrecia se asomó a la ventana. Había otro coche ante el vestíbulo del motel, abajo, entre los árboles.

—Espérame aquí. —Comprobando el seguro del revólver Biralbo salió de la habitación. No temía el peligro: lo inquietaba que el miedo volviera de nuevo extraña a Lucrecia.

En el vestíbulo un viajante bromeaba con el recepcionista. Callaron cuando él apareció, sin duda hablaban de mujeres. Dejando el revólver en la guantera del automóvil condujo hasta un restaurante próximo donde un letrero de neón anunciaba comidas rápidas y bocadillos. Al volver, las luces de una gasolinera le parecieron memorables, dotadas de esa cualidad de símbolos que tienen las primeras imágenes de un país desconocido al que uno llega de noche, estaciones aisladas, oscuras ciudades de postigos cerrados. Escondió el coche entre los árboles, oyendo un largo crujido de helechos húmedos bajo los neumáticos. Cuando caminaba hacia el motel miró la luz de las ventanas: tras una de ellas Lucrecia estaba esperándolo. Borrosamente se acordó sin dolor de todas las cosas que había abandonado: San Sebastián, la antigua vida, el colegio, el Lady Bird, que ya tendría encendidas las luces.

Cuando entró en el vestíbulo del motel el recepcionista le dijo algo en voz baja al viajante y los dos lo miraron. Pidió su llave. Le pareció que el viajante estaba un poco borracho. El recepcionista, un hombre flaco y muy pálido, le sonrió ampliamente al entregarle la llave y le deseó buenas noches. Oyó una risa ahogada cuando se alejaba hacia el ascensor. Estaba inquieto y no se atrevía a reconocerlo ante sí mismo, necesitaba uno de aquellos contundentes vasos de bourbon que Floro Bloom guardaba para sus mejores amigos en la alacena más secreta del Lady Bird. Mientras introducía la llave en la puerta de la habitación pensó: «Alguna vez yo sabré que en este gesto se cifraba mi vida.»

—Víveres para resistir un largo asedio —dijo, mostrando a Lucrecia la bolsa de los bocadillos. Aún no la había mirado. Estaba sentada en la cama, en sujetador, el embozo la cubría hasta la cintura. Leía una de las cartas que le había escrito a Biralbo desde Berlín. Sobres vacíos y hojas manuscritas estaban dispersos junto a sus rodillas flexionadas o en la mesa de noche. Lo recogió todo y saltó ágilmente de la cama para buscar cervezas y vasos de papel. Una prenda leve y oscura que brillaba como seda le ceñía el pubis y trazaba una delgada línea sobre sus caderas. A los dos lados de su cara oscilaba el pelo perfumado y liso. Abrió dos latas de cerveza y la espuma se le derramó en las manos. Encontró una bandeja, puso en ella los vasos y los bocadillos, no parecía advertir la inmovilidad y el deseo de Biralbo. Bebió un trago de cerveza y le sonrió con los labios húmedos, apartándose el pelo de la cara.

—Qué raro leer esas cartas de hace tanto tiempo.

—¿Por qué querías que las trajera?

—Para saber cómo era yo entonces.

—Pero en ellas nunca me contabas la verdad.

—Ésa era la única verdad: lo que yo te contaba. Mi vida real era mentira. Me salvaba escribiéndote.

—Era a mí a quien salvabas. Yo sólo vivía para esperar tus cartas. Dejé de existir cuando ya no vinieron.

—Mira qué vida hemos tenido. —Lucrecia cruzó los brazos sobre el pecho, como si tuviera frío o se abrazara a sí misma—. Escribiendo cartas o esperándolas, viviendo de palabras, tanto tiempo, tan lejos.

—Tú siempre estabas a mi lado, aunque yo no te viera. Iba por la calle y te contaba lo que veía, me emocionaba escuchando una canción en la radio y pensaba: «Seguro que a Lucrecia también le gustaría si pudiera oírla.» Pero no quiero acordarme de nada. Ahora estamos aquí. La otra noche, en el Lady Bird, tú tenías razón: recordar es mentira, no estamos repitiendo lo que ocurrió hace tres años.

—Tengo miedo. —Lucrecia cogió un cigarrillo y esperó a que él se lo encendiera—. A lo mejor ya es tarde.

—Hemos sobrevivido a todo. No vamos a perdernos ahora.

—Quién sabe si ya nos hemos perdido.

Conocía ese gesto de las comisuras de los labios, esa expresión de serena piedad y renuncia que el tiempo había depurado en la mirada de Lucrecia. Pero aprendió que ya no era, como en años atrás, el indicio de un desaliento pasajero, sino un hábito definitivo de su alma. Involuntariamente cumplían los pasos de una conmemoración: también aquella noche, como la primera, más indeleble en la consciencia de Biralbo que sus actos presentes, Lucrecia apagó la luz antes de deslizarse entre las sábanas. Igual que entonces él acabó en la oscuridad el cigarrillo y la copa, se tendió junto a ella, desnudándose a tientas, apresurado y torpe, con una vana voluntad de sigilo que se prolongó en sus primeras caricias. Algo no había sabido nunca recordar: el gusto de su boca, el delicado y largo relámpago de los muslos de Lucrecia, el desvanecimiento de felicidad y deseo en que sintió que se perdía cuando se enredaron con los suyos.

Pero me dijo que una parte de su consciencia permanecía ajena a la fiebre, intocada por los besos, lúcida de desconfianza y de soledad, como si él mismo, quieto en la sombra de la habitación, mantuviera encendida la brasa insomne de su cigarrillo y pudiera verse abrazando a Lucrecia y se murmurara al oído que no era cierto lo que sucedía, que no estaba recobrando los dones de una plenitud tanto tiempo perdida, sino queriendo urdir y sostener con los ojos cerrados y el cuerpo ciegamente adherido a los muslos fríos de Lucrecia un simulacro de cierta noche irrepetible, imaginaria, olvidada.

Notaba el encono mutuo de los besos, la soledad de su deseo, el alivio de la oscuridad. Indagaba en ella la cercanía un poco hostil del otro cuerpo no queriendo aceptar aún lo que sus manos percibían, la obstinada quietud, esa cautela retráctil con que se repudia el fuego. Seguía oyendo esa voz que le avisaba al oído, volvía a verse parado en una esquina de la habitación, indiferente espía que observara fumando el ruido inútil de los cuerpos, el desasosiego de las dos sombras que respiraban como escarbando la tierra.

Luego encendió la luz y buscó cigarrillos. Sin levantar la cara de la almohada Lucrecia le pidió que apagara. Antes de hacerlo Biralbo miró el brillo de sus ojos entre el pelo en desorden. Con ese aire de liviandad que tenía cuando andaba descalza fue hacia el cuarto de baño. Biralbo oyó como una injuria el ruido de los grifos y del agua girando en los sumideros. Al salir ella dejó encendida aquella luz tan pálida como la de un frigorífico. La vio venir desnuda y ligeramente inclinada y entrar tiritando en la cama, y abrazarse a él, con la cara todavía mojada y la barbilla trémula. Pero esas señales de ternura ya no alentaban a Biralbo: definitivamente era otra, lo había sido desde que volvió, tal vez desde mucho antes, cuando aún no se había marchado, no era mentira la distancia, sí la temeridad de suponer que uno habría podido vencerla, la simulación de conversar y encender cigarrillos como si no supieran que cualquier palabra ya era inútil.

Biralbo no recordaba luego si logró dormir. Sabía que durante muchas horas la siguió abrazando en la penumbra oblicuamente iluminada por la luz del cuarto de baño y que en ningún instante se mitigó su deseo. Algunas veces Lucrecia lo acariciaba dormida y sonreía diciendo cosas que él no pudo entender. Tuvo una pesadilla: se despertó temblando y él debió sujetarle las manos que buscaban su cara para hincarle las uñas. Lucrecia encendió la luz como para estar segura de que había despertado. La calefacción excesiva agravaba el insomnio. Biralbo volvió a disgregarse en la turbia proximidad de los sueños: seguía viendo la habitación, la ventana, los muebles, incluso sus ropas en el suelo, pero estaba en San Sebastián o no tenía a su lado a Lucrecia, o era otra mujer la que tan tenazmente abrazaba.

Supo que se había dormido cuando lo sobresaltó la certeza de que alguien se movía en la habitación: una mujer, de espaldas, vestida con una extraña bata roja, Lucrecia. Prefirió que aún creyera que él estaba dormido. La vio abrir cautelosamente el frigorífico y servirse una copa, cerró los ojos cuando ella se inclinó sobre la mesa de noche para coger un cigarrillo. La lumbre del mechero le iluminó la cara. Se sentó frente a la ventana como disponiéndose a esperar la llegada del amanecer. Dejó la copa en el suelo e inclinó la cabeza: parecía que quisiera distinguir algo tras el cristal.

—No sabes fingir —dijo cuando él se le acercó—. Me he dado cuenta de que no dormías.

—Tampoco sabes tú.

—¿Lo hubieras preferido?

—Lo noté en seguida. La primera vez que te toqué. Pero no quería estar seguro.

—Me parecía que no estábamos solos. Cuando apagué la luz todo se llenó de rostros, los de la gente que habrá dormido aquí otras noches, el tuyo, no el de ahora, el de hace tres años, el de Malcolm; cuando se tendía sobre mí y yo no me negaba.

—De modo que Malcolm sigue vigilándonos.

—Sentía como si estuviera muy cerca de nosotros, en la habitación de al lado, escuchando. He soñado con él.

—Querías arañarme la cara.

—Reconocerte me salvó. Ya no seguí soñando esas cosas.

—Pero te has vuelto a despertar.

—Tú no sabes que casi nunca duermo. En Ginebra, cuando conseguía un poco de dinero, compraba Valium y tabaco, comía con lo que me sobraba.

—No me has dicho que viviste en Ginebra.

—Tres meses, cuando me fui de Berlín. Me moría de hambre. Pero allí no pasan hambre ni los perros. No tener dinero en Ginebra es peor que ser un perro o una cucaracha. Vi cientos de ellas, en todas partes, hasta en las mesas de noche de aquellos hoteles para negros. Te escribía y tiraba las cartas. Me miraba al espejo y me preguntaba qué pensarías si pudieras verme. Tú no conoces la cara que se ve en el espejo cuando hay que acostarse sin haber comido. Tenía miedo de morirme en una de aquellas habitaciones o en mitad de la calle y de que me enterraran sin saber quién era.

—¿Conociste allí al hombre de la fotografía?

—No sé de quién me hablas.

—Sí lo sabes. El que te abrazaba en el bosque.

—Todavía no te he perdonado que me registraras el bolso.

—Ya sé: eso hacía Malcolm. ¿Quién era?

—Estás celoso.

—Sí. ¿Te acostabas con él?

—Tenía un negocio de fotocopias. Me dio trabajo. Casi me desmayé en su puerta.

—Te acostabas con él.

—Pero qué importa eso.

—Me importa a mí. ¿Con él no veías rostros en la oscuridad?

—No entiendes nada. Yo estaba sola. Estaba huyendo. Me buscaban para matarme. En él había bondad, eso que ni tú ni yo tenemos. Fue amable y generoso y nunca me hizo preguntas, ni cuando vio tu foto en mi cartera, aquel recorte del periódico que me mandaste. Tampoco preguntó nada cuando le pedí que me pagara la clínica. Hizo como si creyera que la causa era él.

Lucrecia esperó en silencio una pregunta que Biralbo no hizo. Tenía seca la boca y le dolían los pulmones, pero continuaba fumando con una saña del todo ajena al placer. Estaba amaneciendo al otro lado de los árboles, en un cielo liso y gris sobre el que todavía perduraba la noche, rasgada por jirones púrpura. Hacía horas que no escuchaban el mar. Muy pronto la primera luz levantaría niebla entre los árboles. De pie ante la ventana Lucrecia siguió hablando sin mirar a Biralbo. Tal vez no para que supiera o compartiera, sino para que también él alcanzara su parte de castigo, la dosis justa de indignidad y de vergüenza.

—...Aquella noche en la cabaña. No te lo conté todo. Me dieron somníferos y coñac, iba cayéndome cuando Malcolm me llevó a la cama. Lo miraba y veía sobre sus hombros la cabeza del Portugués con los ojos abiertos y la lengua morada que se le derramaba de la boca. Me desnudó como a un niño dormido, luego entraron Toussaints y Daphne, sonriendo, ya sabes, como esos padres que entran a dar las buenas noches. O a lo mejor eso ocurrió antes. Toussaints hablaba siempre acercándose mucho, se le olía el aliento. Me dijo: «Si la niña buena no calla papá Toussaints corta lengua.» Lo dijo en español, y me sonó muy raro, yo llevaba meses hablando y hasta soñando en alemán o en inglés. Incluso tú me hablabas en alemán cuando soñaba contigo. Luego se fueron. Me quedé sola con Malcolm, lo veía moverse por la habitación, pero estaba dormida, se desnudó y me di cuenta de lo que iba a hacer, pero no podía evitarlo, como cuando te persiguen en sueños y no puedes correr. Pesaba mucho y se movía sobre mí, estaba gimiendo, con los ojos cerrados, me mordía la boca y el cuello y seguía moviéndose y yo sólo deseaba que aquello terminara muy pronto para poder dormirme, Malcolm gemía como si estuviera muriéndose, con la boca abierta, me manchó la cara de saliva. Ya no se movía, pero pesaba como un muerto, entonces entendí lo que significa eso: pesaba como el Portugués cuando lo llevaban cogido de la cabeza y de las piernas y lo soltaron sobre aquella lona. Luego, en Ginebra, empecé a desmayarme y me daban vómitos cuando me levantaba, pero no era de hambre, y me acordé de Malcolm y de aquella noche. De la saliva. Del modo en que gemía contra mi boca.

Ya había amanecido. Biralbo se vistió y dijo que iría a buscar dos tazas de café. Cuando volvió con ellas Lucrecia todavía estaba mirando por la ventana, pero ahora la luz afilaba sus rasgos y hacía más pálida su piel contra la seda roja en la que se envolvía, una vestidura muy amplia, ceñida a la cintura, de un vago aire chino o medieval. Pensó con remordimiento y rencor que se la habría regalado el hombre de la foto. Cuando Lucrecia se sentó en la cama para beber el café sus rodillas y sus muslos surgieron de la tela roja. Nunca la había deseado tanto. Supo que debía marcharse solo: que debía decirlo antes de que se lo pidiera ella.

—Te llevaré a Lisboa —dijo—. No haré preguntas. Estoy enamorado de ti.

—Vas a volver a San Sebastián. Le devolverás el coche a Floro Bloom. Dile que no lo he olvidado.

—No me importa nadie más que tú. No te pediré nada ni que seas mi amante.

—Vete con Billy Swann, toma un avión mañana mismo. Vas a ser el mejor pianista negro del mundo.

—Eso no valdrá nada si tú no estás conmigo. Haré lo que tú quieras. Haré que te enamores otra vez de mí.

—Sigues sin entender que yo lo daría todo porque ocurriera eso. Pero lo único que de verdad deseo es morirme. Siempre, ahora, aquí mismo.

Nunca, ni cuando se conocieron, había vislumbrado Biralbo en sus ojos una ternura así: pensó con dolor y orgullo y desesperación que nunca volvería a encontrarla en los ojos de nadie. Al apartarse, Lucrecia lo besó entreabriendo los labios. Dejó que la bata de seda roja se deslizara hacia el suelo y entró desnuda en el cuarto de baño.

Biralbo se acercó a la puerta cerrada. Con la mano inmóvil en el pomo escuchó el rumor del agua. Luego se puso la chaqueta, guardó las llaves, el revólver, tras un instante de duda resuelto por la visión de la sonrisa de Toussaints Morton. La cartera le abultaba desusadamente en el bolsillo: recordó que antes de salir de San Sebastián había retirado del banco todo su dinero. Apartó unos pocos billetes y dejó el resto en la mesa de noche, entre las páginas de un libro. Se volvió cuando ya abría la puerta silenciosamente: había olvidado recoger las cartas de Lucrecia. Un sol horizontal y amarillo relumbraba en los cristales del vestíbulo. Olió a tierra húmeda y a espesura de helechos cuando caminaba hacia el automóvil. Sólo al ponerlo en marcha y aceptar que irremediablemente se iba, entendió las últimas palabras que le había dicho Lucrecia y la serenidad con que las pronunció: ahora también él deseaba morir de esa manera apasionada, vengativa y fría en que uno sólo desea lo que es únicamente suyo, lo que sabe que ha merecido siempre.

## CAPÍTULO XI

A las doce en punto de la noche se atenuaban las luces y el rumor de las conversaciones en el Metropolitano y un resplandor rojo y azul circundaba el espacio donde iban a tocar los músicos. Con un aire tranquilo de veteranía y eficacia, como gángsters que se disponen a ejecutar un crimen a la hora acordada, los miembros del *Giacomo Dolphin Trio*, acodados en una esquina de la barra a la que sólo la camarera rubia o yo nos acercábamos, apuraban sus copas y sus cigarrillos e intercambiaban contraseñas. El contrabajista se movía con la solemnidad de una doncella negra. Sonriendo con lentitud y desgana se acomodaba en un taburete y apoyaba en su hombro izquierdo el mástil del contrabajo, examinando a los espectadores como si no conociera otra virtud que la condescendencia. Buby, el baterista, se instalaba ante los tambores con pericia y sigilo de luchador sonámbulo, rozándolos circularmente con las escobillas, sin golpearlos aún, como si fingiera que tocaba. Nunca bebía alcohol: al alcance de su mano había siempre un refresco de naranja. «Buby es un puritano», me había dicho Biralbo, «sólo toma heroína». En cuanto a él, Biralbo, era el último en abandonar la barra y el vaso de whisky. Con el pelo crespo, con las gafas oscuras, con los hombros caídos y las manos agitándose a los costados como las de un pistolero, andaba despacio hacia el piano sin mirar a nadie y con un gesto brusco abarcaba el tecla-do extendiendo los dedos al mismo tiempo que se sentaba ante él. Se hacía el silencio: yo lo oía chasquear rítmica-mente los dedos y golpear el suelo con el pie y sin previo aviso comenzaba la música, como si en realidad llevara mucho tiempo sonando y sólo entonces nos fuera permi-tido escucharla, sin preludio, sin énfasis, sin principio ni fin, igual que se escucha súbitamente la lluvia al salir a la calle o abrir la ventana una noche de invierno.

Me hipnotizaba sobre todo la inmovilidad de sus mi-radas y la rapidez de sus manos, de cada parte de sus cuer-pos donde pudiera manifestarse visiblemente el ritmo: las cabezas, los hombros, los talones, todo en ellos tres se mo-vía con el instinto de simultaneidad con que se mueven la-tiendo las branquias y las aletas de los peces en el espacio cerrado de un acuario. Parecía que no ejecutaban la músi-ca, que eran dócilmente poseídos y traspasados por ella, que la impulsaban hacia nuestros oídos y nuestros corazo-nes en las ondas de aire con el sereno desdén de una sabi-duría que ni siquiera ellos dominaban, que latía incesante y objetiva en la música como la vida en el pulso o el mie-do y el deseo en la oscuridad. Sobre el piano, junto a la copa de whisky, Biralbo tenía un papel cualquiera en el que había apuntado a última hora los títulos de las can-ciones que debían tocar. Con el tiempo yo aprendí a reco-nocerlas, a esperar la tranquila furia con que desbarataban su melodía para volver luego a ella como un río a su cau-ce después de una inundación, y a medida que las escu-chaba iba logrando de cada una de ellas la explicación de mi vida y hasta de mi memoria, de lo que había deseado en vano desde que nací, de todas las cosas que no iba a te-ner y que reconocía en la música tan exactamente como los rasgos de mi cara en un espejo.

Al tocar levantaban resplandecientes arquitecturas translúcidas que caían derribadas luego como polvo de vidrio o establecían largos espacios de serenidad que lindaban con el puro silencio y se encrespaban inadvertidamente hasta herir el oído y envolverlo en un calculado laberinto de crueldad y disonancia. Sonriendo, con los ojos entornados, como si fingieran inocencia, regresaban luego a una quietud como de palabras murmuradas. Siempre había un instante de estupor y silencio antes de que comenzaran los aplausos.

Mirando a Biralbo, inescrutable y solo, cínico, feliz tras las gafas oscuras, observando desde la barra del Metropolitano la elegancia inmutable y apátrida de sus gestos, yo me preguntaba si aquellas canciones seguirían aludiendo a Lucrecia, *Burma: Fly me to the moon, Just one of those things, Alabama song, Lisboa.* Creía que me bastaba repetir sus nombres para entenderlo todo. Por eso he tardado tanto en comprender lo que una noche él me dijo: que la autobiografía es la perversión más sucia que puede cometer un músico mientras está tocando. De modo que me hacía falta recordar que él ya no se llamaba Santiago Biralbo, sino Giacomo Dolphin, entre otras cosas porque me había advertido que siempre lo llamara así ante los demás. No, no era sólo una argucia para eludir quién sabe qué indagaciones de la policía: desde hacía más de un año ése era su único y verdadero nombre, la señal de que había roto con temeraria disciplina el maleficio del pasado.

Entre San Sebastián y Madrid su biografía era un espacio en blanco cruzado por el nombre de una sola ciudad, Lisboa, por las fechas y los lugares de grabación de algunos discos. Sin despedirse de Floro Bloom ni de mí —no me dijo que se iba la última noche que bebimos juntos en el Lady Bird— había desaparecido de San Sebastián con la resolución y la cautela de quien se marcha para siempre. Durante casi un año vivió en Copenhague. Su primer disco con Billy Swann fue grabado allí: en él no estaban *Burma* ni *Lisboa.* Después de viajar esporádicamente por Alemania y Suecia, el cuarteto de Billy Swann, incluyendo a quien aún no se llamaba Giacomo Dolphin, tocó en varios locales de Nueva York hacia mediados de 1984. Por los anuncios de una revista que encontré entre los papeles de Biralbo supe que durante el verano de aquel año, el trío de Giacomo Dolphin —pero ese nombre todavía no figuraba en su pasaporte— estuvo tocando regularmente en varios clubes de Quebec. (Al leer eso me acordé de Floro Bloom y de las ardillas que acudían a comer de su mano y me ganó un duradero sentimiento de gratitud y destierro.) En septiembre de 1984 Billy Swann no acudió a cierto festival de Italia porque lo habían ingresado en una clínica francesa. Dos meses después, otra revista desmentía que hubiera muerto, aduciendo como prueba su inmediata participación en un concierto organizado en Lisboa. No estaba previsto que Santiago Biralbo tocara con él. No lo hizo: el pianista que acompañó a Billy Swann la noche del 12 de diciembre, en un teatro de Lisboa, era, según los periódicos, un músico de origen irlandés o italiano que se llamaba Giacomo Dolphin.

A principios de aquel mes de diciembre él estaba en París, sin hacer nada, sin caminar siquiera por la ciudad, que lo aburría, leyendo novelas policíacas en la habitación de un hotel, bebiendo hasta muy tarde en clubes llenos de humo y sin hablar con nadie, porque el francés siempre le había dado pereza, me dijo que se cansaba en seguida de hablarlo, como de beber ciertos licores muy dulces. Estaba en París como podía estar en cualquier otra parte, solo, esperando vagamente un contrato que no acababa de llegarle, pero tampoco eso le importaba mucho, incluso prefería que tardaran unas semanas en llamarlo, de modo que cuando sonó el teléfono fue como oír un despertador indeseado. Era uno de los músicos de Billy Swann, Óscar, el contrabajista, el mismo que luego tocaría con él en el Metropolitano. Llamaba desde Lisboa, y su voz sonaba lejanísima, Biralbo tardó en entender lo que le decía, que Billy Swann estaba muy enfermo, que los médicos temían que se muriera. Había vuelto a beber en los últimos tiempos, dijo Óscar, bebía hasta perder el conocimiento y seguía bebiendo cuando se despertaba de una borrachera. Un día se desplomó junto a la barra de un bar y tuvieron que llevarlo en una ambulancia a una de esas clínicas para locos y borrachos, un sanatorio antiguo, fuera de Lisboa, un lugar que parecía un castillo colgado en la ladera de una colina boscosa. Sin recobrar del todo el conocimiento llamaba a Biralbo o le hablaba como si estuviera sentado junto a su cama, preguntaba por él, pedía que le avisaran, que no le dijesen nada, que viniera cuanto antes para tocar con él. «Pero es probable que ya no toque nunca más», dijo Óscar. Biralbo anotó la dirección del sanatorio, colgó el teléfono, guardó en una bolsa la ropa limpia, el pasaporte, las novelas policíacas, su equipaje de apátrida. Iba a viajar a Lisboa, pero aún no asociaba el nombre de esa ciudad donde tal vez Billy Swann iba a morir con el título de una canción que él mismo había compuesto y ni siquiera con un lugar largamente clausurado de su memoria. Sólo unas horas más tarde, en el vestíbulo del aeropuerto, cuando vio *Lisboa* escrito con letras luminosas en el panel donde se anunciaban los vuelos, recordó lo que esa palabra había significado para él, tanto tiempo atrás, en otra vida, y supo que todas las ciudades donde había vivido desde que se marchó de San Sebastián eran los dilatados episodios de un viaje que tal vez ahora iba a concluir: tanto tiempo esperando y huyendo y al cabo de dos horas llegaría a Lisboa.

## CAPÍTULO XII

Había imaginado una ciudad tan brumosa como San Sebastián o París. Lo sorprendió la transparencia del aire, la exactitud del rosa y del ocre en las fachadas de las casas, el unánime color rojizo de los tejados, la estática luz dorada que perduraba en las colinas de la ciudad con un esplendor como de lluvia reciente. Desde la ventana de su habitación, en un hotel de pasillos sombríos donde todo el mundo hablaba en voz baja, veía una plaza de balcones iguales y el perfil de la estatua de un rey a caballo que enfáticamente señalaba hacia el sur. Comprobó que si le hablaban rápido el portugués era tan indescifrable como el sueco. También que a los demás les resultaba muy fácil entenderlo a él: le dijeron que el lugar a donde quería ir estaba muy cerca de Lisboa. En una estación vasta y antigua subió a un tren que en seguida se internó en un túnel muy largo: cuando salió de él ya estaba anocheciendo. Vio barrios de altos edificios en los que empezaban a encenderse las luces y estaciones casi desiertas donde hombres de piel oscura miraban el tren como si llevaran mucho tiempo esperándolo y luego no subían a él. A veces pasaba junto a su ventanilla la ráfaga de luz de otros trenes que iban hacia Lisboa. Exaltado por la soledad y el silencio miraba rostros desconocidos y lugares extraños como si contemplara esos fogonazos amarillos que aparecen en la oscuridad cuando se cierran los ojos. Si cerraba los suyos él no estaba en Lisboa: viajaba en Metro por el subsuelo de París o en uno de esos trenes que cruzan bosques de abedules oscuros por el norte de Europa.

Después de cada parada el tren iba quedándose un poco más vacío. Cuando estuvo solo en el vagón Biralbo temió haberse extraviado. Sentía el mismo desaliento y recelo de quien viaja en Metro a última hora de la noche y no escucha ni ve a nadie y teme que ese tren no vaya a donde estaba anunciado o que esté vacía la cabina del conductor. Al fin bajó en una sucia estación con muros de azulejos. Una mujer que caminaba por el andén haciendo oscilar una linterna de señales —Biralbo pensó que se parecía a esas grandes linternas submarinas que llevaban hace un siglo los buzos— le indicó el modo de llegar al sanatorio. Era una noche húmeda y sin luna, y al salir de la estación Biralbo notó el poderoso olor de la tierra mojada y de las cortezas de los pinos. Exactamente así olía en San Sebastián ciertas noches de invierno, en la espesura del monte Urgull.

Avanzaba por la carretera mal iluminada y tras el miedo a que Billy Swann estuviera ya muerto había una inconfesada sensación de peligro y de memoria estremecida que convertía en símbolos las luces de las casas aisladas, el olor a bosque de la noche, el ruido del agua que goteaba y corría en alguna parte, muy cerca, entre los árboles. Dejó de ver la estación y le pareció que la carretera y la noche se iban cerrando a sus espaldas, no estaba seguro de haber entendido lo que le dijo la mujer de la linterna. Entonces dobló una curva y vio la alta sombra de una montaña punteada de luces y una aldea cuyos edificios se agrupaban en torno a un palacio o castillo de altas columnas y arcos y extrañas torres o chimeneas cónicas alumbradas desde abajo, exageradas por una luz como de antorchas.

Era igual que perderse en el paisaje de un sueño avanzando hacia esa única luz que tiembla en la oscuridad: a la izquierda de la carretera encontró el camino del que le había hablado la mujer y el indicador del sanatorio. El camino ascendía sinuosamente entre los árboles, mal alumbrado por bajas farolas amarillas ocultas en la maleza. Recordó algo que le había dicho alguna vez Lucrecia: que llegar a Lisboa sería como llegar al fin del mundo. Recordó que la noche anterior había soñado con ella: un sueño corto y cruzado de rencor en el que vio su cara tal como era muchos años atrás, cuando se conocieron, con tanta exactitud que sólo al despertarse la reconoció. Pensó que era el olor del bosque lo que le hacía acordarse de ella: rompiendo el firme hábito del olvido regresaba a San Sebastián, luego a otro lugar más lejano, desconocido todavía, como a una estación cuyo nombre aún no hubiera podido leer desde la ventanilla del tren. Era, me explicó en Madrid, como si desde que llegó a Lisboa se hubieran ido desvaneciendo los límites del tiempo, su voluntaria afiliación al presente y al olvido, fruto exclusivo de la disciplina y de la voluntad, como su sabiduría en la música: era como si en el camino que cruzaba aquel bosque estuviera invisiblemente trazada la frontera entre dos países enemigos y él en alguna parte la hubiera cruzado. Eso entendió y temió al llegar a la entrada del sanatorio, cuando vio las luces del vestíbulo y los automóviles alineados frente a él: no había estado recordando una caminata por San Sebastián junto a las laderas del monte Urgull, no era ése el olor ni la sensación de niebla y humedad que le devolvían la pesadumbre de haber perdido a Lucrecia en otra edad de su vida y del mundo. Era otro lugar y otra noche lo que estaba recordando, las luces de un hotel, el brillo de un automóvil escondido entre los pinos y los altos helechos, un viaje interrumpido a Lisboa, la última vez que estuvo con Lucrecia.

Una monja con un tocado que se desplegaba como alas blancas en torno a su cabeza le dijo que ya no era hora de visitas. Explicó que había venido de muy lejos únicamente para ver a Billy Swann, que temía encontrarlo muerto si se retrasaba una hora o un día. Con la cabeza baja la monja por primera vez le sonrió. Era joven y tenía los ojos azules y hablaba apaciblemente en inglés. «Mister Swann no morirá. No por ahora.» Moviendo ante él su rígido tocado blanco, caminando sobre las baldosas frías de los corredores como si separase muy poco los pies, condujo a Biralbo hacia la habitación de Billy Swann. De las altas arcadas colgaban globos de luz sucios de polvo, como en los cines antiguos, y en cada recodo de los pasillos y en los rellanos de las escalinatas dormitaban ujieres de uniforme gris sobre mesas que parecían rescatadas de viejas oficinas. Sentado en un banco, frente a una puerta cerrada, estaba Óscar, el contrabajista, con los poderosos brazos cruzados y la cabeza caída sobre el pecho, como si acabara de dormirse.

—No se ha movido de aquí desde que trajeron a mister Swann.

La monja habló en un susurro, pero Óscar se incorporó, frotándose los ojos, sonriendo a Biralbo con fatigada gratitud y sorpresa.

—Se ha recuperado —dijo—. Hoy está mucho mejor. Temía que se hubiera pasado el día del concierto.

—¿Cuándo ibais a tocar?

—La semana que viene. Él está convencido de que lo haremos.

—Mister Swann se ha vuelto loco. —La monja movió la cabeza y las alas de su tocado agitaron el aire.

—Tocaréis —dijo Biralbo—. Billy Swann es inmortal.

—Difícil. —Óscar aún se frotaba los ojos con sus grandes dedos de yemas blancas—. El pianista y el batería se marcharon.

—Yo tocaré con vosotros.

—El viejo estaba dolido porque no quisiste venir a

Lisboa —dijo Óscar—. Al principio, cuando lo trajimos aquí, no quería que te avisara. Pero cuando deliraba decía tu nombre.

—Pueden entrar —dijo la monja desde la puerta entornada—. Mister Swann está despierto.

Desde antes de verlo, desde que notó en el aire el olor de la enfermedad y de las medicinas, Biralbo se sintió poseído por un impulso insondable de lealtad y de ternura, también de culpa y de piedad, de alivio, porque no había querido ir con Billy Swann a Lisboa y en castigo había estado a punto de no volver a verlo. Qué sucia traición, lo oí decir una vez, que incluso cuando uno ya no está enamorado es capaz de preferir el amor a sus amigos: entró en la habitación y todavía no pudo ver a Billy Swann, estaba muy oscuro, había un ventanal y un sofá tapizado de plástico, y sobre él estaba el estuche negro de la trompeta, y luego, a la derecha, una cama alta y blanca y una lámpara que alumbraba oblicuamente los duros rasgos de simio, el cuerpo liviano bajo las mantas y la colcha, casi inexistente, el absurdo pijama a rayas de Billy Swann. Con los brazos rectos junto a los costados y la cabeza reclinada sobre los almohadones Billy Swann yacía tan inmóvil como si posara para una estatua funeral. Al oír voces revivió y tanteó en la mesa de noche en busca de sus gafas.

—Hijo de perra —dijo, señalando a Óscar con la uña larga y amarilla de su dedo índice—. Te había prohibido que lo llamaras. Te dije que no quería verlo en Lisboa. Pensabas que iba a morirme, ¿no es cierto? Invitabas a los viejos amigos al entierro de Billy Swann...

Le temblaban ligeramente las manos, más descarnadas que nunca, modeladas por la pura forma de los huesos, igual que sus pómulos y sus sienes y sus tensas quijadas de cadáver, de osamenta transfigurada en parodia del hombre vivo a quien sostuvo. Sólo nervaduras y piel cruzada por venas de alcohólico: parecía que la armadura negra de las gafas formara parte de sus huesos, de lo que quedaría de él cuando llevara muerto mucho tiempo. Pero en sus ojos incrustados como en una ingrata máscara de cartón y en la línea agria de su boca permanecían intactos el orgullo y la burla, la potestad sagrada para la blasfemia y la reprobación, más legítima ahora que nunca, porque miraba la muerte con el mismo desdén con que en otro tiempo había mirado el fracaso.

—De modo que has venido —le dijo a Biralbo, y al abrazarlo se apoyó en él como un boxeador tramposo—. No quisiste tocar conmigo en Lisboa, pero has venido para verme morir.

—Vengo a pedirte trabajo, Billy —dijo Biralbo—. Me ha dicho Óscar que no tienes pianista.

—Lengua de Judas. —Sin quitarse las gafas Billy Swann hundió de nuevo la cabeza entre los almohadones—. Ni batería ni pianista. Nadie quiere tocar con un muerto. ¿Qué hacías en París?

—Leer novelas en la cama. Tú no estás muerto, Billy. Estás más vivo que nosotros.

—Explícale eso a Óscar y a la monja y al médico. Cuando entran aquí se empinan un poco para mirarme, como si ya me vieran en el ataúd.

—Tocaremos juntos el día doce, Billy. Como en Copenhague, como en los viejos tiempos.

—Qué sabes tú de los viejos tiempos, muchacho. Ocurrieron mucho antes de que tú nacieras. Otros murieron en el momento justo y llevan treinta años tocando en el Infierno o dondequiera que mande Dios a la gente como nosotros. Mírame, yo soy una sombra, yo soy un desterrado. No de mi país, sino de aquel tiempo. Los que quedamos fingimos que no hemos muerto, pero es mentira, somos impostores.

—Tú nunca mientes cuando tocas.

—Pero tampoco digo la verdad...

Cuando Billy Swann se echó a reír su cara se contrajo como en un espasmo de dolor. Biralbo recordó las fotografías de sus primeros discos, su perfil de pistolero o de héroe canalla con un mechón reluciente de brillantina entre los ojos. Eso era lo que el tiempo había hecho con su rostro: lo había contraído, hundiéndole la frente sobre la que todavía quedaba un resto de aquel mechón temerario, uniendo en una sola mueca como de cabeza reducida la nariz y la boca y el hendido mentón que casi desaparecía cuando Billy Swann tocaba la trompeta. Pensó que tal vez estaba muerto, pero que nadie lo había doblegado, nadie ni nada, nunca, ni siquiera el alcohol o el olvido.

Llamaron a la puerta. Óscar, que había permanecido junto a ella como un silencioso guardián, la abrió un poco para mirar quién era: en el resquicio apareció la cabeza móvil y alada de la monja, que examinó la habitación como si buscara whisky clandestino. Dijo que era muy tarde, que ya iba siendo hora de que dejasen dormir a mister Swann.

—Yo no duermo nunca, hermana —dijo Billy Swann—. Tráigame un frasco de vino consagrado o pídale al Dios de los católicos que me cure el insomnio.

—Vendré mañana a verte. —Biralbo, que guardaba el miedo infantil a las tocas blancas de las monjas, acató en seguida la obligación de marcharse—. Llámame si necesitas algo. A la hora que sea. Óscar tiene el teléfono de mi hotel.

—No quiero que vengas mañana. —Los ojos de Billy Swann parecían más grandes tras los cristales de las gafas—. Vete de Lisboa, mañana mismo, esta noche. No quiero que te quedes a esperar que me muera. Que se vaya Óscar contigo.

—Tocaremos juntos, Billy. El día doce.

—No querías venir a Lisboa, ¿te acuerdas? —Billy Swann se incorporó, apoyándose en Óscar, sin mirar a Biralbo, como un ciego—. Yo sé que te daba miedo y que por eso me contaste esa mentira de que ibas a tocar en París. No te arrepientas ahora. Sigues teniendo miedo. Hazme caso y márchate y no vuelvas la cabeza.

Pero era Billy Swann quien tenía miedo aquella noche, me dijo Biralbo, miedo a morir o a que alguien viera cómo se moría o a no estar solo en las horas finales de la consumación: miedo no sólo por sí mismo, sino también por Biralbo, quién sabe si únicamente por él, que no debía ver algo que Billy Swann ya había vislumbrado en la habitación de aquel sanatorio en el confín del mundo. Como para salvarlo de un naufragio o de la contaminación de la muerte le exigió que se fuera, y luego cayó sobre la almohada y la monja le subió el embozo y apagó la luz.

Cuando Biralbo llegó a la estación le sorprendió descubrir que sólo eran las nueve de la noche. Pensó que aquellos lugares, el sanatorio, el bosque, la aldea, el castillo de torres cónicas y muros ocultos por la hiedra, eran exclusivamente nocturnos, que nunca llegaba a ellos el amanecer o que se desvanecían como la niebla con la luz del sol. En la cantina bebió un aguardiente de color de ópalo y fumó un cigarrillo mientras esperaba la salida del tren. Con un poco de felicidad y de espanto se sintió perdido y extranjero, más que en Estocolmo o en París, porque los nombres de esas ciudades al menos existen en los mapas. Con la temible soberanía de quien está solo en un país extraño apuró otra copa de aguardiente y subió al tren, sabiendo el estado justo de consciencia que le otorgarían el alcohol, la soledad y el viaje. Dijo *Lisboa* cuando vio acercarse las luces de la ciudad como se dice el nombre de una mujer a la que uno está besando y que no le conmueve. En una estación que parecía abandonada el tren se detuvo junto a otro que avanzaba en dirección contraria. Sonó el silbato y los dos comenzaron a moverse muy lentamente, con un ruido de metales que chocaban sin ritmo. Biralbo, empujado hacia delante, miró las ventanillas del otro tren, rostros precisos y lejanos que no volvería a ver nunca, que lo miraban a él con una especie de simétrica melancolía. Sola en el último vagón, antes de las luces rojas y de la regresada oscuridad, una mujer fumaba con la cabeza baja, tan absorta en sí misma que ni siquiera había alzado los ojos para mirar hacia afuera cuando su tren se puso en marcha. Llevaba un chaquetón azul oscuro con las solapas levantadas y tenía el pelo muy corto. «Fue por el pelo», me dijo luego Biralbo, «por eso al principio no la reconocí». Inútilmente se puso en pie e hizo señales con la mano al vacío, porque su tren había ingresado vertiginosamente en un túnel cuando se dio cuenta de que durante un segundo había visto a Lucrecia.

# CAPÍTULO XIII

No recordaba cuánto tiempo, cuántas horas o días anduvo como un sonámbulo por las calles y escalinatas de Lisboa, por los callejones sucios y los altos miradores y las plazas con columnas y estatuas de reyes a caballo, entre los grandes almacenes sombríos y los vertederos del puerto, más allá, al otro lado de un puente ilimitado y rojo que cruzaba un río semejante al mar, en arrabales de bloques de edificios que se levantaban como faros o islas en medio de los descampados, en fantasmales estaciones próximas a la ciudad cuyos nombres leía sin lograr acordarse de aquella en la que había visto a Lucrecia. Quería rendir al azar para que se repitiera lo imposible: miraba uno por uno los rostros de todas las mujeres, las que se le cruzaban por la calle, las que pasaban inmóviles tras las ventanillas de los tranvías o de los autobuses, las que iban al fondo de los taxis o se asomaban a una ventana en una calle desierta. Rostros viejos, impasibles, banales, procaces, infinitos gestos y miradas y chaquetones azules que nunca pertenecían a Lucrecia, tan iguales entre sí como las encrucijadas, los zaguanes oscuros, los tejados rojizos y el dédalo de las peores calles de Lisboa. Una fatigada tenacidad a la que en otro tiempo habría llamado desesperación lo impulsaba como el mar a quien ya no tiene fuerzas para seguir nadando, y aun cuando se concedía una tregua y entraba en un café elegía una mesa desde la que pudiera ver la calle, y desde el taxi que a medianoche lo devolvía a su hotel miraba las aceras desiertas de las avenidas y las esquinas alumbradas por rótulos de neón donde se apostaban mujeres solas con los brazos cruzados. Cuando apagaba la luz y se tendía fumando en la cama seguía viendo en la penumbra rostros y calles y multitudes que pasaban ante sus ojos entornados con una silenciosa velocidad como de proyecciones de linterna mágica, y el cansancio no lo dejaba dormir, como si su mirada, ávida de seguir buscando, abandonara el cuerpo inmóvil y vencido sobre la cama y saliera a la ciudad para volver a perderse en ella hasta el final de la noche.

Pero ya no estaba seguro de haber visto a Lucrecia ni de que fuera el amor quien lo obligaba a buscarla. Sumido en ese estado hipnótico de quien camina solo por una ciudad desconocida ni siquiera sabía si la estaba buscando: sólo que noche y día era inmune al sosiego, que en cada uno de los callejones que trepaban por las colinas de Lisboa o se hundían tan abruptamente como desfiladeros había una llamada inflexible y secreta que él no podía desobedecer, que tal vez debió y pudo marcharse cuando Billy Swann se lo ordenó, pero ya era demasiado tarde, como si hubiera perdido el último tren para salir de una ciudad sitiada.

Por las mañanas iba al sanatorio. En vano vigilaba supersticiosamente las ventanillas de los trenes que se cruzaban con el suyo y leía los nombres de las estaciones hasta aprenderlos de memoria. Envuelto en una bata demasiado grande para él y con una manta sobre las rodillas Billy Swann pasaba los días mirando el bosque y la aldea desde la ventana de su habitación y casi nunca hablaba. Sin volverse alzaba la mano para pedir un cigarrillo y luego lo dejaba arder sin llevárselo más de una o dos veces a los labios. Biralbo lo veía de espaldas contra la claridad gris de la ventana, inerte y solo como una estatua en una plaza vacía. De la mano larga y curvada que sostenía el cigarrillo se alzaba verticalmente el humo. La movía un poco para desprender la ceniza que caía a su lado sin que él pareciera darse cuenta, pero si uno se acercaba advertía en los dedos un temblor muy leve que nunca cesaba. Una niebla templada y húmeda de llovizna anegaba el paisaje y hacía que los lugares y las cosas parecieran remotos. Biralbo no recordaba haber visto nunca a Billy Swann tan sereno o tan dócil, tan desasido de todo, incluso de la música y del alcohol. De vez en cuando cantaba algo en voz muy baja, con ensimismada dulzura, versos de antiguas letanías de negros o de canciones de amor, siempre de espaldas, frente a la ventana, con un quebrado hilo de voz, uniendo luego los labios para imitar perezosamente el sonido de una trompeta. La primera mañana, cuando entró a verlo, Biralbo oyó que inventaba extrañas variaciones sobre una melodía que le era al mismo tiempo desconocida y familiar, *Lisboa*. Se quedó junto a la puerta entornada, porque Billy Swann no parecía haber notado su presencia y murmuraba la música como si estuviera solo, señalando quedamente su ritmo con el pie.

—Así que no te has marchado —dijo, sin volverse hacia él, fijo en el cristal de la ventana como en un espejo donde pudiera ver a Biralbo.

—Vi anoche a Lucrecia.

—¿A quién? —Ahora Billy Swann se volvió. Se había afeitado y el pelo escaso y todavía negro relucía de brillantina. Las gafas y la bata le daban un aire de jubilado apacible. Pero esa apariencia era muy pronto desmentida por el fulgor de los ojos y la peculiar tensión de los huesos bajo la piel de los pómulos: Biralbo pensó que así debían brillar las quijadas de un muerto recién afeitado.

—A Lucrecia. No quieras hacerme creer que no te acuerdas de ella.

—La chica de Berlín —dijo Billy Swann en un tono como de pesadumbre o de burla—. ¿Estás seguro de que no viste a un fantasma? Siempre pensé que lo era.

—La vi en un tren que venía hacia aquí.

—¿Me estás preguntando si ha venido a verme?

—Era una posibilidad.

—A nadie más que a ti o a Óscar se le ocurre venir a un sitio como éste. Huele a muerto en los pasillos. ¿No lo has notado? Huele a alcohol, a cloroformo y a flores como en las funerarias de Nueva York. Se oyen gritos por la noche. Tipos atados con correas a las camas que ven cucarachas subiéndoles por las piernas.

—No duró ni un segundo. —Ahora Biralbo estaba de pie junto a Billy Swann y miraba el bosque verde oscuro entre la niebla, las quintas dispersas en el valle, coronadas por columnas de humo, los cobertizos lejanos de la estación. Un tren llegaba a ella, parecía avanzar en silencio—. Tardé un poco en darme cuenta de que la había visto. Se ha cortado el pelo.

—Fue tu imaginación, muchacho. Éste es un país muy raro. Aquí las cosas ocurren de otra manera, como si estuvieran pasando hace años y uno se acordara de ellas.

—Iba en ese tren, Billy, estoy seguro.

—Y eso qué puede importarte. —Billy Swann se quitó lentamente las gafas: lo hacía siempre que deseaba mostrar a alguien toda la intensidad de su desdén—. Te habías curado, ¿no? Hicimos un trato. ¿Te acuerdas? Yo dejaría de beber y tú de lamerte las heridas como un perro.

—Tú no dejaste de beber.

—Lo he hecho ahora. Billy Swann se irá a la tumba más sobrio que un mormón.

—¿Has visto a Lucrecia?

Billy Swann volvió a ponerse las gafas y no lo miró. Miraba atentamente las torres o chimeneas del palacio oscurecidas por la lluvia cuando volvió a hablarle, con una entonación estudiada y neutra, como se habla a un criado, a alguien que uno no ve.

—Si no me crees pregúntale a Óscar. Él no te mentirá. Pregúntale si me ha visitado algún fantasma.

«Pero el único fantasma no era Lucrecia, sino yo», me dijo Biralbo más de un año después, la última noche que nos vimos, recostado en la cama de su hotel de Madrid, impúdica y serenamente ebrio de whisky, tan lúcido y ajeno a todo como si hablara ante un espejo: él era quien casi no existía, quien se iba borrando en el curso de sus caminatas por Lisboa como el recuerdo de una cara que hemos visto una sola vez. También Oscar negó que una mujer hubiera visitado a Billy Swann: seguro, le dijo, él no había faltado nunca de allí, la habría visto, por qué iba a mentirle. De nuevo bajó solo por el sendero del bosque y bebió en la estación mientras esperaba el tren de regreso a Lisboa, mirando la cal rosada de los muros y las arcadas blancas del sanatorio, pensando en la extraña quietud de Billy Swann, que permanecería inmóvil tras uno de aquellos ventanales, casi sintiendo su vigilancia y su reprobación igual que recordaba el modo en que su voz había murmurado las notas de la canción escrita por Biralbo mucho antes de llegar a Lisboa.

Volvió a la ciudad para perderse en ella como en una de esas noches de música y bourbon que no parecía que fueran a terminar nunca. Pero ahora el invierno había ensombrecido las calles y las gaviotas volaban sobre los tejados y las estatuas a caballo como buscando refugio contra los temporales del mar. Cada temprano anochecer había un instante en que la ciudad parecía definitivamente ganada por el invierno. Desde la orilla del río circundaba la niebla borrando el horizonte y los edificios más altos de las colinas, y la armadura roja del puente alzado sobre las aguas grises se prolongaba en el vacío. Pero entonces comenzaban a encenderse las luces, las alineadas farolas de las avenidas, los tenues anuncios luminosos que se extinguían y parpadeaban formando nombres o dibujos, líneas fugaces de neón tiñendo rítmicamente de rosa y rojo y azul el cielo bajo de Lisboa.

Él caminaba siempre, insomne tras las solapas de su abrigo, reconociendo lugares por donde había pasado muchas veces o perdiéndose cuando más seguro estaba de haber aprendido la trama de la ciudad. Era, me dijo, como beber lentamente una de esas perfumadas ginebras que tienen la transparencia del vidrio y de las mañanas frías de diciembre, como inocularse una sustancia envenenada y dulce que dilatara la conciencia más allá de los límites de la razón y del miedo. Percibía todas las cosas con una helada exactitud tras la que vislumbraba algunas veces la naturalidad con que es posible deslizarse hacia la locura. Aprendió que para quien pasa mucho tiempo solo en una ciudad extranjera no hay nada que no pueda convertirse en el primer indicio de una alucinación: que el rostro del camarero que le servía un café o el del recepcionista a quien entregaba la llave de su habitación eran tan irreales como la presencia súbitamente encontrada y perdida de Lucrecia, como su propia cara en el espejo de un lavabo.

Nunca dejaba de buscarla y casi nunca pensaba en ella. Del mismo modo que a Lisboa la niebla y las aguas del Tajo la aislaban del mundo, convirtiéndola no en un lugar, sino en un paisaje del tiempo, él percibía por primera vez en su vida la absoluta insularidad de sus actos: se iba volviendo tan ajeno a su propio pasado y a su porvenir como a los objetos que lo rodeaban de noche en la habitación del hotel. Tal vez fue en Lisboa donde conoció esa temeraria y hermética felicidad que yo descubrí en él la primera noche que lo vi tocar en el Metropolitano. Recuerdo algo que me dijo una vez: que Lisboa era la patria de su alma, la única patria posible de quienes nacen extranjeros.

También de quienes eligen vivir y morir como renegados: uno de los axiomas de Billy Swann era que todo hombre con decencia termina por detestar el país donde nació y huye de él para siempre sacudiéndose el polvo de las sandalias.

Una tarde, Biralbo se encontró fatigado y perdido en un arrabal del que no podría volver caminando antes de que se hiciera de noche. Abandonados hangares de ladrillo rojizo se alineaban junto al río. En las orillas sucias como muladares había tiradas entre la maleza viejas maquinarias que parecían osamentas de animales extinguidos. Biralbo oyó un ruido familiar y lejano como de metales arrastrándose. Un tranvía se acercaba despacio, alto y amarillo, oscilando sobre los raíles, entre los muros ennegrecidos y los desmontes de escoria. Subió a él: no entendió lo que le explicaba el conductor, pero le daba igual a dónde fuera. Lejos, sobre la ciudad, resplandecía brumosamente el sol del invierno, pero el paisaje que cruzaba Biralbo tenía una grisura de atardecer lluvioso. Al cabo de un viaje que le pareció larguísimo el tranvía se detuvo en una plaza abierta al estuario del río. Tenía hondos atrios coronados de estatuas y frontones de mármol y una escalinata que se hundía en el agua. Sobre su pedestal con elefantes blancos y ángeles que levantaban trompetas de bronce, un rey cuyo nombre nunca llegó a saber Biralbo sostenía las bridas de su caballo irguiéndose con la serenidad de un héroe contra el viento del mar, que olía a puerto y a lluvia.

Aún era de día, pero las luces empezaban a encenderse en la alta penumbra húmeda de los soportales. Biralbo cruzó bajo un arco con alegorías y escudos y en seguida se perdió por calles que no estaba seguro de haber visitado antes. Pero eso le ocurría siempre en Lisboa: no acertaba a distinguir entre el desconocimiento y el recuerdo. Eran calles más estrechas y oscuras, pobladas de hondos almacenes y densos olores portuarios. Caminó por una plaza grande y helada como un sarcófago de mármol en la que brillaban sobre el pavimento los raíles curvados de los tranvías, por una calle en la que no había ni una sola puerta, sólo un largo muro ocre con ventanas enrejadas. Entró en un callejón como un túnel que olía a sótano y a sacos de café y caminó más aprisa al oír a su espalda los pasos de otro hombre.

Volvió a torcer, poseído por el miedo a que lo estuvieran siguiendo. Dio una moneda a un mendigo sentado en un escalón que tenía junto a sí una pierna ortopédica, perfectamente digna, de color naranja, con un calcetín a cuadros, con correas y hebillas y un zapato solo, muy limpio, casi melancólico. Vio sucias tabernas de marineros y portales de pensiones o indudables prostíbulos. Como si descendiera por un pozo, notaba que el aire se iba haciendo más espeso: veía más bares y más rostros, máscaras oscuras, ojos rasgados, de pupilas frías, facciones pálidas e inmóviles en zaguanes de bombillas rojas, párpados azules, sonrisas como de labios cortados que sostenían cigarrillos, que se curvaban para llamarlo desde las esquinas, desde los umbrales de clubes con puertas acolchadas y cortinas de terciopelo púrpura, bajo los letreros luminosos que se encendían y apagaban aunque todavía no era de noche, apeteciendo su llegada, anunciándola.

Nombres de ciudades o de países, de puertos, de regiones lejanas, de películas, nombres que fosforecían desconocidos e incitantes como las luces de una ciudad contemplada desde un avión nocturno, agrupadas como en floraciones de coral o cristales de hielo. Texas, leyó, Hamburgo, palabras rojas y azules, amarillas, violeta lívido, delgados trazos de neón, Asia, Jacarta, Mogambo, Goa, cada uno de los bares y de las mujeres se le ofrecía bajo una advocación corrompida y sagrada, y él caminaba como recorriendo con el dedo índice los mapamundis de su imaginación y su memoria, del antiguo instinto de miedo y perdición que siempre había reconocido en esos nombres. Un negro de gafas oscuras y gabardina muy ceñida se acercó a él y le habló mostrándole algo en la palma blanca de su mano. Biralbo negó con la cabeza y el otro enumeró cosas en inglés: oro, heroína, un revólver. Notaba el miedo, se complacía en él como en el vértigo de velocidad de quien conduce un automóvil de noche. Se acordó de Billy Swann, que siempre que llegaba a una ciudad desconocida buscaba solo las calles más temibles. Vio entonces aquella palabra iluminada, en la última esquina, la luz azul temblando como si fuera a apagarse, alta en la oscuridad como un faro, como las luces sobre el último puente de San Sebastián. Por un instante no la vio, luego hubo rápidos fogonazos azules, por fin se fueron iluminando una a una las letras suspendidas sobre la calle, formando un nombre, una llamada, *Burma*.

Entró como quien cierra los ojos y se lanza al vacío. Mujeres rubias de anchos muslos y severa fealdad bebían en la barra. Había hombres borrosos, de pie, sentados en divanes, esperando algo, contando monedas disimuladamente, parados ante cabinas con bombillas rojas que a veces se apagaban. Entonces alguien salía de cualquiera de ellas con la cabeza baja y otro hombre entraba y se oía que cerraba la puerta desde dentro. Una mujer se acercó a Biralbo. «Sólo cuatro monedas de veinticinco escudos», le dijo. Él preguntó en vacilante portugués por qué aquel lugar se llamaba Burma. La mujer sonrió sin entender nada y le mostró el pasadizo donde se alineaban las cabinas. Biralbo entró en una de ellas. Era tan angosta como el lavabo de un tren y tenía en el centro una opaca ventana circular. Una a una deslizó las cuatro monedas en la ranura vertical. Se apagó la luz de la cabina y una claridad rojiza iluminó aquella ventana semejante a un ojo de buey. «No soy yo», pensó Biralbo, «no estoy en Lisboa, este lugar no se llama Burma». Al otro lado del cristal una mujer pálida y casi desnuda se retorcía o bailaba sobre una tarima giratoria. Movía las manos extendidas, fingiendo que se acariciaba, se arrodillaba o se tendía con disciplina y desdén, agitándose, mirando a veces sin expresión la hilera de ventanas circulares.

La de Biralbo se apagó como si la cubriera la escarcha. Tenía frío al salir, y equivocó el camino. El túnel de cabinas iguales no lo llevó al bar, sino a una habitación desnuda con una sola bombilla y una puerta metálica que estaba entornada. En las paredes había manchas de humedad y dibujos obscenos. Biralbo oyó pasos de gente subiendo una escalera con peldaños de hierro, pero no le dio tiempo a obedecer la tentación de esconderse. Una mujer y un hombre abrazados por la cintura aparecieron en la puerta. El hombre estaba despeinado y rehuyó la mirada de Biralbo. Siguió avanzando cuando ya no podían verlo. La escalera bajaba hasta un garaje o almacén muy tenuemente iluminado. Entre armazones de hierro la gran esfera de un reloj brillaba como azufre sobre un espacio tan vacío como una pista de baile abandonada.

Igual que en ciertas estaciones de ferrocarril con bóvedas góticas y altas vidrieras ennegrecidas por el humo, había en aquel lugar una sensación de distancias infinitas exagerada por la penumbra, por las bombillas rojas encendidas sobre las puertas, por la música obsesiva y violenta que retumbaba en el vacío, en las aristas metálicas de las escaleras. Tras una barra larga y desierta un pálido camarero con smoking preparaba una bandeja de bebidas. Tal vez por efecto de la luz a Biralbo le pareció que una leve capa de polvos rosados le cubría los pómulos. Sonó un timbre. La luz roja se encendió sobre una puerta metálica. Sosteniendo la bandeja con una sola mano el camarero cruzó todo el salón y llamó con los nudillos. En el instante en que la abría se apagó la luz: Biralbo creyó oír un estrépito de carcajadas y de copas mezclado con la música.

De otra puerta, más al fondo, salió un hombre ciñéndose el pantalón con una cierta petulancia, como quien abandona un urinario. Había otra barra allí, remota, iluminada como las capillas más hondas de las catedrales. Otro camarero de smoking y un cliente solitario se distinguían con una precisión de siluetas recortadas en cartulina negra. El hombre que se había abrochado el pantalón se puso un sombrero terciado sobre los ojos y encendió un cigarrillo. Una mujer salió tras él, ahuecándose con los dedos la melena rubia, guardando en el bolso una polvera o un espejo mientras fruncía los labios. Desde la barra más próxima a la escalera de salida Biralbo los vio pasar junto a él conversando en voz baja con un rumor de eses y oscuras vocales portuguesas. Cuando los tacones de la mujer resonaron en los peldaños metálicos aún siguió oliendo un perfume muy intenso y vulgar.

—¿Está solo, señor? —El camarero había vuelto con la bandeja vacía y lo miraba sin sonreír tras la barra de mármol. Tenía la cara muy larga y el pelo aplastado sobre la frente—. No hay por qué estarlo en el *Burma*.

—Gracias —dijo Biralbo—. Espero a alguien.

El camarero le sonrió con sus labios excesivamente rojos. No lo creía, desde luego, tal vez aspiraba a darle ánimos. Biralbo pidió una ginebra y se quedó mirando la barra simétrica del fondo. El mismo camarero, el mismo smoking con una hechura como de 1940, el mismo bebedor con los hombros caídos y las manos inmóviles junto a la copa. Casi lo alivió descubrir que no miraba un espejo porque el otro no estaba fumando.

—¿Espera a una mujer? —El camarero hablaba un español eficaz y arbitrario—. Cuando llegue pueden pasar al veinticinco. Usted toca el timbre y yo le llevo las copas.

—Me gusta este lugar. Y su nombre —dijo Biralbo,

sonriendo como un borracho solitario y leal. Lo inquietó pensar que el otro bebedor estaría diciéndole lo mismo al otro camarero. Pero el mayor mérito de la ginebra cruda y helada es que lo derriba a uno en seguida—. *Burma*. ¿Por qué se llama así?

—¿El señor es periodista? —El camarero desconfiaba. Tenía una sonrisa de vidrio.

—Estoy escribiendo un libro. —Biralbo sintió con felicidad que al mentir no ocultaba su vida, que la iba inventando—. «La Lisboa nocturna.»

—No hace falta que lo cuente todo. A mis jefes no les gustaría.

—No pensaba hacerlo. Sólo pistas, ya sabe... Hay quien llega a una ciudad y no encuentra lo que busca.

—¿El señor beberá otra ginebra?

—Me ha adivinado el pensamiento. —Después de tantos días sin hablar con nadie Biralbo notaba un impúdico deseo de conversación y de mentira—. Burma. ¿Hace mucho que está abierto?

—Casi un año. Antes era un almacén de café.

—Los dueños quebraron, supongo. ¿Entonces ya se llamaba así?

—No tenía nombre, señor. Ocurrió algo. Parece que el café no era el verdadero negocio. Vino la policía y rodeó el barrio entero. Se los llevaron esposados. El juicio salió en los periódicos.

—¿Eran contrabandistas?

—Conspiraban. —El camarero se acodó frente a Biralbo y se acercó mucho a su cara, hablándole en voz baja, con sigilo teatral—. Algo de política. *Burma* era una sociedad secreta. Había armas aquí...

Sonó un timbre y el camarero cruzó el salón caminando como en contenidos pasos de baile hacia una puerta donde se había encendido la luz roja. El otro bebedor se descolgó lentamente de la barra del fondo y avanzó hacia la salida siguiendo una sospechosa línea recta. Sobre su cara se sucedían como fogonazos los tonos de la luz y de la penumbra. Era muy alto y sin duda estaba borracho, llevaba las manos hundidas en los bolsillos de un chaquetón de aire militar. No era portugués, tampoco español, ni siquiera parecía europeo. Tenía los dientes grandes y una barba recortada y rojiza, y la cara un poco aplastada y la peculiar curvatura de la frente le hacían parecerse de manera lejana a un saurio. Se paró ante Biralbo, meciéndose sobre sus grandes botas con hebillas, sonriéndole con aletargado estupor, con júbilo lento de borracho. Frente a la mirada de aquellos ojos azules la memoria de Biralbo retrocedió a los mejores días del Lady Bird, a los más antiguos, a la felicidad cándida y casi adolescente de ser amado por Lucrecia. «¿No te acuerdas de mí?», le dijo el otro, y él reconoció su risa, su acento perezoso y nasal. «¿Ya no te acuerdas del viejo Bruce Malcolm?»

## CAPÍTULO XIV

—Allí estábamos —dijo Biralbo—, el uno frente al otro, mirándonos con recelo, con simpatía, como dos conocidos que no llegaron a intimar y que tardan menos de cinco minutos en no saber qué decirse. Pero me era simpático. Tantos años odiándolo y al final resultaba que me complacía estar con él hablando de los viejos tiempos. A lo mejor la ginebra tuvo la culpa de todo. El caso es que cuando lo vi me dio un vuelco el corazón. Se acordaba de San Sebastián, de Floro Bloom, de todo. Pensé que nada une más a dos hombres que haber amado a la misma mujer. Y haberla perdido. Él también había perdido a Lucrecia...

—¿Hablasteis de ella?

—Creo que sí. Al cabo de tres o cuatro ginebras. Miró el local y dijo: «Seguro que le gustaría a Lucrecia.»

Pero tardaron en decir ese nombre, lo rozaban siempre, se detenían cuando estaban a punto de pronunciarlo, como ante un circulo vacío que fingieran no ver, que se ocultaban mutuamente con alcohol y palabras, con preguntas y mentiras sobre los últimos tiempos e invocaciones a un pasado cuyos días cenitales eran indivisibles, porque el espacio vacío que tanto tardaron en atreverse a nombrar los aliaba como una antigua conjura. Pedían más ginebra, la penúltima siempre, decía Malcolm, que aún recordaba algunas bromas españolas, se remontaban a suce-

152

sos cada vez más lejanos, disputándose pormenores salvados del olvido, vanas exactitudes, la primera vez que se encontraron, el primer concierto de Billy Swann en el Lady Bird, los dry martinis de Floro Bloom, pura alquimia, dijo Malcolm, los cafés con nata del Viena, aquella vida sosegada de San Sebastián, parecía mentira que sólo hubieran pasado cuatro años, qué habían hecho desde entonces: nada, decadencia, sórdida madurez, astucia para eludir el infortunio, para ganar un poco más de dinero vendiendo cuadros o sobrevivir tocando el piano en clubes de ciudades demasiado frías, soledad, dijo Malcolm, con los ojos turbios, *loneliness*, apretando la copa entre sus dedos sombreados de vello rojizo como si quisiera romperla. Entonces Biralbo sintió miedo y frío y un desconsuelo como de vaticinio de resaca y pensó que tal vez Malcolm guardaba una pistola, aquella que Lucrecia había visto, la que se hincó una vez en el pecho de un hombre que estaba siendo estrangulado con un hilo de nilón... Pero no, quién creería esa historia, quién puede imaginar que los asesinos existan fuera de las novelas o de los noticiarios y que se sienten con uno a beber ginebra y le pregunten por amigos comunes en un sótano de Lisboa: estaban igual de solos y casi igual de ebrios, apresados por la misma cobardía y nostalgia, la única diferencia perceptible era que Malcolm no fumaba, y hasta eso los volvía cómplices, porque los dos recordaron los caramelos medicinales que en aquella época llevaba siempre Malcolm consigo, los regalaba a todo el mundo, también a Biralbo, que una noche había tirado y pisoteado uno en la puerta del Lady Bird, envenenado de rencor y de celos. De pronto Malcolm se quedó en silencio ante su copa vacía y miró a Biralbo sin levantar la cabeza, alzando sólo las pupilas.

—Pero yo siempre te envidié —dijo, en otro tono de voz, como si hasta entonces hubiera fingido que estaba borracho—. Me moría de envidia cuando tocabas el piano.

Terminabas de tocar, te aplaudíamos, venías a nuestra mesa sonriendo, con tu copa en la mano, con aquella mirada de desprecio, sin fijarte en nadie.

—No era más que miedo. Todo me asustaba, tocar el piano, hasta mirar a la gente. Temía que se burlaran de mí.

—...envidiaba el modo en que te miraban las mujeres. —Malcolm seguía hablando sin oírlo—. No te importaban, tú ni siquiera las veías.

—Nunca creí que ellas me vieran —dijo Biralbo: sospechó que Malcolm le mentía, que le hablaba de otro.

—Incluso Lucrecia. Sí, también ella. —Se detuvo como a punto de revelar un enigma, bebió un trago de ginebra, limpiándose la boca con la mano—. Tú no te dabas cuenta, pero no he olvidado cómo te miraba. Subías a la tarima, tocabas unas notas y ya no existía para ella nada más que tu música. Recuerdo que pensé una vez: «Exactamente así es como desea un hombre que lo mire la mujer que ama.» Me dejó, ya sabes. Toda una vida juntos y me dejó tirado en Berlín.

Miente, pensó Biralbo, queriendo defenderse de una trampa invisible, del desvarío del alcohol, finge que nunca supo nada para averiguar algo que no sé lo que es y que debo ocultarle, siempre ha mentido porque no sabe no mentir, es mentira la nostalgia, la amistad, el dolor, hasta el brillo de esos ojos demasiado azules que no expresan más que su pura frialdad, aunque sea cierto que está solo y perdido en Lisboa, igual que yo, solo y perdido y recordando a Lucrecia y conversando conmigo por la simple razón de que yo también la conocí. De modo que debía mantenerse en guardia y no seguir bebiendo, decirle que se iba, huir cuanto antes, ahora mismo. Pero le pesaba la cabeza, lo aturdían la música y las mutaciones de las luces, esperaría unos minutos más, el tiempo de otra copa...

—Hay una pregunta que siempre he querido hacerte —dijo Malcolm, estaba tan serio que parecía sobrio, dotado acaso de esa gravedad de quien está a punto de caer al suelo—. Una pregunta personal. —Biralbo se puso rígido, se arrepintió de haber bebido tanto y de continuar allí—. No me contestes si no quieres. Pero si lo haces prométeme que me dirás la verdad.

—Prometido —dijo Biralbo. Para defenderse pensó: «Ahora va a decirlo. Ahora va a preguntarme si me acosté con su mujer.»

—¿Estabas enamorado de Lucrecia?

—Eso no importa ahora. Hace mucho tiempo, Malcolm.

—Me has prometido la verdad.

—Pero tú antes dijiste que yo no me fijaba en las mujeres, ni siquiera en ella.

—En Lucrecia sí. Íbamos al Viena a desayunar y nos encontrábamos contigo. Y en el Lady Bird, ¿te acuerdas? Terminabas de tocar y te sentabas con nosotros. Hablabais mucho, lo hacíais para poder miraros a los ojos, conocíais todos los libros y habíais visto todas las películas y sabíais los nombres de todos los actores y de todos los músicos, ¿te acuerdas? Yo os escuchaba y me parecía siempre que estabais hablando en un idioma que no podía entender. Por eso me dejó. Por las películas y los libros y las canciones. No lo niegues, tú estabas enamorado de ella. ¿Sabes por qué me la llevé de San Sebastián? Te lo diré. Tienes razón, ya no importa. Me la llevé para que no se enamorara de ti. Aunque no os conocierais, aunque no os hubierais visto nunca yo habría tenido celos. Te diré algo más: todavía los tengo.

Biralbo advertía vagamente que no estaban solos en el gran sótano del Burma. Mujeres rubias y hombres embozados en el gesto de fumar cigarrillos subían o bajaban por las escaleras metálicas y las luces rojas seguían encendiéndose sobre puertas cerradas. Sintiendo que atravesaba un desierto cruzó toda la lejanía del salón para llegar a los lavabos. Con la cara muy cerca de los azulejos helados de la pared pensó que había pasado mucho tiempo desde que se separó de Malcolm, que tardaría mucho más en volver. Iba a salir y no acertó a abrir la puerta, lo confundía el silencio y la repetición de las formas de porcelana blanca, multiplicadas por el brillo de los tubos fluorescentes. Se inclinó para echarse agua fría en la cara sobre un lavabo tan grande como una pila bautismal. Había alguien más en el espejo cuando abrió los ojos. De pronto todos los rostros de su memoria regresaban, como si los hubieran convocado la ginebra o Lisboa, todos los rostros olvidados para siempre y los perdidos sin remedio y los que nunca creyó que volviera a ver más. De qué sirve huir de las ciudades si lo persiguen a uno hasta el fin del mundo. Estaba en Lisboa, en los lavabos irreales del Burma Club, pero la cara que tenía ante sí, a su espalda, porque al ver la pistola tardó un poco en volverse, también pertenecía al pasado y al Lady Bird: sonriendo con inextinguible felicidad Toussaints Morton le apuntaba a la nuca. Seguía hablando como un negro de película o como un mal actor que imita en el teatro el acento francés. Tenía el pelo más gris y estaba más gordo, pero aún usaba las mismas camisas y pulseras doradas y una tranquila cortesía de ofidio.

—Amigo mío —dijo—. Vuélvase muy despacio, pero no levante las manos, por favor, es una vulgaridad, no la soporto ni en el cine. Bastará que las mantenga separadas del cuerpo. Así. Permítame que le registre los bolsillos. ¿Nota frío en la nuca? Es mi pistola. Nada en la chaqueta. Perfecto. Ahora sólo queda el pantalón. Lo entiendo, no me mire así, para mí es tan desagradable como para usted. ¿Imagina que alguien entrase ahora? Pensaría lo peor al verme tan pegado a usted, en un lavabo. Pero no se preocupe, el amigo Malcolm vigila la puerta. Desde luego que no merece nuestra confianza, no, tampoco la de usted, pero debo confesarle que no me he arriesgado a dejarlo solo. Basta que lo haga para que nos ocurra una desgracia. Así que la dulce Daphne está con él. Daphne, ¿no se acuerda?, mi secretaria. Tenía ganas de volver a verle. Nada en el pantalón. ¿Los calcetines? Hay quien guarda ahí un cuchillo. No usted. Daphne me lo decía: «Toussaints, Santiago Biralbo es un joven excelente. No me extraña que Lucrecia dejara por él a ese animal de Malcolm.» Ahora saldremos. No se le ocurra gritar. Ni correr, como la última vez que nos vimos. ¿Me creerá si le digo que todavía me duele aquel golpe? Daphne tiene razón. Caí en una mala postura. Usted piensa que si pide socorro el camarero llamará a la policía. Error, amigo mío. Nadie oirá nada. ¿Ha notado cuántas tiendas de aparatos para sordos hay en esta ciudad? Abra la puerta. Usted primero, por favor. Así, las manos separadas, mirando al frente, sonría. Se ha despeinado usted. Está pálido. ¿Le hizo daño la ginebra? Quién le manda ir por los bares con Malcolm. Sonríale a Daphne. Ella le aprecia más de lo que usted imagina. En línea recta, por favor. ¿Ve aquella luz del fondo?

No tenía miedo, sólo una náusea detenida en su estómago, la contrición de haber bebido tanto, un obstinado sentimiento de que aquellas cosas no ocurrían de verdad. A su espalda Toussaints Morton conversaba jovialmente con Malcolm y Daphne, la mano derecha en el bolsillo de su cazadora marrón, el brazo ligeramente flexionado, como si imitara el gesto ceñido de un tanguista. Cuando pasaron bajo el gran reloj suspendido del techo sus caras y sus manos se tiñeron pálidamente de verde. Biralbo levantó los ojos y vio en torno a la esfera una leyenda circular: *Um Oriente ao oriente do Oriente.*

Toussaints Morton le dijo con suavidad que se detuviera frente a una de las puertas cerradas. Todas eran metálicas y estaban pintadas de negro o de un azul muy oscuro, igual que las paredes y el piso de madera. Malcolm abrió y se hizo a un lado para que los otros pasaran, muy dócil, con la cabeza baja, como el botones de un hotel.

La habitación era pequeña y estrecha y olía a jabón vulgar y a sudor enfriado. Un diván, una lámpara, una enredadera de plástico y un bidet la ocupaban. La luz tenía tonos rosados en los que parecía diluirse una vana música ambiental de guitarras y órgano. «Tal vez van a matarme aquí», pensó Biralbo con indiferencia y desengaño mirando el papel de las paredes, la tapicería color salmón del diván, que tenía manchas alargadas y quemaduras de cigarrillos. Apenas podían moverse los cuatro en un espacio tan breve, era casi como viajar en un vagón de Metro sintiendo en la espina dorsal aquella cosa dura y helada, notando en la nuca la pesada respiración de Toussaints Morton. Daphne examinó severamente el diván y se sentó casi al filo con las rodillas muy juntas. Con un vaivén se apartó de la cara la melena platino y luego quedó inmóvil, de perfil ante Biralbo, mirando la porcelana rosa del bidet.

—Siéntate tú también —le ordenó Malcolm. Ahora era él quien sostenía la pistola.

—Amigo mío —dijo Toussaints Morton—, será preciso que disculpe usted la rudeza de Malcolm, ha bebido en exceso. No es por completo culpa suya. Lo vio a usted, me llamó, le pedí que lo entretuviera un poco, no hasta ese punto, desde luego. ¿Me permitirá decirle que también a usted le huele el aliento a ginebra?

—Es tarde —dijo Malcolm—. No tenemos toda la noche.

—Detesto esa música. —Toussaints Morton miraba los rincones de la habitación buscando los altavoces invisibles donde había empezado blandamente a sonar una fuga barroca—. Daphne, apágala.

Todo fue más extraño cuando se hizo el silencio. La música del exterior no llegaba a través de las paredes acolchadas. Del bolsillo superior de su cazadora Toussaints

Morton sacó un transistor y desplegó su antena larguísima hasta rozar con ella el techo. Sonaron entre pitidos voces portuguesas, italianas, españolas, Toussaints Morton escuchaba y maldecía manejando el transistor con sus dedos de hércules. Se detuvo y sonrió cuando logró captar algo que parecía una obertura de ópera. «Ahora va a golpearme», pensó Biralbo, incurablemente adicto al cine, «pondrá la música muy alta para que nadie oiga mis gritos».

—Adoro a Rossini —dijo Toussaints Morton—. Antídoto perfecto contra tanto Verdi y tanto Wagner.

Depositó el transistor junto a los grifos del bidet y se sentó en el borde, repitiendo la melodía con la boca cerrada. Incómodo, tal vez un poco culpable o abatido por el efecto del alcohol, Malcolm se apoyaba sobre un pie y luego sobre otro y apuntaba a Biralbo procurando no mirarlo a los ojos.

—Mi querido amigo. Mi muy querido amigo. —La cara de Toussaints Morton se ensanchó en una sonrisa paternal—. Todo esto es muy desagradable. Créame, también para nosotros. De modo que será mejor que lo que tenemos que hacer lo hagamos cuanto antes. Yo le hago tres preguntas, usted me contesta a cualquiera de ellas y todos nosotros olvidamos el pasado. Número uno: dónde está la bella Lucrecia. Número dos, dónde está el cuadro. Número tres, si ya no hay cuadro, dónde está el dinero. Por favor, no me mire así, no diga lo que ha estado a punto de decirme. Usted es un caballero, lo supe desde la primera vez que lo vi, usted supone que debe mentirnos, creyendo que protegerá a Lucrecia, desde luego, que no es propio de un caballero divulgar por ahí los secretos de una dama. Permítame sugerirle que ya conocemos ese juego. Lo jugamos hace tiempo, en San Sebastián, ¿se acuerda?

—Hace años que no sé nada de Lucrecia. —Biralbo comenzaba a sentir el tedio de quien responde a un cuestionario oficial.

—Curioso entonces que cierta noche saliera usted de su casa de San Sebastián, con muy malos modos, desde luego. —Toussaints Morton se tocó el hombro izquierdo haciendo como si se le reavivara un antiguo dolor—. Que al día siguiente emprendieran juntos un largo viaje...

—¿Es eso verdad? —Como si despertara bruscamente, Malcolm levantó la pistola y por primera vez desde que entraron en la habitación miró a Biralbo a los ojos. Los de Daphne, muy abiertos y fijos, se movían de un lado a otro con ligeros espasmos, como las pupilas de un pájaro.

—Malcolm —dijo Toussaints Morton—, preferiría que después de tantos años no eligieras este momento para comprender que has sido el último en enterarte: Tranquilízate. Oye a Rossini. *La gazza ladra*...

Malcolm dijo un insulto en inglés y acercó un poco más la pistola a la cara de Biralbo. Se miraban en silencio como si estuvieran solos en la habitación o no oyeran las palabras del otro. Pero en los ojos de Malcolm había menos odio que estupor o miedo y deseo de saber.

—Por eso me abandonó —dijo, pero no le hablaba de Biralbo, repetía en voz alta algo que nunca se había atrevido a pensar—. Para conseguir el cuadro y venderlo y gastar contigo todo ese dinero...

—Un millón y medio de dólares, tal vez un poco más, como sin duda usted sabe. —También Toussaints Morton se acercaba a Biralbo, bajando el tono de la voz—. Pero hay un pequeño problema, amigo mío. Ese dinero es nuestro. Lo queremos, ¿entiende? Ahora.

—No sé de qué dinero ni de qué cuadro me hablan. —Biralbo se echó hacia atrás en el diván para que el aliento de Morton no le diera en la cara. Estaba tranquilo, un poco aletargado todavía por la ginebra, casi del todo ajeno a sí mismo, a aquel lugar, impaciente—. Lo que sí sé es que Lucrecia no tenía un céntimo. Nada. Le di mi dinero para que pudiera irse de San Sebastián.

—Para que pudiera venir a Lisboa, quiere usted decir. ¿Me equivoco? Dos antiguos amantes vuelven a encontrarse y comienzan juntos un largo viaje...

—No le pregunté a dónde iba.

—No le hacía falta. —Toussaints Morton dejó de sonreír. Parecía de pronto que no lo hubiera hecho nunca—. Sé que se marcharon juntos. Incluso que usted conducía el automóvil. ¿Quiere que le diga la fecha exacta? Daphne debe tenerla anotada en su agenda.

—Lucrecia huía de ustedes. —Desde hacía un rato Biralbo deseaba con urgencia fumar. Sacó despacio el tabaco y el mechero sosteniendo la mirada vigilante de Malcolm y encendió un cigarrillo—. También yo sé algunas cosas. Sé que temía que la mataran igual que a aquel hombre, el Portugués.

Toussaints Morton lo escuchaba imitando sin pudor el gesto de quien espera ávidamente el final de un chiste para empezar a reírse, esbozando ya una sonrisa, alzando un poco los hombros. Por fin soltó una carcajada y se golpeó los muslos con las anchas palmas de las manos.

—¿De verdad quiere que creamos eso? —Y miró gravemente a Biralbo y a Malcolm como si debiera repartir entre ellos toda su piedad—. ¿Me está diciendo que Lucrecia no le explicó nada sobre el plano que nos robó? ¿Que no sabía nada sobre *Burma*...?

—Está mintiendo —dijo Malcolm—. Déjamelo a mí. Yo haré que nos diga la verdad.

—Tranquilo, Malcolm. —Toussaints Morton lo hizo apartarse agitando sonoramente la mano donde brillaban las pulseras doradas—. Estoy temiendo que el amigo Biralbo no sea menos torpe que tú... Y dígame, señor. —Ahora hablaba como uno de esos policías cargados de paciencia y bondad, casi de misericordia—. Lucrecia tenía miedo de nosotros. De acuerdo. Lo deploro, pero puedo entenderlo. Tenía miedo y huyó porque nos había visto matar a un hombre. El género humano no perdió gran cosa aquella noche, pero usted me dirá, con razón, que no es éste el momento de estudiar esos detalles. También de acuerdo. Sólo quiero preguntarle una cosa: ¿por qué la bella Lucrecia, tan espantada por el crimen que no debió presenciar, no fue en seguida a la Policía? Era fácil, había escapado de nosotros, sabía el sitio exacto donde estaba el cadáver. Pero no lo hizo... ¿No imagina por qué?

Biralbo no dijo nada. Tenía sed y le escocían los ojos, había demasiado humo en el aire. Daphne lo miraba con un cierto interés, como se mira a quien viaja en el asiento de al lado. Él debía mantenerse firme, sin pestañear siquiera, fingir que lo sabía y lo ocultaba todo. Recordó una carta de Lucrecia, la última, un sobre que encontró vacío varios meses después de marcharse para siempre de San Sebastián. *Burma*, repetía en silencio, *Burma*, como diciendo un conjuro cuyo sentido ignorase, una palabra indescifrable y sagrada.

—Burma —dijo Toussaints Morton—. Es doloroso que nada sea ya respetable. Alguien alquila este local y usurpa ese nombre y lo convierte todo en un prostíbulo. Cuando vimos el letrero desde la calle se lo dije a Daphne: «¿Qué pensaría el difunto dom Bernardo Ulhman Ramires si levantara la cabeza?» Pero noto que usted ni siquiera sabe quién fue dom Bernardo. La juventud lo ignora todo y quiere saltar por encima de todo. El mismo dom Bernardo me lo dijo una vez, en Zurich, me parece que estoy viéndolo como lo veo a usted. «Morton», me dijo, «por lo que respecta a los hombres de mi generación y de mi clase, el fin del mundo ha llegado. No nos queda otro consuelo que coleccionar bellos cuadros y libros y recorrer los balnearios internacionales». Tenía usted que haber oído su voz, la majestad con que decía, por ejemplo, «Oswald Spengler», o «Asia», o «Civilización». Poseía en Angola selvas enteras y plantaciones de café más grandes que Portugal, y qué palacio, amigo mío, en una isla, en el centro de un lago, yo nunca lo vi, para mi desgracia, pero contaban que era todo de mármol como el Taj Mahal. Dom Bernardo Ulhman Ramires no era un terrateniente, era la cabeza de un reino magnífico levantado en la selva, supongo que ahora esos tipos lo habrán convertido todo en una comuna de harapientos comidos de malaria. Dom Bernardo amaba Oriente, amaba el gran Arte, quería que sus colecciones pudieran compararse a las mejores de Europa. «Morton», me decía, «cuando veo un cuadro que me gusta no me importa el dinero que deba pagar para tenerlo». Amaba sobre todo la pintura francesa y los mapas antiguos, era capaz de cruzar medio mundo para examinar un cuadro, y yo los buscaba para él, no sólo yo, tenía una docena de agentes recorriendo Europa en busca de cuadros y mapas. Dígame un gran maestro, cualquiera: dom Bernardo Ulhman Ramires tenía un cuadro o un dibujo suyo. También amaba el opio, a qué ocultarlo, eso no le quita grandeza. Durante la guerra había trabajado para los ingleses en el Sudeste de Asia y de allí trajo el gusto por el opio y una colección de pipas que nadie en el mundo igualará nunca. Recuerdo que me recitaba siempre un poema en portugués. Un verso decía así: «Um Oriente ao oriente do Oriente...» ¿Se aburre? Lo siento, yo soy un sentimental. Desprecio una civilización en la que no tienen sitio hombres como dom Bernardo Ulhman Ramires. Ya sé: usted no aprueba el imperialismo. También en eso se parece a Malcolm. Usted mira el color de mi piel y piensa: «Toussaints Morton debiera odiar los imperios coloniales.» Error, amigo mío. ¿Sabe dónde estaría yo sí no fuera por el imperialismo, como dice Malcolm? No aquí, desde luego, cosa que a usted lo aliviaría. En lo alto de un cocotero, en África, saltando como un simio. Tocaría un tam tam, supongo, haría máscaras con cortezas de árboles... No sabría nada de

Rossini ni de Cézanne. ¡Y no me hable *du Bon Sauvage*, se lo suplico!

—Que nos hable de Cézanne —dijo Malcolm—. Que nos diga lo que él y Lucrecia hicieron con el cuadro.

—Mi querido Malcolm —Toussaints Morton sonreía con sosiego papal—, alguna vez te perderá tu impaciencia. Tengo una idea: reclutemos al amigo Biralbo para nuestra alegre sociedad. Propongámosle un trato. Admitamos la posibilidad de que sus relaciones mercantiles con la bella Lucrecia no hayan sido tan satisfactorias como las sentimentales... Ésta es mi oferta, amigo mío, la mejor y la última: usted nos ayuda a recuperar lo que es nuestro y nosotros lo incluimos en el reparto de beneficios. ¿Te acuerdas, Daphne? La misma oferta le hicimos al Portugués...

—No hay trato —dijo Malcolm—. No mientras yo esté aquí. Cree que puede engañarnos, Toussaints, se sonreía mientras le hablabas. Dinos dónde está el cuadro, dónde está el dinero, Biralbo. Dilo o te mato. Ahora mismo.

Apretaba tan fuerte la culata de la pistola que tenía blancos los nudillos y le temblaba la mano. Daphne se apartó despacio de Biralbo, se puso en pie deslizando la espalda contra la pared. «Malcolm», decía en voz baja Toussaints Morton, «Malcolm», pero él no lo escuchaba ni lo veía, sólo miraba los ojos quietos de Biralbo como exigiéndole miedo o sumisión, afirmando en silencio, tan rígidamente como sostenía la pistola, la pervivencia de un antiguo rencor, la inútil, la casi compartida rabia de haber perdido el derecho a los recuerdos y a la dignidad del fracaso.

—Levántate —dijo, y cuando Biralbo estuvo en pie le puso la pistola en el centro del pecho. De cerca era tan grande y obscena como un trozo de hierro—. Habla ahora mismo o te mato.

Biralbo me contó luego que había hablado sin saber

qué decía: que en aquel instante el terror lo volvió invulnerable. Dijo:

—Dispara, Malcolm. Me harías un favor.

—¿Dónde he oído yo eso antes? —dijo Toussaints Morton, pero a Biralbo le pareció que su voz sonaba en otra habitación, porque él sólo veía frente a sí las pupilas de Malcolm.

—En *Casablanca* —dijo Daphne, con indiferencia y precisión—. Bogart se lo dice a Ingrid Bergman.

Al oír eso una transfiguración sucedió en el rostro de Malcolm. Miró a Daphne, olvidó que tenía la pistola en la mano, la verdadera rabia y la verdadera crueldad contrajeron su boca e hicieron más pequeños sus ojos cuando volvió a fijarlos en Biralbo y se lanzó sobre él.

—Películas —dijo, pero era muy difícil entender sus palabras—. Eso es lo único que os importaba, ¿verdad? Despreciabais a quien no las conociera, hablabais de ellas y de vuestros libros y vuestras canciones pero yo sabía que estabais hablando de vosotros mismos, no os importaba nadie ni nada, la realidad era demasiado pobre para vosotros, ¿no es cierto...?

Biralbo vio que el cuerpo grande y alto de Malcolm se le aproximaba como si fuera a derribarse sobre él, vio sus ojos tan cerca que le parecieron irreales, al retroceder chocó contra el diván, y Malcolm seguía aproximándose como un alud, le dio una patada en el vientre, se hizo a un lado para eludir su caída y entonces tuvo ante sí la mano que aún apretaba la pistola, la golpeó o la mordió y la oscuridad se hizo sobre él y cuando volvió a abrir los ojos la pistola estaba en su mano derecha. Se puso de pie, empuñándola, pero Malcolm aún seguía encorvado sobre el vientre, de rodillas, la cara contra el diván, y Daphne y Toussaints Morton lo miraban y retrocedían, «tranquilo», murmuraba Morton, «tranquilo, amigo mío», pero no llegaba a sonreír, fijo en la pistola que ahora estaba apuntándole, y Biralbo dio unos pasos atrás y tanteó la puerta en busca del pestillo, pero no lo encontraba, Malcolm volvió la cara hacia él y comenzó a levantarse muy lentamente, al fin la puerta se abrió y Biralbo salió de espaldas, acordándose de que era así como salían los héroes de las películas, cerró de un portazo y echó a correr hacia las escaleras de hierro y sólo cuando cruzaba la penumbra rosada del bar donde bebían las mujeres rubias se dio cuenta de que aún llevaba la pistola en la mano y de que muchos pares de ojos sucesivos lo miraban con sorpresa y espanto.

## CAPÍTULO XV

Salió a la calle y al recibir bruscamente en la cara el aire húmedo de la noche supo por qué no tenía miedo: si había perdido a Lucrecia nada le importaba. Guardó la pesada pistola en un bolsillo de su abrigo y durante unos segundos no corrió, apaciguado por una extraña pereza semejante a la que algunas veces nos inmoviliza en los sueños. Sobre su cabeza se apagaba y encendía en breves intervalos el rótulo del *Burma Club* alumbrando un muro muy alto de balcones vacíos. Echó a andar de prisa, con las manos en los bolsillos, como si llegara tarde a alguna parte, no podía correr, porque una muchedumbre como de puerto asiático ocupaba la calle, rostros azules y verdes bajo los letreros de neón, esfinges de mujeres solas, grupos de negros que se movían como obedeciendo un ritmo que sólo ellos escucharan, cuadrillas de hombres de pómulos cobrizos y rasgos orientales que parecían congregados allí por una turbia nostalgia de las ciudades cuyos nombres resplandecían sobre la calle, *Shangai, Hong Kong, Goa, Jakarta.*

Notaba la serenidad letal de quien sabe que se está ahogando y se volvía para mirar el rótulo del *Burma,* tan cercano aún como si no se hubiera movido. Percibía cada instante como un minuto larguísimo y miraba los rostros innumerables buscando entre ellos el de Malcolm, el de

Toussaints Morton, el de Daphne, incluso el de Lucrecia, sabiendo que era preciso correr y que no tenía voluntad para hacerlo, igual que cuando uno sabe que debe levantarse y se concede una tregua y cuando vuelve a abrir los ojos cree que ha dormido mucho tiempo y no ha pasado ni un minuto y otra vez decide que se va a levantar. Pesaba tanto la pistola, me dijo, había tantos rostros y cuerpos que abrirse paso entre ellos era como avanzar en la multiplicada espesura de una selva. Entonces se volvió y vio a Malcolm en el mismo instante en que sus ojos azules y lejanos lo descubrían a él, pero Malcolm sé le aproximaba con igual lentitud, como si nadara contra una poderosa corriente entorpecida de malezas, más alto que los otros, fijo en Biralbo como en la orilla que anhelara alcanzar, y eso hacía que los dos avanzaran más lentamente aún, porque no dejaban de mirarse y chocaban contra cuerpos que no veían y que los anegaban a veces ocultando a cada uno de la vista del otro. Pero volvían a descubrirse y la calle no terminaba nunca, se iba volviendo más oscura, con menos rostros y luces de clubes, de pronto Biralbo vio a Malcolm quieto y solo en mitad de una calzada donde no había nadie, parado ante su propia sombra, con las piernas abiertas, y entonces sí corrió y los callejones se iban abriendo ante él como una carretera frente a los faros de un automóvil. Oía a su espalda el redoble de los pasos de Malcolm y hasta el jadeo de su respiración, muy lejana y muy próxima, como una amenaza o una queja en el silencio de plazas resplandecientes y vacías, grandes plazas con columnas, calles de ventanales sucesivos donde sus pisadas y las de Malcolm sonaban al unísono, y a medida que la fatiga lo asfixiaba se le iba disgregando la conciencia del espacio y del tiempo, estaba en Lisboa y en San Sebastián, huía de Malcolm como otra noche igual había huido de Toussaints Morton, no había cesado nunca esa persecución por una doble ciudad que conjuraba su trama para convertirse en laberinto y acoso.

También aquí las calles se volvían de pronto iguales y geométricas, parcialmente abandonadas a la noche, perspectivas desiertas de plazas más iluminadas desde donde venía un débil y preciso rumor de ciudad habitada. Corría hacia esas luces como hacia un espejismo que se sigue alejando. Oyó a su espalda el ruido lento de un tranvía que borró los pasos de Malcolm y lo vio pasar junto a él alto y amarillo y vacío como un buque a la deriva y detenerse un poco más allá, tal vez podría alcanzarlo, alguien bajó y el tranvía tardó un poco en moverse de nuevo, Biralbo estaba casi llegando a su altura cuando se puso en marcha muy despacio y osciló al alejarse. Como quien mira en una estación el tren que ya ha perdido Biralbo se quedó inmóvil, con la boca y los ojos muy abiertos, limpiándose el sudor de la cara y la saliva que le manchaba los labios, olvidado de Malcolm, de la obligación de huir, y aunque volver la cabeza le exigía un esfuerzo imposible giró lentamente y vio que Malcolm también estaba parado a unos metros de él, al filo de la otra acera, como en la cornisa de un edificio por la que fuera a desplomarse, jadeando y tosiendo, apartándose el pelo rojizo de la cara. Tocó en el bolsillo la culata de la pistola y una rápida alucinación le hizo verse apuntando hacia Malcolm y casi oír el disparo y la sorda caída del cuerpo sobre los raíles, sería tan infinitamente fácil como cerrar los ojos y no moverse nunca más y estar muerto, pero Malcolm ya caminaba hacia él como hundiéndose a cada paso en una calle de arena. Corrió de nuevo, pero ya no podía, vio a su izquierda una bocacalle más oscura, una escalinata, una torre delgada y más alta que los tejados de las casas, absurdamente sola y levantada entre ellas, con ventanas góticas y nervaduras de hierro, corrió hacia una luz y una puerta entornada donde había un hombre, un cobrador que llevaba a la cintura una cartera llena de monedas y le dio un billete. «Quince escudos», le dijo, lo empujó hacia el interior, cerró pausadamente una especie de verja herrumbosa, hizo girar una manivela de cobre y aquel lugar que Biralbo aún no había mirado comenzó a estremecerse y a crujir como las maderas de un buque de vapor, a levantarse, había un rostro al otro lado de la verja, dos manos asidas a ella que la sacudían, Malcolm, que se fue hundiendo en el subsuelo, que desapareció del todo cuando Biralbo aún no había entendido del todo que estaba en un ascensor y que ya no era preciso que siguiera corriendo.

El cobrador, una mujer con un pañuelo a la cabeza y un hombre de patillas blancas y severa gabardina lo miraban con atenta reprobación. La mujer tenía la cara muy ancha y masticaba algo, examinando con lentitud metódica los zapatos sucios de barro, los faldones de la camisa, la cara congestionada y sudorosa de Biralbo, su mano derecha siempre escondida en el bolsillo del abrigo. Al otro lado de las ventanas góticas la ciudad se ensanchaba y alejaba a medida que el ascensor iba subiendo: plazas blancas como lagos de luz, tenues letreros luminosos sobre los tejados, contra la adivinada oscuridad de la desembocadura del río, edificios encabalgados sobre una colina que culminaba un castillo violentamente alumbrado por reflectores.

Preguntó dónde estaban cuando el ascensor se detuvo: en la ciudad alta, le dijo el cobrador. Salió a un pasadizo donde soplaba el viento frío del mar como en la cubierta de un buque. Escalinatas y muros de casas abandonadas descendían verticalmente hacia las hondas calles por donde tal vez caminaba todavía Malcolm. Junto a la torre de una iglesia en ruinas había un taxi que le pareció tan extraño e inmóvil como esos insectos que uno sorprende al encender la luz. Pidió al taxista que lo llevara a la estación. Miraba por la ventanilla trasera buscando las luces de otro coche, vigilando los rostros de las esquinas en sombras.

Luego la fatiga lo derribó contra el duro respaldo de plástico y deseó que el viaje en el taxi tardara mucho en terminar. Con los ojos entornados se sumergía en la ciudad como en un paisaje submarino, reconociendo lugares, estatuas, letreros de antiguas tiendas o almacenes, el vestíbulo de su hotel, de donde le parecía haber salido mucho tiempo atrás.

Toda Lisboa, me dijo, hasta las estaciones, es un dédalo de escalinatas que nunca acaban de llegar a los lugares más altos, siempre queda sobre quien asciende una cúpula o una torre o una hilera de casas amarillas que son inaccesibles. Por escaleras mecánicas y pasillos de urinarios sórdidos subió a los andenes de donde partía el tren que tomaba todas las mañanas para visitar a Billy Swann.

Un par de veces temió que todavía lo estuvieran siguiendo. Miraba hacia atrás y cualquier mirada era la de un secreto enemigo. En la cantina de la estación final esperó a que no quedara nadie en el andén y bebió un vaso de aguardiente. También temía las miradas de los revisores y de los camareros, adivinaba en ellas y en las palabras que escuchaba a su espalda y no podía entender los signos de una conspiración de la que tal vez no sabría salvarse. Lo miraban, acaso lo reconocían, sospechaban su condición de fugitivo y extranjero. En el espejo de un lavabo le dio miedo su rostro: estaba despeinado y muy pálido y la corbata desceñida le colgaba como un dogal del cuello, pero lo más temible era la extrañeza de esos ojos que ya no miraban como unas horas antes, que parecían al mismo tiempo apiadarse de él y vaticinarle la condenación. «Soy yo», dijo en voz alta, mirando los silenciosos labios que se movían en el espejo, «soy Santiago Biralbo».

Las cosas, sin embargo, los oscuros lugares, las torres cónicas del palacio circundadas por tejados con columnas de humo, el camino en el bosque, mantenían una misteriosa y quieta identidad confirmada por el sigilo de la noche. A la entrada del sanatorio un hombre cargaba bolsas y maletas en un gran automóvil, un taxi reluciente que no se parecía a los viejos taxis de Lisboa. «Óscar», dijo Biralbo: el hombre se volvió hacia él, porque en la oscuridad no lo había reconocido, apoyó delicadamente el contrabajo en el asiento trasero, cuando vio quién era le sonrió, limpiándose la frente con un pañuelo tan blanco en la penumbra como su sonrisa.

—Nos vamos —dijo—. Esta noche. Billy ha decidido que se encuentra mejor. Iba a llamarte a tu hotel. Ya lo conoces, quiere que empecemos a ensayar mañana mismo.

—¿Dónde está?

—Adentro. Despidiéndose de la monja. Temo que se empeñe en regalarle su última botella de whisky.

—¿Es verdad que ya no bebe?

—Zumos de naranja. Dice que está muerto. «Los muertos son abstemios, Óscar.» Eso me dice. Fuma mucho y bebe zumo de naranja.

Óscar le dio la espalda con una cierta brusquedad y siguió acomodando el contrabajo y las maletas en el interior del taxi. Cuando salió de él, Biralbo se apoyaba en la portezuela abierta, mirándolo.

—Óscar, tengo que hacerte una pregunta.

—Desde luego. Se te ha puesto cara de policía.

—¿Quién ha pagado la cuenta del sanatorio? Esta mañana vi una factura. Es carísimo.

—Pregúntaselo a él. —Sin mirar a Biralbo, Óscar se apartó de su cercanía excesiva secándose con el pañuelo el sudor de las manos—. Míralo. Ahí viene.

—Óscar. —Biralbo se puso ante él y lo obligó a detenerse—. Te ordenó que me mintieras, ¿verdad? Te prohibió decirme que Lucrecia había venido...

—¿Ocurre algo aquí? —Alto y frágil, enfundado en su abrigo, con el ala del sombrero justo a la altura de las gafas, con un cigarrillo en los labios y el estuche de la trompeta en la mano, Billy Swann caminaba hacia ellos a espaldas de la luz—. Óscar, ve a decirle al taxista que ya podemos irnos.

—Ahora mismo, Billy. —Óscar obedeció con el alivio de quien ha logrado eludir un castigo. Trataba a Billy Swann con un respeto sagrado que a veces no distinguía del temor.

—Billy —dijo Biralbo, y notó que la voz le temblaba igual que cuando había bebido mucho o después de una noche entera sin dormir—, dime dónde está.

—Tienes mala cara, muchacho. —Billy Swann estaba muy cerca de él, pero Biralbo no veía sus ojos, sólo el brillo de los cristales de las gafas—. Tienes más cara de muerto que yo. ¿No te alegras de verme? El viejo Swann está de vuelta en el reino de los vivos.

—Te estoy preguntando por Lucrecia, Billy. Dime dónde puedo encontrarla. Está en peligro.

Billy Swann quiso apartarlo para entrar en el taxi, pero Biralbo no se movió. Estaba tan oscuro que no podía ver la expresión de su rostro, y eso la hacía más hermética, una pálida oquedad de penumbra bajo el ala del sombrero. Billy Swann sí lo veía a él: las luces del vestíbulo le alumbraban la cara. Dejó en el suelo el estuche de la trompeta, tiró el cigarrillo tras una corta chupada que hizo visible la dura línea de sus labios, se quitó muy despacio los guantes, flexionando los dedos, como si los tuviera entumecidos.

—Debieras ver ahora mismo tu cara, muchacho. Eres tú quien está en peligro.

—No tengo toda la noche, Billy. Debo encontrarla antes que ellos. Quieren matarla. Han estado a punto de matarme a mí.

Oyó una puerta cerrándose y luego voces y pasos sobre la grava del camino. Óscar y el taxista venían hacia ellos.

173

—Ven con nosotros —dijo Billy Swann—. Te llevaremos a tu hotel.

—Sabes que no voy a ir, Billy. —El taxista ya había arrancado el motor, pero Biralbo no se separaba de la puerta delantera. Tenía frío y un poco de fiebre, una sensación de urgencia y de vértigo—. Dime dónde está Lucrecia.

—Cuando quieras, Billy. —Óscar había asomado su cabeza grande y rizada por la ventanilla y miraba con desconfianza a Biralbo.

—Esa mujer no es buena para ti, muchacho —dijo Billy Swann, haciéndolo a un lado con un gesto terminante. Abrió la portezuela y dejó el estuche en el asiento delantero, ordenando secamente al taxista que no tuviera tanta prisa. Lo hizo en inglés, pero el motor se detuvo—. Tal vez no por culpa suya. Tal vez por algo que hay en ti y que no tiene nada que ver con ella y que te lleva a la destrucción. Algo parecido al whisky o a la heroína. Sé de qué te hablo y tú sabes que lo sé. Me basta con mirar ahora mismo tus ojos. Se parecen a los míos cuando llevo una semana encerrado con una caja de botellas. Sube al taxi. Enciérrate en tu hotel. Tocaremos el día doce y nos iremos de aquí. En cuanto subas al avión será como si nunca hubieras estado en Lisboa.

—No entiendes, Billy, no es por mí. Es por ella. Van a matarla si la encuentran.

Sin quitarse el sombrero Billy Swann se acomodó en el interior del taxi, poniendo sobre sus rodillas el estuche negro de la trompeta. Todavía no cerró. Como para darse tiempo encendió un cigarrillo y expulsó el humo hacia Biralbo.

—Piensas que eres tú quien la ha estado buscando, que el otro día la viste por casualidad en aquel tren. Pero ella te ha buscado otras veces y yo nunca quise que supieras nada. Le prohibí que te viera. Me obedeció porque me tiene miedo, igual que Óscar. ¿Te acuerdas de aquel teatro de Estocolmo donde estuvimos tocando antes de ir a América? Ella estaba allí, entre el público, había viajado desde Lisboa para vernos. Para verte a ti, quiero decir. Y un poco después, en Hamburgo, ella salió de mi camerino cinco minutos antes de que llegaras tú. Fue ella quien me trajo aquí y pagó por adelantado a los médicos. Ahora tiene mucho dinero. Vive sola. Supongo que ahora mismo estará esperándote. Me explicó el modo de llegar a su casa. De esa estación de ahí abajo sale un tren hacia la costa cada veinte minutos. Bájate en la penúltima parada, cuando veas un faro. Debes dejarlo atrás y caminar como media milla, teniendo siempre el mar a tu izquierda. Me dijo que la casa tiene una torre y un jardín rodeado por un muro. Junto a la verja hay un nombre en portugués. No me lo preguntes porque no sé recordar ni una palabra en ese idioma. Casa de los lobos o algo así.

—*Quinta dos Lobos* —dijo Óscar en la oscuridad—. Yo sí me acuerdo.

Billy Swann cerró la puerta del taxi y siguió mirando impasiblemente a Biralbo mientras subía el cristal de la ventanilla. Por un momento, cuando el conductor maniobraba para enfilar el sendero entre los árboles, le dio plenamente en la cara la luz de una farola. Era una cara flaca y rígida y tan desconocida como si el hombre cuyas facciones no había visto Biralbo mientras lo escuchaba fuera un impostor.

## CAPÍTULO XVI

Lo recuerdo hablándome muchas horas seguidas en su habitación del hotel, la última noche, intoxicado de tabaco y palabras, deteniéndose para encender cigarrillos, para beber cortos sorbos de un vaso en el que apenas quedaba un poco de hielo, poseído sin remedio, ya muy tarde, a las tres o a las cuatro de la madrugada, por los lugares y los nombres que tan fríamente había comenzado a invocar, resuelto a seguir hablando hasta que terminara la noche, no sólo esta noche futura de Madrid que ahora compartíamos, sino también la otra, aquella que había regresado en sus palabras para adueñarse de él y de mí como un enemigo embozado. No me contaba una historia, había sido traidoramente atrapado por ella como algunas veces lo atrapaba la música, sin darle aliento ni ocasión de callar o decidir. Pero nada de eso se traslucía en su lenta y serena voz ni en sus ojos, que habían dejado de mirarme, que se mantenían fijos mientras hablaba en la brasa del cigarrillo o en el hielo del vaso o en las cortinas cerradas del balcón que yo de vez en cuando entreabría para comprobar sin alivio que nadie estaba espiándonos desde la otra acera de la calle. Hablaba como refiriéndose a la vida de otro, en el tono neutro y minucioso de quien hace una declaración: tal vez si quiso no detenerse hasta el final fue porque ya sabía que nunca más íbamos a vernos.

—Y entonces —me dijo—, cuando supe dónde estaba Lucrecia, cuando el taxi de Billy Swann se marchó y me quedé solo en el camino del bosque, todo fue igual que siempre, que cuando estaba en San Sebastián y tenía una cita con ella y me parecía que las horas o los minutos que me faltaban para verla iban a ser más largos que mi vida y que el bar o el hotel donde ella me esperaba estaban al otro lado del mundo. Y el mismo miedo también a que se hubiera ido y yo no pudiera encontrarla. Al principio, en San Sebastián, cuando iba en busca suya, miraba todos los taxis que se cruzaban con el mío temiendo que Lucrecia fuera en uno de ellos...

Entendió que era mentira el olvido y que la única verdad, desalojada por él mismo de su conciencia desde que abandonó San Sebastián, se había refugiado en los sueños, donde la voluntad y el rencor no podían alcanzarla, en sueños que le presentaban el antiguo rostro y la invulnerable ternura de Lucrecia tal como los había conocido cinco o seis años atrás, cuando ninguno de los dos había perdido aún el coraje ni el derecho al deseo y a la inocencia. En Estocolmo, en Nueva York, en París, en hoteles extraños donde despertaba, al cabo de semanas enteras sin acordarse de Lucrecia, exaltado o complacido por la presencia de otras mujeres fugaces, había recordado y perdido sueños en los que un tibio dolor iluminaba la felicidad intacta de los mejores días que vivió con ella y los desvanecidos colores que sólo entonces tuvo el mundo. Como en aquellos sueños, ahora él la buscaba y la presentía sin verla en un paisaje de árboles y colinas nocturnas que velozmente lo llevaba hacia el mar. Miraba todas las luces temiendo no ver la del faro a tiempo de bajar del tren. Era más de medianoche y no había ningún viajero en el vagón de Biralbo. El revisor le dijo que faltaban diez minutos para la penúltima estación. Por una ventanilla ovalada veía moverse muy al fondo las barras metálicas del vagón contiguo, donde tampoco parecía viajar nadie. Miró su reloj y no supo calcular cuántos minutos habían pasado desde que habló con el revisor. Iba a ponerse el abrigo cuando vio el rostro de Malcolm en la ventana ovalada del fondo, mirándolo, adherido al cristal.

Se levantó y tenía los músculos entumecidos y le dolían las rodillas. El tren iba tan de prisa que casi no podía mantenerse en pie, tampoco Malcolm, que para guardar el equilibrio permanecía inmóvil separando las piernas mientras la puerta del vagón oscilaba y golpeaba ante él empujada por un viento súbito y frío que llegó hasta Biralbo trayendo el ruido monocorde de las ruedas del tren sobre los raíles y un crujido de madera y articulaciones metálicas que parecían desquiciarse en las curvas. Huyó por el pasillo, asiéndose con las dos manos al filo de los respaldos, quiso abrir la otra puerta del vagón y era imposible y Malcolm se le había acercado tanto que ya podía distinguir el brillo azul de sus ojos. Absurdamente se obstinaba en sacudir la puerta hacia dentro y por eso no lograba abrirla, un frenazo lo impulsó contra ella y se encontró suspendido por el espanto y el vértigo en una plataforma que se movía como abriéndose bajo sus pies, en el vacío, en el espacio entre dos vagones, sobre una oscuridad donde centelleaban y desaparecían los raíles y soplaba un viento que lo traspasaba cortándole la respiración, lanzándolo contra una barandilla que apenas le llegaba a la cintura y en la que alcanzó a sujetarse cuando ya sentía como en un aviso de vómito que iba a ser arrojado sobre los raíles.

Se volvió, Malcolm estaba a un paso, al otro lado de la puerta, en el relámpago de un solo gesto debía soltarse de la barandilla y alcanzar el vagón contiguo, sin mirar hacia abajo, sin ver cómo se movían las planchas metálicas sobre el vertiginoso y curvo sendero de guijarros que la oscuridad engullía como un pozo. Dio un salto con los ojos cerrados y la puerta se abrió y volvió a cerrarse tras él con un solo golpe hermético. Corrió por el vagón vacío hacia otra puerta y otra ventana oval: era posible que la sucesión de filas de asientos sin nadie y luces amarillas y abismos de sombra segada por el viento no terminara nunca, como si el tren viajara únicamente para que él fuera en busca de Lucrecia perseguido por Malcolm, a quien ya no veía, acaso él tampoco acertaba a salir del otro vagón. Oyó golpes, vio aparecer en el óvalo de cristal la cara de Malcolm, que daba patadas a la puerta, que ya había logrado abrirla y venía hacia él con el pelo desordenado por el viento, salió de nuevo a la oscuridad sujetándose con las dos manos a las barras heladas de la barandilla, pero más allá no había ninguna puerta, sólo un muro gris de metal, había llegado al enganche de la locomotora y Malcolm seguía lentamente acercándose a él, inclinado hacia delante, como si caminara contra el viento.

Recordó la pistola: al buscarla se dio cuenta de que la había dejado en el abrigo. Si el tren aminoraba la marcha tal vez se atrevería a saltar. Pero el tren corría como arrojado a una pendiente y Malcolm ya estaba abriendo la única puerta que lo separaba de él. Apoyó la espalda en el metal ondulado y lo vio acercarse como si no fuera a llegar nunca, como si la velocidad del tren los separara. En las manos abiertas de Malcolm no estaba la pistola. Movía los labios, tal vez gritaba algo, pero el viento y el ruido de la locomotora desvanecían sus palabras, el coraje inútil de la ira. Con las piernas muy separadas y las manos abiertas se lanzó sobre Biralbo o fue empujado contra él. No peleaban, era como si se estuvieran abrazando o se apoyaran torpemente el uno en el otro para no caer. Resbalaban sobre la plataforma y caían de rodillas y se levantaban enredándose para caer de nuevo o ser impulsados al mismo tiempo hacia el vacío. Biralbo escuchaba una respiración que no sabía si era suya o de Malcolm, sucias palabras en inglés que tal vez pronunciaba él mismo. Notaba manos y uñas y golpes y el peso de un cuerpo y la lejana sensación de que su cabeza era sacudida contra aristas metálicas. Se puso en pie, vio luces, algo cálido y húmedo que resbalaba por su frente lo cegó: se limpió los ojos con la mano y vio a Malcolm incorporarse junto a él tan despacio como si emergiera de un lago de cieno, sujetándose con las dos manos a la tela de su pantalón, al bolsillo desgarrado de su chaqueta. Más alto y borroso que nunca Malcolm osciló sobre él y extendió hacia su cuello las grandes manos estáticas, y por un momento, cuando Biralbo se hizo a un lado, pareció que se inclinaba sobre la barandilla como para examinar la hondura del terraplén o de la noche. Biralbo vio agitarse las manos como alas de pájaros, vio una mirada de estupor y de súplica cuando el tren saltó como si fuera a volcarse y él cayó derribado contra las planchas metálicas: oyó un grito tan agudo y tan largo como el chirrido de los frenos y cerró los ojos como si la voluntaria oscuridad lo salvara de seguir escuchándolo.

Permaneció aplastado contra el suelo, porque temblaba tanto que no habría sabido mantenerse de pie. Había casas aisladas entre los árboles, vallas de pasos a nivel tras las que esperaban automóviles. Ahora el tren avanzaba un poco más despacio: Biralbo se puso de rodillas, volvió a limpiarse la sucia humedad de la cara, temblando todavía, buscando a tientas un asidero para levantarse. Cuando el tren ya casi se había detenido vio detrás de los árboles una alta luz que desaparecía y regresaba a un ritmo tan demorado y exacto como las oscilaciones de un péndulo. Igual que si volviera de un sueño o de una amnesia absoluta se sorprendió al recordar dónde había llegado y por qué estaba allí.

Saltó a las vías para que nadie lo viera y se alejó de las luces de la estación caminando entre vagones abandonados, tropezando en raíles ocultos bajo la maleza. Cruzó una cerca de tablas podridas, resbaló y cayó al subir un terraplén y ya no veía la estación ni la luz del faro. Muerto de frío siguió avanzando sobre una tierra empapada y grumosa, entre árboles dispersos, rehuyendo luces de quintas donde ladraban los perros y tapias de jardines que le cerraban el paso. Al rodear interminablemente una de ellas temió haberse perdido: estaba en una calle limpia y vulgar, con verjas cerradas y farolas en las esquinas y papeleras de plástico. Pensó: «Tengo la ropa desgarrada, tengo la cara sucia de sangre, si alguien me ve llamará a la policía.» Pero no tenía inteligencia ni voluntad sino para seguir la línea recta de la calle, buscando el sonido o el olor del mar, la luz del faro entre los eucaliptos.

Sin duda la calle era tan recta y tan larga porque discurría junto a la carretera de la costa: a veces Biralbo escuchaba muy cerca motores de automóviles y percibía débilmente en la cara el aire del mar. Las tapias iguales de las quintas concluyeron al fin en un descampado cenagoso donde se levantaban contra la rasa oscuridad del cielo los andamios de un edificio en construcción. A un lado estaba la carretera, y luego el faro y los precipicios del mar. Para eludir las luces de los automóviles se alejó del arcén y caminó casi al filo del acantilado. Muy al fondo se alzaba y fosforecía la espuma contra los rompientes: no quiso seguir mirándola porque le daba miedo el influjo de aquella hondura que lo inmovilizaba y parecía llamarlo. El faro lo alumbraba con una claridad semejante a la de la gran luna amarilla del verano, una luz giratoria y poliédrica que multiplicaba su sombra y lo confundía al extinguirse. Con la cabeza baja y con las manos en los bolsillos caminaba con la obstinación de los vagabundos circulares de las calles, sin más cobijo contra el viento frío del mar que las solapas levantadas de su chaqueta. Estaba ya muy lejos del faro cuando vio sobre las copas de los pinos la casa que Billy Swann le había anunciado. Una tapia muy larga que no podía descubrirse desde la carretera, luego una verja entornada y un nombre: *Quinta dos Lobos.*

Entró temiendo escuchar ladridos de perros. La verja se abrió silenciosamente al empuje de su mano y únicamente oyó mientras cruzaba un vago jardín el ruido de sus pasos sobre la grava. Vio una torre, un breve porche con columnas, una ventana iluminada. Se detuvo ante la puerta con la misma sensación de vacío y de límite que había tenido en la plataforma del tren y al filo del acantilado. Pulsó el timbre y no ocurrió nada. Volvió a hacerlo: esta vez sí lo oyó, muy lejos, al fondo de la casa. Luego el silencio, el viento entre los árboles, la certeza de haber oído unos pasos y de que había alguien cautelosamente inmóvil tras la puerta. «Lucrecia», dijo, como si le hablara al oído para despertarla, «Lucrecia».

Pero yo no sé imaginar cómo era el rostro que Biralbo vio entonces ni el modo en que sucedió entre ellos el reconocimiento o la ternura, nunca los vi ni supe imaginarlos juntos: lo que los unía, lo que tal vez ahora sigue uniéndolos, era un vínculo que en sí mismo contenía la cualidad del secreto. Nunca hubo testigos, ni siquiera cuando ya no los acuciaba la obligación de esconderse: si alguien a quien yo no conozco estuvo con ellos o los sorprendió alguna vez en cualquiera de aquellos bares y hoteles clandestinos donde se citaban en San Sebastián, estoy seguro de que no pudo advertir nada de lo que verdaderamente poseían: una trama de palabras y gestos, de pudor y codicia, porque nunca creyeron merecerse y nunca desearon ni tuvieron nada que no estuviera únicamente en ellos mismos, un mutuo reino invisible que casi nunca habitaron, pero del que tampoco podían renegar, porque sus fronteras los circundaban tan irremediablemente como la piel o el olor a la forma de un cuerpo. Al mirarse se pertenecían, igual que uno sabe quién es cuando se mira en un espejo.

Se quedaron un instante cada uno a un lado del umbral, sin abrazarse, sin decir nada, como si los dos se encontraran frente a alguien que no era quien esperaban ver. Más hermosa o más alta, casi desconocida, con el pelo muy corto, con una blusa de seda, Lucrecia abrió del todo la puerta para mirarlo a plena luz y le dijo que entrara. Tal vez se hablaron al principio con una distancia no entibiada por la memoria común, sino por aquella cobarde y ávida cortesía que tantas veces los volvió extraños cuando una sola palabra o caricia les habrían bastado para reconocerse.

—¿Qué te ha pasado? —dijo Lucrecia—. ¿Qué te han hecho en la cara?

—Tienes que irte de aquí. —Al tocarse la frente Biralbo rozó la mano de ella, que le apartaba el pelo para mirarle la herida—. Esa gente te busca. Te encontrarán si no huyes.

—Tienes partido un labio. —Lucrecia le tocaba la cara y él no sentía las yemas de sus dedos. Olía su pelo, veía tan cerca el color exacto de sus ojos, todo le llegaba como desde la lejanía del desvanecimiento: si se movía, si daba un paso iba a caerse—. Estás temblando. Ven, apóyate en mí.

—Dame una copa de algo. Y un cigarrillo. Me muero de ganas de fumar. Dejé el tabaco en el abrigo. Como la pistola. A quién se le ocurre.

—¿Qué pistola? Pero no hables. Apóyate en mí.

—La de Malcolm. Iba a matarme con ella y se la quité. De la manera más tonta.

Notaba las cosas de un modo intermitente, en rápidas alternancias de lucidez y letargo. Si cerraba los ojos estaba de nuevo en el tren y temía que lo derribara el vértigo. Mientras caminaba abrazado a Lucrecia se vio en un espejo y tuvo miedo de su cara manchada de sangre y del cerco rojizo que había en torno a sus pupilas. Ella le ayudó a recostarse en un sofá, en una habitación desnuda donde ardía el fuego. Abrió los ojos y Lucrecia ya no estaba. La vio volver con una botella y dos vasos. Arrodillada junto a él, le limpió la cara con una toalla húmeda y luego le puso un cigarrillo en los labios.

—¿Malcolm te hizo eso?

—Me caí contra algo. Una cosa metálica. O tal vez me empujó él. Todo estaba muy oscuro. Cualquiera sabe. Yo me caía y me levantaba y él siempre queriendo golpearme. Pobre Malcolm. Me tenía rabia. Estaba loco por ti.

—¿Dónde está ahora?

—En el otro mundo, supongo. Entre los raíles, si queda algo. Lo oí gritar. Todavía lo oigo.

—¿Lo has matado tú?

—Pues no lo sé. Creo que le di un empujón, pero no estoy seguro. A lo mejor ya lo han encontrado. Tienes que irte de aquí.

—¿Te ha seguido alguien?

—Toussaints Morton te encontrará si no te marchas. En cuanto lea mañana el periódico sabrá dónde buscarte. Tardará una semana o un mes, pero te encontrará. Vete de aquí, Lucrecia.

—Cómo voy a irme ahora que has venido tú.

—Cualquiera puede entrar. Ni siquiera tenías cerrada la verja.

—La dejé abierta para ti.

Biralbo apuró de un trago su vaso de bourbon y se apoyó en los hombros de Lucrecia para levantarse. Advirtió que ella había creído que la iba a abrazar y que por eso sonrió de aquel modo al inclinarse hacia él. El bourbon le quemaba las heridas de los labios y lo revivía con una cálida y apetecida lentitud. Pensó que habían pasado muchos años desde la última vez que Lucrecia lo miró como ahora estaba mirándolo: muy fija, atenta a cada uno de los pormenores de su presencia, casi sobrecogida por la intensidad de su propia mirada, por el miedo a que un gesto cualquiera fuese la señal de que él iba a irse. Pero no estaba recordando: se estremeció al darse cuenta de que veía por primera vez en los ojos de Lucrecia una expresión cuyo único testigo había sido Malcolm. Lo que su memoria nunca supo guardar le era restituido por los celos de un muerto.

Se lavó la cara con agua fría en un cuarto de baño muy grande al que el brillo de la porcelana y de los grifos daba un aire de quirófano antiguo. Tenía hinchado el labio inferior y una herida en la frente. Cuidadosamente se peinó y se ajustó la corbata como si debiera acudir a una cita con Lucrecia. Mientras volvía al salón donde ella lo esperaba examinó por primera vez la casa: en cada estancia los objetos parecían ordenados para enaltecer el vacío, la forma pura del espacio y de la soledad. Guiado por una música muy tenue pudo volver junto a Lucrecia sin perderse por los corredores.

—¿Quién toca eso? —le preguntó: la música le ofrecía un consuelo tan tibio como el aire de una noche de mayo, como el recuerdo de un sueño.

—Tú —dijo Lucrecia—. Billy Swann y tú. *Lisboa*. ¿No te reconoces? Siempre me he preguntado cómo pudiste hacer esa canción sin haber estado en Lisboa.

—Precisamente por eso. Ahora es cuando no podría escribirla.

Estaba sentado en una esquina del sofá, frente al fuego, en medio de la habitación vacía. Sólo un estante con discos y libros, una mesa baja sobre la que había una lámpara y una máquina de escribir, un equipo de música, al fondo, con pequeñas luces rojas y verdes tras cristales oscuros. No importan las cosas que posean o guarden, pensó, los verdaderos solitarios establecen el vacío en los lugares que habitan y en las calles que cruzan. Al otro extremo del sofá Lucrecia fumaba escuchando la música con los ojos entornados, abriéndolos a veces del todo para mirar a Biralbo con inmóvil ternura.

—Tengo una historia que contarte —le dijo.

—No quiero saberla. He oído muchas esta noche.

—Es preciso que la sepas. Esta vez te diré toda la verdad.

—Ya la supongo.

—Te hablaron del cuadro, ¿no? Del plano que les quité.

—No entiendes, Lucrecia. No he venido para que me cuentes nada. No quiero saber por qué te buscan ni por qué me mandaste aquel plano de Lisboa. He venido a avisarte de que debes huir. Me marcharé cuando termine esta copa.

—No quiero que te vayas.

—Mañana tengo ensayo con Billy Swann. Tocamos el día doce.

Lucrecia se acercó más a él. El hábito del coraje y de la soledad le había agrandado los ojos. El pelo tan corto devolvía a sus rasgos la nitidez y la verdad que tal vez sólo tuvieron en la adolescencia. Iba a decir algo, pero apretó los labios con aquel gesto suyo de inutilidad o renuncia y se puso de pie. Biralbo la vio alejarse hacia el estante de los libros. Volvió con uno en las manos y lo abrió ante él. Era un volumen de grandes hojas satinadas con reproducciones de cuadros. Lucrecia le señaló una de ellas, apoyando el libro abierto sobre el teclado de la máquina de escribir. Biralbo me dijo que mirar aquel cuadro era como oír una música muy cercana al silencio, como ser muy lentamente poseído por la melancolía y la felicidad. Comprendió en un instante que era así como él debería tocar el piano, igual que había pintado aquel hombre: con gratitud y pudor, con sabiduría e inocencia, como sabiéndolo todo e ignorándolo todo, con la delicadeza y el miedo con que uno se atreve por primera vez a una caricia, a una necesaria palabra. Los colores, diluidos en el agua o en la lejanía, dibujaban sobre el espacio blanco una montaña violeta, una

186

llanura de ligeras manchas verdes que parecían árboles o sombras de árboles en la umbría de una tarde de verano, un camino perdiéndose hacia las laderas, una casa baja y sola con una ventana esbozada, una avenida de árboles que casi la ocultaban, como si alguien hubiera elegido vivir allí para esconderse, para mirar sólo la cima de la montaña violeta. *Paul Cézanne*, leyó al pie, *La montaigne Saint Victoire, 1906, Col. B. U. Ramires.*

—Yo tuve ese cuadro —dijo Lucrecia, y cerró el libro de un golpe—. Mirando la fotografía no puedes saber cómo era. Lo tuve y lo vendí. Nunca me resignaré a no verlo más.

## CAPÍTULO XVII

Avivó el fuego, trajo cigarrillos, llenó las copas con la serena lentitud de quien cumple una ceremonia íntima. Afuera el viento golpeaba los cristales y se oían muy cerca los estampidos del mar contra los acantilados. Biralbo tomó el libro y lo dejó abierto sobre sus rodillas para seguir mirando el cuadro mientras Lucrecia hablaba. Bruscamente la contemplación de aquel paisaje lo había transfigurado todo: la noche, la huida, el miedo a morir, a no encontrar a Lucrecia. Como algunas veces el amor y casi siempre la música, aquella pintura le hacía entender la posibilidad moral de una extraña e inflexible justicia, de un orden casi siempre secreto que modelaba el azar y volvía habitable el mundo y no era de este mundo. Algo sagrado y hermético y a la vez cotidiano y diluido en el aire, como la música de Billy Swann cuando tocaba la trompeta en un tono tan bajo que su sonido se perdía en el silencio, como la luz ocre y rosada y gris de los atardeceres de Lisboa: la sensación no de descifrar el sentido de la música o de las manchas de color o del misterio inmóvil de la luz, sino de ser entendido y aceptado por ellos. Pero años atrás él ya había sabido y olvidado esas cosas. Las recobraba ahora como las tuvo entonces, con más sabiduría y menos fervor, vinculadas sin remedio a Lucrecia, a su tranquila voz de siempre y al modo en que sonreía sin separar los labios, a ese perfume de los antiguos días que de nuevo era como el olor del aire de una patria perdida.

Por eso le importaba tan poco la historia que ella estaba contándole: le importaba su voz, no sus palabras, su presencia y no el motivo de haberla encontrado allí, agradecía como dones cada una de las cosas que le habían ocurrido desde que llegó a Lisboa. Apartó los ojos del libro para mirar a Lucrecia y pensó que tal vez ya no la quería, que ni siquiera la deseaba. Pero esa frialdad sin recelo, que lo limpiaba del pasado y de la usura del dolor, era también el espacio en que volvía a verla igual que la vio unos días o unas horas antes de enamorarse de ella, en el Lady Bird o en el Viena, en alguna calle olvidada de San Sebastián: tan propicia y futura, tan iluminada como esas ciudades a donde estamos a punto de llegar por primera vez.

Oía de nuevo las palabras, los nombres que durante tanto tiempo lo habían perseguido y cuya oscuridad permaneció intacta aun después de aquella noche, porque seguía siendo más poderosa que la verdad o la mentira que guardaba: Lisboa, Burma, Ulhman, Morton, Cézanne, nombres que se disgregaban en la voz de Lucrecia para agruparse de nuevo en una trama desconocida que modificaba y corregía parcialmente los recuerdos y las adivinaciones de Biralbo. Otra vez oyó la palabra Berlín reconociendo en su sonido las sucesivas capas de lejanía y sordidez y dolor que le había agregado el tiempo desde la edad remota en que le escribía cartas a Lucrecia y no esperaba verla más: cuando había acatado la mediocridad y la decencia y daba clases en un colegio de monjas y se acostaba temprano mientras ella veía cómo estrangulaban a un hombre con un hilo de nilón y escapaba luego sobre la nieve sucia de las calles en busca de un buzón o de alguien a quien pudiera confiar su última carta a Biralbo, aquel plano de Lisboa, antes de que Malcolm y Toussaints Morton y Daphne la atraparan...

—Te mentí —dijo Lucrecia—. Tenías derecho a saber la verdad pero no te la dije. O no del todo. Porque si te la hubiera dicho te habría vinculado a mí y yo quería estar sola y llegar sola a Lisboa, llevaba años atada a Malcolm y también a ti, a tus recuerdos y a tus cartas, y se me había extraviado la vida y estaba segura de que únicamente iba a recobrarla si me quedaba sola, por eso te mentí y te dije que te marcharas cuando estábamos en aquel hotel, por eso tuve valor para quitarle a Malcolm el plano y el revólver y escaparme de él, me daba igual que le hubiera ayudado a Toussaints a matar a aquel borracho, eso no hacía que le tuviera más desprecio o más asco, no era más sucio estrangular a un hombre que tenderse sobre mí sin mirarme nunca a los ojos y huir luego al cuarto de baño con la cabeza baja... Quería que tuviéramos un hijo. Desde que apareció el Portugués no hacía más que hablarme de eso, iba a ganar mucho dinero, podríamos retirarnos y tener un hijo y no trabajar el resto de nuestras vidas, me daba náuseas pensarlo, una casa con un jardín y un niño de Malcolm y Toussaints y Daphne viniendo a comer con nosotros todos los domingos. Me acuerdo de la noche que trajeron al Portugués, sosteniéndolo entre los dos para que no se cayera, tan grande como un árbol, rubio, rojo, con los ojos tan turbios y hundidos en la cara como los de un cerdo, ahíto de cerveza, con aquellos tatuajes en los brazos, lo soltaron en el sofá y se quedó respirando muy fuerte y diciendo cosas con la lengua trabada. Toussaints trajo de su coche una caja de latas de cerveza y se la puso al lado, y el Portugués las destapaba y las bebía una a una, como un autómata, y luego las aplastaba con la mano como si fueran de papel y las tiraba al suelo. Yo lo oía repetir una palabra, Burma, que unas veces parecía un lugar y otras el nombre de un ejército o de una conspiración. Toussaints y Daphne no se apartaban de él, le tenían siempre preparada una lata de cerveza, y Daphne lo escuchaba y tomaba notas, con su carpeta sobre las rodillas, «dónde está *Burma*», le preguntaba Toussaints al Portugués, «en qué parte de Lisboa», y una de aquellas veces el Portugués se irguió como si de pronto se hubiera quedado sobrio y dijo: «No hablaré, no romperé la promesa que le hice a dom Bernardo Ulhman Ramires cuando se iba a morir.» Abrió mucho los ojos y nos miró a todos, intentó levantarse, pero volvió a caer en el sofá y se quedó durmiendo como un buey.

«Estáis viendo al último soldado de un ejército vencido», dijo Toussaints Morton con la solemnidad de quien pronuncia una oración fúnebre. Lucrecia recordaba que hablándoles de dom Bernardo Ulhman Ramires y de su imperio fenecido se limpió ruidosamente la nariz con su gran pañuelo a cuadros y se le saltaron las lágrimas: lágrimas de verdad, dijo Lucrecia, lagrimones brillantes que se le deslizaban por la cara como gotas de mercurio. Mientras el Portugués dormía, vigilado por Daphne, Toussaints Morton les explicó qué era Burma y por qué ellos tenían la ocasión de hacerse ricos para siempre con sólo usar un poco de inteligencia y de astucia, «nada de fuerza bruta, Malcolm», advirtió, bastaría que tuvieran paciencia y que nunca dejaran solo al Portugués y que no faltaran en el frigorífico latas de cerveza, «toda la cerveza del mundo», dijo, extendiendo las manos, «qué pensaría el pobre dom Bernardo Ulhman Ramires si viera en lo que se ha convertido quien fue el mejor de sus soldados».

—Un ejército secreto —dijo Lucrecia—. Aquel tipo había perdido sus plantaciones de café y su palacio en el centro de un lago y casi todos sus cuadros y tuvo que huir de Angola tras la independencia. Volvió clandestinamente a Portugal y compró el almacén más grande de Lisboa para establecer allí la sede de su conspiración. Eso fue lo que el Portugués le había contado a Morton: que dom Bernardo vendió los pocos cuadros que le quedaban para comprar armas y contratar mercenarios, y que después de su muerte Burma se había ido disgregando, ya no quedaba casi nada más que el almacén, por eso él se había marchado de Lisboa, no porque tuviera miedo de la policía. Pero dijo algo más: que en el despacho de dom Bernardo había un calendario viejo y un cuadro muy pequeño que no debía valer nada cuando no fue vendido.

—Amigos míos. —Toussaints Morton se aseguró de que el Portugués seguía durmiendo en la habitación contigua—. ¿Creéis que un *amateur* del talento de dom Bernardo Ulhman Ramires colgaría en su despacho un cuadro sin valor? Yo, que lo conocí bien, lo niego. «Es un paisaje», dice ese animal, «se ve una montaña y un camino». ¡He temblado al oírlo! Con mucha discreción le he preguntado si se ve también una casa entre árboles, abajo, a la derecha. Yo ya sabía que iba a contestar que sí... Yo conozco ese cuadro, hace quince años, en Zurich, dom Bernardo me lo enseñó. Y ahora está colgado junto a un calendario, cogiendo polvo en ese almacén de Lisboa donde nadie lo mira. Lo pintó Paul Cézanne en mil novecientos seis. ¡Cézanne, Malcolm! ¿Te dice algo ese nombre? Pero es inútil, no sois capaces de imaginar cuánto dinero nos darán por él si lo encontramos...

—Pero no sabían dónde estaba Burma —dijo Lucrecia—. Sólo que era un almacén de café y de especias y que para bajar a los sótanos había que decir la palabra *Burma*, emborrachaban al Portugués y no se atrevían casi nunca a preguntarle directamente por miedo a que desconfiara, pero debieron impacientarse, supongo que Malcolm dijo algo que lo hizo sospechar, porque aquel día, en la cabaña, cuando se encerraron con él, yo oí que gritaba y lo vi salir guardándose algo en el bolsillo, un papel arrugado, pero iba cayéndose, entró al cuarto de baño y se quedó dentro mucho rato, al orinar hacía tanto ruido como un caballo... Toussaints lo llamó, muy nervioso, yo creo que temía que el Portugués hubiera tirado el plano al retrete. «Sal de ahí», le decía, «te daremos la mitad, tú solo no sabrías dónde venderlo». Entonces lo vi guardarse en el bolsillo aquel hilo de nilón, me miró y me dijo: «Lucrecia, querida, todos estamos muy hambrientos, ¿le ayudarás a Daphne a preparar el almuerzo?»

Biralbo se levantó para atizar el fuego. El libro seguía inclinado y abierto sobre la máquina de escribir. Pensó que aquel paisaje tenía la misma delicadeza inmutable que la mirada y la voz de Lucrecia: lo imaginó oculto en la penumbra, invisible para quienes pasaban junto a él y no lo veían, esperando inmóvil, con la lealtad de las estatuas, tan ajeno al tiempo como a la codicia y al crimen. Una palabra había bastado para conseguirlo: pero sólo pudo decirla quien lo merecía.

—Fue tan fácil... —dijo Lucrecia—. Fue como cruzar una calle o subir a un autobús. Llegué al almacén y estaba casi vacío, había hombres cargando muebles viejos y sacos de café en un camión. Entré y nadie me dijo nada, era como si no me vieran... Al fondo había uno de esos escritorios antiguos y un hombre con el pelo blanco que escribía en un libro de registro muy grande, como anotando las cosas que los otros se llevaban. Me quedé parada delante de él, me palpitaba el corazón y no sabía qué decirle. Se quitó las gafas para mirarme bien, las dejó sobre el libro y puso la pluma en el tintero, con mucho cuidado, para no manchar lo que había escrito. Llevaba un guardapolvo gris. Me preguntó qué quería, muy educadamente, como esos camareros viejos de los cafés, sonriéndome. Yo dije: «Burma», creí que no me había entendido, porque sonreía como si no pudiera verme bien. Pero movió la cabeza y me dijo, bajando mucho la voz: «Burma ya no existe. Dejó de existir mucho antes de que la policía llegara»... Volvió a ponerse las gafas, tomó la pluma y continuó escribiendo, aquellos hombres subían del sótano cargando sacos de café y cajas llenas de cosas extrañas, faroles de barco, cuerdas, objetos de cobre, como aparatos de navegación. Seguí a uno de ellos por un corredor y luego por unas escaleras metálicas. El cuadro estaba abajo, en un despacho muy pequeño. Había libros y papeles tirados por el suelo. Cerré la puerta y lo desclavé del marco. Lo guardé en una bolsa de plástico. Salí de allí como sí no pisara el suelo. El hombre del pelo blanco ya no estaba en el escritorio. Vi la pluma, el libro abierto, las gafas. Uno de los que cargaban el camión me dijo algo, y los otros se echaron a reír, pero yo no los miré. Estuve dos días encerrada en la habitación de un hotel, mirando el cuadro, tocándolo con las yemas de los dedos, igual que se acaricia. No quería dejar de mirarlo nunca.

—¿Lo vendiste en Lisboa?

—En Ginebra. Allí sabía adónde ir. Me lo compró uno de esos americanos de Texas que no hacen preguntas. Supongo que lo guardaría inmediatamente después en una caja fuerte. Pobre Cézanne.

—Pero yo podía haber perdido aquella carta —dijo Biralbo después de un largo silencio. O haberla tirado cuando la leí.

—Tú sabes que entonces eso era imposible. Yo también lo sabía.

—Cogiste el plano aquella noche, en el hotel de la carretera, ¿verdad? Cuando yo salí a esconder el coche de Floro.

—Era un motel. ¿Recuerdas cómo se llamaba?

—Estaba muy perdido. Creo que no tenía ni nombre.

—Pero no saliste para esconder el coche. —Lucrecia se complacía en asediar la memoria de Biralbo—. Dijiste que ibas a comprar bocadillos.

—Oímos un motor. ¿No te acuerdas? Te pusiste pálida de miedo. Creías que Toussaints Morton nos había encontrado.

—Eras tú quien tenía miedo, y no de que nos encontrara Toussaints. Miedo de mí. En cuanto nos quedamos solos en la habitación me dijiste que bajáramos a tomar una copa. Pero había un frigorífico lleno de bebidas. Entonces se te ocurrió ir a buscar bocadillos. Estabas muerto de miedo. Se te notaba en los ojos, en los gestos que hacías.

—No era miedo. No era más que deseo.

—Te temblaban las manos cuando te tendiste a mi lado. Las manos y los labios. Habías apagado la luz.

—Pero si fuiste tú quien la apagó. Desde luego que temblaba. ¿No has sentido nunca que se te cortaba la respiración de desear tanto a alguien?

—Sí.

—No me digas a quién.

—A ti.

—Pero eso fue al principio. La primera noche que te fuiste conmigo. Entonces temblábamos los dos. Ni en la oscuridad nos atrevíamos a tocarnos. Pero no era por miedo. Era porque no creíamos merecer lo que nos estaba ocurriendo.

—Y no lo merecíamos. —Lucrecia afirmó sus palabras con el ademán de encender un cigarrillo. Pero no lo hizo: con él ya en los labios, le ofreció el mechero a Biralbo en la palma de su mano, para que él lo tomara y lo encendiera: ese único gesto negaba la nostalgia y enaltecía el presente—. No éramos mejores que ahora. Éramos demasiado jóvenes. Y demasiado viles. Lo que estábamos haciendo nos parecía ilícito. Creíamos que nos disculpaba el azar. Acuérdate de aquellas citas en los hoteles, del miedo a que nos descubriera Malcolm o a que nos vieran juntos tus amigos.

Biralbo negó: no quería acordarse del miedo ni de las horas sórdidas, dijo, al cabo de los años había borrado de su conciencia todo lo que pudiera difamar o desmentir las dos o tres noches cenitales de su vida, porque no le importaba recordar, sino elegir lo que ya le pertenecía para siempre: la noche indeleble en que salió del Lady Bird con Lucrecia y con Floro y detuvo un taxi y subió a él enconado por los celos y la cobardía y Lucrecia abrió la puerta y se sentó a su lado y le dijo: «Malcolm está en París. Me voy contigo.» Desde la acera, Floro Bloom, gordo y sonriente, cobijado del frío por su chaquetón de arponero, les decía adiós con la mano.

—Tú también llevabas un chaquetón con las solapas muy grandes —dijo Biralbo—. Negro, de una piel muy suave. Casi te tapaba la cara.

—Lo dejé en Berlín. —Ahora Lucrecia estaba tan cerca como en el interior de aquel taxi—. No era piel de verdad. Me lo había regalado Malcolm.

—Pobre Malcolm. —Biralbo recordó fugazmente las dos manos abiertas que buscaban en el aire un asidero imposible—. ¿También falsificaba abrigos?

—Quería ser pintor. Amaba la pintura tanto como tú puedes amar la música. Pero la pintura no lo amaba a él.

—Hacía mucho frío aquella noche. Tenías las manos heladas.

—Pero no era de frío. —También ahora Lucrecia buscó sus manos mientras lo miraba: notó en ellas el mismo frío que sentía en las suyas cuando salía a tocar y las posaba por primera vez sobre el teclado—. Me daba miedo tocarte. Tu cuerpo entero y el mío los tocaba en tus manos. ¿Sabes cuándo me acordé de ese momento? Cuando salí de aquel almacén con el cuadro de Cézanne en una bolsa de plástico. Todo era al mismo tiempo imposible e infinitamente fácil. Como levantarme de la cama y quitarle a Malcolm el plano y el revólver y marcharme para siempre...

—Por eso no éramos viles —dijo Biralbo: ahora el vértigo no mitigado de la velocidad del tren se confundía con el de aquel taxi que los había conducido hacia el final de la noche por las remotas calles de San Sebastián—. Porque sólo buscábamos cosas imposibles. Nos daba asco la mediocridad y la felicidad de los otros. Desde la primera vez que nos vimos te notaba en los ojos que te morías de ganas de besarme.

—No tanto como ahora.

—Me estás mintiendo. Nunca habrá nada que sea mejor que lo que tuvimos entonces.

—Lo será porque es imposible.

—Quiero que me mientas —dijo Biralbo—. Que no me digas nunca la verdad. —Pero al decir esto ya estaba rozando los labios de Lucrecia.

## CAPÍTULO XVIII

Al abrir los ojos creyó que sólo había dormido unos minutos. Recordaba el abstracto azul de la ventana, las frías claridades grises que iban atenuando la luz de la lámpara y devolviendo lentamente su forma a las cosas, pero no los colores, igualados o disueltos en el azul pálido de la penumbra, en la blancura de las sábanas, en el brillo fatigado y tibio de la piel de Lucrecia. Había tenido o soñado la sensación de que sus dos cuerpos crecían y ocupaban avariciosamente la integridad del espacio y removían al estremecerse las sombras adheridas a ellos: en el límite del apetecido y mutuo desvanecimiento los revivía una tranquila gratitud de cómplices. Tal vez nada les fue devuelto aquella noche: tal vez en aquella extraña luz que no parecía venida de ninguna parte obtuvieron al verse algo que ignoraban, que ni siquiera habían sabido desear hasta entonces, el fulgor con que les era posible descubrirse en el tiempo tras la absolución de la memoria.

Pero no había dormido unos pocos minutos: la claridad del sol relumbraba en las cortinas translúcidas. Tampoco estaba recordando un sueño, porque era Lucrecia quien dormía tan apaciblemente a su lado, desnuda bajo la sábana que apresaban sus muslos, despeinada, con la boca entreabierta, casi sonriendo, su agudo perfil contra la al-

198

mohada, tan cerca de Biralbo como si se hubiera dormido cuando iba a besarlo.

Sin moverse aún, por miedo a despertarla, miró la habitación reconociendo vagamente las cosas, adquiriendo en cada una de ellas pormenores dispersos de lo que no recordaba: su pantalón, tirado en el suelo, su camisa, manchada de pequeñas gotas oscuras, los altos tacones de Lucrecia, los billetes del tren, sobre la mesa de noche, junto al cenicero, indicios de una noche bruscamente lejana, sólo irreal, no temible o propicia. Con lentitud y cautela comenzó a incorporarse: Lucrecia respiró más hondo y dijo algo en sueños mientras le abrazaba la cintura. Pensó que era muy tarde, que Billy Swann ya estaría llamándolo a su hotel. Perentoriamente imaginó el modo de levantarse sin que ella lo notara. Se dio la vuelta muy despacio: la mano de Lucrecia le rozó tenuemente las ingles mientras se apartaba y luego se quedó casi inmóvil, tanteando a ciegas en las sábanas. Ovillada en sí misma sonrió como si todavía estuviera abrazándolo y hundió la cara en la almohada, huyendo del despertar y de la luz.

Biralbo entornó los postigos. Tardó en darse cuenta de que la sensación de liviandad que volvía tan sigilosos sus movimientos no debía agradecerla a las horas de sueño, sino a la pura ausencia del pasado. Por primera vez en muchos años no despertaba urgido por la sospecha de una pesadumbre o de un rostro que le fuera preciso recobrar. No se pidió cuentas de la noche anterior en el espejo del cuarto de baño. Seguía teniendo hinchado el labio inferior y una delgada cicatriz le cruzaba la frente, pero ni siquiera el aire torvo de sus mejillas sin afeitar le pareció del todo reprobable. Por la ventana veía el mar: el sol brillaba en las tenues crestas de las olas con reflejos metálicos. Sólo una cosa banal lo conmovió: en la percha de las toallas estaba la bata roja de Lucrecia, que olía ligeramente a su piel y a sales de baño.

En otro tiempo habría buscado con celoso rencor señales de una presencia masculina: ahora, cuando salió de la ducha, lo contrariaba la posibilidad de no hallar con qué afeitarse. Se complacía examinando los botes de cosméticos, oliendo estuches de polvos rosados, pastillas de jabón, perfumes. Se afeitó difícilmente con una pequeña y afilada cuchilla que le recordó la vileza de un revólver de tahúr. El agua caliente casi desvaneció las manchas de sangre de su camisa. Se puso la corbata: al ajustarla notó un intenso dolor en el cuello y se acordó fugazmente de Malcolm: sin contrición, con el persistente deseo de olvidar y de huir de quien recuerda al despertarse que bebió demasiado la noche anterior.

En el salón, sobre la máquina de escribir, todavía estaba abierto el libro de Cézanne, junto a dos copas con un poco de agua y una botella vacía. Miró el camino, la montaña violeta, la casa entre los árboles, le parecieron inmunes al leve descrédito que lo contaminaba todo, hasta la luz brumosa del mar. Era como si hubiese tardado demasiado tiempo en volver a la patria a donde pertenecía: contra su voluntad lo iba ganando una apacible sensación de extrañeza y mentira, de libertad, de alivio.

Buscando la cocina, porque le apetecía prepararse café, llegó a una habitación que tenía tres ventanales sobre los acantilados. Había una mesa llena de libros y hojas manuscritas y otra máquina de escribir con una cuartilla en blanco. Ceniceros, más libros en el suelo, paquetes de tabaco vacíos, un pasaje de avión de hacía varios meses: *Lisboa-Estocolmo-Lisboa*. Las hojas, escritas con tinta verde, estaban llenas de tachaduras. En la pared vio la foto de un desconocido: él mismo, tres o cuatro años atrás, los ojos muy fijos en algo que no estaba en aquella habitación ni en ninguna otra parte, las manos extendidas sobre el teclado de un piano que era el del Lady Bird. La sombra ocultaba la mitad de aquel rostro; en la otra, en la mirada y en el gesto de los labios, había miedo y ternura y un despojado instinto de adivinación. Se preguntó qué habría pensado y sentido Lucrecia mirando todas las noches esas pupilas que parecían al mismo tiempo sonreír a quien tenían delante y renegar de él, y no verlo.

La casa no era tan grande como le había parecido al llegar: la dilataban el espacio vacío y el horizonte del mar desde los ventanales. Inútilmente buscaba en ella indicios de la vida de Lucrecia: el silencio, las paredes blancas, los libros, eran la única respuesta a su interrogación. Al fondo de un pasillo encontró la cocina, tan limpia y anacrónica como si hiciera muchos años que nadie la usara. Al otro lado de la ventana, sobre los árboles, vio la torre cónica del faro. Que estuviera tan cerca lo sorprendió como descubrir la desmentida amplitud de un lugar de la infancia. Hizo café: agradeció su olor como una lealtad recobrada. Cuando volvió al salón para buscar un cigarrillo Lucrecia estaba mirándolo. Sin duda había escuchado sus pasos en el corredor y se había detenido esperando a que él apareciera en el umbral. Al verlo desconectó la radio: lo miraba como si al despertarse hubiera temido no encontrarlo. A la luz del día no era tan imperiosa su figura, sí más hospitalaria o más frágil, grave de pronto, dócil a la sospecha del peligro, erguida contra ella.

—Han encontrado el cuerpo de Malcolm —dijo—. Te buscan. Acabo de oírlo en la radio.

—¿Han dicho mi nombre?

—Tu nombre y tus apellidos y el hotel donde estabas. Un revisor ha declarado que os vio peleando en la plataforma del tren.

—Habrán encontrado mi abrigo —dijo Biralbo—. Iba a ponérmelo cuando Malcolm apareció.

—¿Dejaste en él tu pasaporte?

Biralbo se buscó en los bolsillos: el pasaporte estaba en su chaqueta. Entonces recordó.

—El resguardo del hotel —dijo—. Lo llevaba en el abrigo, por eso saben mi nombre.

—Al menos no tienen tu fotografía.

—¿Han dicho que yo lo maté?

—Sólo que te están buscando. El revisor se acordaba muy bien de Malcolm y de ti. Parece que no iba nadie más en el tren.

—¿A él también lo han identificado?

—Han dicho hasta el oficio que ponía en su pasaporte. Restaurador de cuadros.

—Hay que irse de aquí hoy mismo, Lucrecia. Toussaints Morton ya sabe dónde buscarte.

—Nadie podrá encontrarnos si no salimos de esta casa.

—Sabe el nombre de la estación. Hará preguntas. No tardará ni dos días en llegar aquí.

—Pero darán tu nombre a la policía del aeropuerto. No puedes volver a tu hotel ni salir de Portugal.

—Me iré en tren.

—También hay policía en los trenes.

—Me esconderé unos días en el hotel de Billy Swann.

—Espera. Conozco a alguien que puede ayudarnos. Un español que tiene un club cerca del Burma. Él te buscará un pasaporte falso. Me ayudó a falsificar la documentación del cuadro.

—Dime dónde vive y me iré a verlo.

—Él vendrá aquí. Lo llamaré por teléfono.

—No hay tiempo, Lucrecia. Tienes que irte de aquí.

—Nos iremos juntos.

—Llama a ese tipo y dile que voy a ir a verlo. Yo solo.

—No conoces a nadie en Lisboa. No tienes dinero. En unos pocos días nos podremos marchar sin ningún peligro.

Pero él casi no tenía sensación de amenaza: todo, hasta la sospecha de que los automóviles de la policía estuvieran rondando las calles umbrosas de las quintas, le parecía lejano, no vinculado a él, tan indiferente a su vida como el paisaje del mar y el jardín abandonado que circundaban la casa, como la casa misma y el distante fervor de la noche pasada, limpio de toda ceniza, como un fuego de diamantes. Ya no quería, como otras veces, apresar el tiempo para que no le fuera arrebatada la cercanía de Lucrecia, apurar hasta el último minuto no sólo la delicia sino también el dolor, igual que cuando estaba tocando y eludía las notas finales por miedo a que el silencio aboliera para siempre en su imaginación y en sus manos la potestad de la música. Tal vez lo que le había sido dado bajo la luz inmóvil del amanecer no admitía duración ni conmemoración ni regreso: sería suyo siempre si se negaba a volver los ojos.

Sin que dijeran nada Lucrecia supo lo que estaba pensando y entendió la ilimitada ternura de su despedida en silencio. Lo besó levemente en los labios, se dio la vuelta y fue hacia el dormitorio. Biralbo oyó que marcaba un número de teléfono. Mientras ella preguntaba por alguien en portugués le trajo una taza de café y un cigarrillo. Con una especie de clarividencia futura supo que en estos gestos estaba la felicidad. Con la cara vuelta hacia un lado para sostener el teléfono sobre su hombro desnudo, Lucrecia decía palabras muy veloces que él no logró entender y anotaba algo en una libreta apoyada en sus rodillas. Sólo llevaba una camisa grande y un poco masculina que no se había terminado de abrochar. Tenía el pelo mojado y algunas gotas de agua le brillaban todavía en los muslos. Colgó el teléfono, dejó la libreta y el lápiz sobre la mesa de noche, bebió despacio el café, mirando tras el humo a Biralbo.

—Te espera esta tarde, a las cuatro —dijo, pero su mirada era del todo ajena a sus palabras—. En esa dirección.

—Llama ahora al aeropuerto. —Biralbo le puso el cigarrillo en los labios. Se había sentado junto a ella—. Reserva un billete para el primer avión que salga de Portugal.

Lucrecia dobló la almohada y se recostó en ella, expulsando el humo con los labios muy poco separados, en lentos hilos grises y azules, listados como la penumbra y la luz. Dobló las rodillas y apoyó los pies unidos y descalzos en el borde de la cama.

—¿Estás seguro de que no quieres venir conmigo?

Biralbo le acariciaba los tobillos: pero no era tanto una caricia como un delicado reconocimiento. Le apartó un poco la camisa, sintiendo todavía en los dedos la humedad de la piel. Volvieron a mirarse: parecía que lo que hicieran sus manos o dijeran sus voces rodeaba la intensidad de sus pupilas tan vanamente como el humo de los cigarrillos.

—Piensa en Morton, Lucrecia. A él y no a la policía es a quien debemos temerle.

—¿Ésa es la única razón? —Lucrecia le quitó el cigarrillo y lo atrajo hacia ella, tocándole con las yemas de los dedos los labios y la herida de la frente.

—Hay otra.

—Ya lo sabía. Dímela.

—Billy Swann. El día doce tengo que tocar con él.

—Pero será muy peligroso. Alguien puede reconocerte.

—No si uso otro nombre. Procuraré que las luces no me den en la cara.

—No toques en Lisboa. —Lucrecia lo había empujado muy despacio hasta tenderlo junto a ella y le tomó la cara entre sus manos para que no pudiera mirarla—. Billy Swann lo entenderá. Éste no va a ser su último concierto.

—Puede que sí —dijo Biralbo. Cerró los ojos, le besó las comisuras de los labios, los pómulos, el inicio del pelo, en una oscuridad más deseada que la música y más dulce que el olvido.

## CAPÍTULO XIX

—¿No has vuelto a verla desde entonces? —le dije—. ¿Ni siquiera la has buscado?

—Cómo iba a buscarla. —Biralbo me miró, casi retándome a que le contestara—. Dónde.

—En Lisboa, supongo, al cabo de unos meses. La casa era suya, ¿no? Volvería a ella.

—Llamé una vez por teléfono. Nadie contestó.

—Haberle escrito. ¿Sabe que vives en Madrid?

—Le mandé una postal a los pocos días de encontrarme contigo en el Metropolitano y me la devolvieron. «Dirección insuficiente.»

—Seguro que estará buscándote.

—No a mí, sino a Santiago Biralbo. —Buscó su pasaporte en la mesa de noche y me lo tendió, abierto por la primera página—. No a Giacomo Dolphin.

El pelo crespo y muy corto, las gafas oscuras, una dispersa sombra de varios días sin afeitar en las mejillas, alargándole la cara vertical y muy pálida que ya era de otro hombre, él mismo, el que pasó varios días oculto en un lugar que no era exactamente un hotel esperando a que le creciera la barba para ser igual que el hombre de la fotografía, porque aquel español, Maraña, antes de hacérsela, le había sombreado con un lápiz de maquillar y una pequeña brocha untada de polvos grises el mentón y los pómulos, rozándole la cara con sus dedos húmedos frente al espejo, como a un actor inhábil, y le había levantado el pelo, mojándoselo con fijador, diciéndole luego, satisfecho de su obra, atento a corregir detalles menores mientras preparaba la cámara, «ni tu madre te reconoce; ni Lucrecia».

Durante tres días, encerrado en aquella habitación con una sola ventana desde la que veía una cúpula blanca y tejados rojizos y una palmera, esperando siempre que volviera Maraña con el pasaporte falso, se fue convirtiendo en el otro con la lentitud de una metamorfosis invisible, tan lentamente como la barba le crecía y le ensuciaba la cara, fumando frente a la bombilla del techo frente a la cúpula donde la luz era primero amarilla y luego blanca y terminaba siendo gris y azul, mirándose en el espejo del lavabo donde goteaba un grifo con la regularidad de un reloj, trayéndole cuando lo abría del todo un hálito de sumidero. Se pasaba las manos por las mejillas ásperas como buscando indicios de una transfiguración que todavía no era visible y contaba las horas y el goteo del agua y murmuraba canciones imitando el sonido de la trompeta y del contrabajo mientras desde la calle le venían voces de muchachas chinas que llamaban a los hombres y se reían como pájaros y olores de carne asada en brasas de carbón y guisos con especias. Una de las jóvenes chinas, diminuta y pintada, dotada de una obscena cortesía infantil, le subía con puntualidad de enfermera café y platos de arroz con pescado y vino verde y té y aguardiente y cigarrillos americanos de contrabando, porque el señor Maraña se lo había ordenado así antes de irse, y hasta una vez se tendió a su lado y empezó a besarlo como un pájaro que picotea el agua, riéndose luego con los ojos bajos cuando Biralbo le hizo entender suavemente que prefería estar solo. El español, Maraña, volvió al tercer día con el pasaporte enfundado en una bolsa de plástico que estaba húmeda cuando

Biralbo la tocó, porque a Maraña le sudaban mucho las manos y el cuello y subía las escaleras desde la calle resoplando como un cetáceo, con su traje como de lino colonial y sus gafas de cristales verdes que ocultaban unos ojos de albino y su pesada hospitalidad de sátrapa. Pidió café y aguardiente, ahuyentó con palmadas a las muchachas chinas, no se quitó las gafas para hablar con Biralbo: sólo levantó un poco los cristales y se limpió los ojos con la punta de un pañuelo.

—Giacomo Dolphin —dijo, manejando el pasaporte como para que Biralbo advirtiera el mérito de su flexibilidad—. Nacido en Orán, en mil novecientos cincuenta y uno, de padre brasileño, aunque nacido en Irlanda, y de madre italiana. Desde hoy ése eres tú, compañero. ¿Has visto los periódicos? Ya no hablan de ese yanqui al que liquidaste el otro día. Trabajo limpio, lástima que te dejaras el abrigo en el tren. Lucrecia me lo explicó todo. Un empujón y a la vía, ¿no?

—No me acuerdo. En realidad no sé si se cayó él solo.

—Tranquilo, hombre. ¿Somos compatriotas o no? —Maraña bebió un trago de aguardiente y el sudor le cubrió la cara—. Yo me siento como un cónsul de los españoles en Lisboa. O van a la embajada o vienen a mí. En cuanto a ese mulato de la Martinica que andaba buscándote, ya se lo dije a Lucrecia: tranquilidad. Me ocuparé personalmente de ti hasta que te vayas de Lisboa. Te llevaré a ese teatro donde vas a tocar. En mi propio coche. ¿Anda armado el mulato?

—Creo que sí.

—Yo también. —Maraña, jadeando, extrajo de su hinchada cintura el revólver más largo que Biralbo había visto nunca, incluso en las películas—. Trescientos cincuenta y siete. Que se me ponga delante.

—Suele ponerse detrás. Con un hilo de nilón.

—Pues que no me deje darme la vuelta. —Maraña se

puso en pie y guardó el revólver—. Tengo que irme. ¿Te llevo a alguna parte?

—Al teatro, si puedes. Debo ensayar.

—A tu disposición. Por Lucrecia soy capaz de hacerme falsificador, guardaespaldas y taxista. Así son los negocios: hoy por ti, mañana por mí. Ah, si necesitas dinero, me lo pides. Suerte la tuya, compañero. Eso es vivir de las mujeres...

Todas las noches iba Maraña a buscarlo, enquistado en un coche inverosímil que trepaba por los callejones como una cucaracha, uno de esos Morris que fueron rabiosamente deportivos hace veinte años y en el que Biralbo siempre se preguntó cómo podía entrar y moverse Maraña. Mientras conducía como aplastado por el techo bufaba bajo un bigote de animal marino que le tapaba la boca y manoteaba el volante con bruscos giros arbitrarios: a veces era un exiliado político de los viejos tiempos y otras el fugitivo de una injusta acusación de desfalco. No le quedaba nostalgia de España, esa tierra de ingratitud y de envidia que condenaba al destierro a quienes se rebelaran contra la mediocridad: ¿no era también él, Biralbo, un desterrado, no había tenido que irse al extranjero para triunfar en la música? Durante los ensayos, sentado en la primera fila de butacas como un Buda de sebo, Maraña sonreía y se quedaba durmiendo sosegadamente, y cuando un redoble de la batería o la irrupción del silencio lo despertaban, hacía el rápido ademán de buscar su revólver y examinaba la penumbra del teatro vacío, las cortinas rojas entornadas. Biralbo nunca se atrevió a preguntarle cuánto le había pagado Lucrecia ni qué deuda estaba saldando al protegerlo a él. «En el exilio, los españoles debemos ayudarnos unos a otros», decía Maraña, «mira el pueblo judío...».

Pero la tarde del concierto Biralbo no esperó a oír el claxon de su coche ni el ruido de catástrofe con que rodaba sobre los adoquines y se detenía en la puerta de la casa, junto a la ventana donde se acodaban a veces las muchachas chinas. Se levantó de la cama como un enfermo impulsado por la obligación del coraje, bebió un trago de aguardiente, se miró en el espejo, las pupilas excesivamente dilatadas y la barba de ocho días le daban un aire de mala vida y noches sin dormir, guardó el pasaporte como quien esconde un arma, se puso las gafas oscuras y bajó por una escalera muy estrecha que tenía los peldaños forrados de hule sucio y terminaba en el callejón. Una de las muchachas le dijo adiós desde la ventana. Oyó a su espalda breves risas agudas y no quiso volverse. De una taberna próxima salía un humo denso de olores de grasa y de resina y de comidas asiáticas. Tras los cristales de las gafas el mundo tenía una opacidad de anochecer o de eclipse. Al descender camino de la ciudad baja sentía la misma ligereza casi involuntaria que cuando perdía el miedo a la música, hacia la mitad de un concierto, en ese instante en que sus manos dejaban de sudar y obedecían a un instinto de velocidad y de orgullo tan ajeno a la conciencia como los latidos de su corazón. Al doblar una calle vio la ciudad entera y la bahía, los lejanos buques y las grúas del puerto, el puente rojo y borrado sobre las aguas por una bruma de ópalo. Sólo el instinto de la música lo guiaba y le impedía perderse, llevándolo a reconocer lugares que había visto cuando buscaba a Lucrecia, empujándolo por pasadizos húmedos y callejones tapiados hacia las vastas plazas de Lisboa y las columnas con estatuas, hacia aquel teatro un poco sórdido donde resplandecieron las luces y sombras sincopadas de las primeras películas al final de otro siglo del que sólo en Lisboa era posible descubrir señales: me dijo que el lugar del concierto tenía sobre la fachada un rótulo con alegorías y ninfas y letras sinuosas que trazaban una extraña palabra, *Animatógrafo*, y que antes de llegar a las calles rectas e iguales de la ciudad baja empezó a ver los carteles donde su nuevo nombre estaba escrito bajo el de Billy Swann con grandes caracteres rojos, *Giacomo Dolphin, piano.*

Vio sobre las colinas las encabalgadas casas amarillas, la frialdad de la luz de diciembre, la escalinata y la delgada torre de metal y el ascensor que una noche lejana lo había salvado transitoriamente de la persecución de Malcolm, vio los portales oscuros de los almacenes y las ventanas ya iluminadas de las oficinas, la multitud rumorosa e inmóvil y congregada al anochecer bajo los luminosos azules como esperando o presenciando algo, tal vez la invisibilidad o el secreto destino de ese hombre de gafas oscuras y ademanes furtivos que ya no se llamaba Santiago Biralbo, que había nacido de la nada en Lisboa.

Llegó al teatro y ya había gente en torno a la taquilla, me dijo que en Lisboa siempre hay gente en todas partes, hasta en los urinarios públicos y en las puertas de los cines indecentes, en los lugares más duramente condenados a la soledad, en las esquinas próximas a las estaciones, siempre hombres solos, vestidos de oscuro, hombres solos y mal afeitados, como recién salidos de un expreso nocturno, blancos de piel cobriza y de mirada oblicua, silenciosos negros o asiáticos que sobrellevan con infinita melancolía y destierro el porvenir que los trajo a esa ciudad del otro lado del mundo. Pero allí, a la puerta de aquel cine o teatro que se llamaba animatógrafo, vio las mismas caras pálidas que ya había conocido en el norte de Europa, los mismos gestos de culta paciencia y de astucia, y pensó que ni él ni Billy Swann habían tocado nunca para aquella gente, que se trataba de un error, porque a pesar de que estuvieran allí y hubieran comprado dócilmente sus entradas la música que iban a escuchar nunca podría conmoverlos.

Pero eso era algo que siempre había sabido Billy Swann, y que tal vez no le importaba, porque cuando salía a tocar era como si estuviera solo, defendido y aislado por los focos que sumían al público en la oscuridad y señalaban una frontera irrevocable en el límite del escenario. Billy Swann estaba en el camerino, indiferente a las luces del espejo y a la sucia humedad de las paredes, con un cigarrillo en los labios, con la trompeta sobre las rodillas, con una botella de zumo al alcance de la mano, ajeno y solo, dócil, como en la antesala de un médico. Parecía que ya no reconociera ni a Biralbo ni a nadie, ni siquiera a Óscar, que le traía dudosas cápsulas medicinales y vasos de agua y procuraba que nunca se rompiera en torno a él un círculo de soledad y silencio.

—Billy —dijo Biralbo—. Estoy aquí.

—Yo no. —Billy Swann se llevó el cigarrillo a los labios, de una manera extraña, con la mano rígida, como quien finge que fuma. Su voz era más lenta y oscura y más indescifrable que nunca—. ¿Qué ves con esas gafas?

—Casi nada. —Biralbo se las quitó. La luz de la bombilla desnuda le hirió los ojos y el camerino se hizo más pequeño—. Ese tipo me dijo que las llevara siempre.

—Yo lo veo todo en blanco y negro. —Billy Swann le hablaba a la pared—. Gris y gris. Más oscuro y más claro. No como en las películas. Como ven las cosas los insectos. Leí un libro sobre eso. No ven los colores. Cuando era joven yo sí los veía. Cuando fumaba hierba veía una luz verde alrededor de las cosas. Con el whisky era de otro modo: más amarillo y más rojo, más azul, como cuando se encienden esos focos.

—Les he dicho que no te los dirijan a la cara —dijo Óscar.

—¿Vendrá ella esta noche? —Billy Swann se volvió con lentitud y fatiga hacia Biralbo, igual que hablaba: en cada palabra que decía estaba contenida una historia.

—Se ha ido —dijo Biralbo.

—¿Adónde? —Billy Swann bebió un trago de zumo con aire de asco y de obediencia, casi de nostalgia.

—No lo sé —dijo Biralbo—. Yo quise que se fuera.

—Volverá. —Billy Swann le tendió la mano y Biralbo le ayudó a levantarse. Sintió que no pesaba.

—Las nueve —dijo Óscar—. Es hora de salir. —Muy cerca, tras el escenario, se oía el rumor de la gente. A Biralbo le daba tanto miedo como oír el mar en la oscuridad.

—Hace cuarenta años que me gano así la vida. —Billy Swann caminaba del brazo de Biralbo, asiendo la trompeta contra el pecho, como si tuviera miedo de perderla—. Pero todavía no entiendo por qué vienen a oírnos ni por qué tocamos para ellos.

—No tocamos para ellos, Billy —dijo Óscar. Estaban los cuatro, también el baterista rubio y francés, Buby, agrupados al final de un pasadizo de cortinas, las luces del escenario ya les iluminaban los rostros.

Biralbo tenía la boca seca y le sudaban las manos. Al otro lado de las cortinas escuchaba voces y silbidos dispersos. «En esos teatros es como salir al circo», me dijo una vez, «uno agradece que otro salga primero a que lo coman los leones». Salió primero Buby, el baterista, con la cabeza baja, sonriendo, moviéndose con el rápido sigilo de ciertos animales nocturnos, golpeándose rítmicamente los costados del pantalón vaquero. Un breve aplauso lo recibió: Óscar apareció tras él, gordo y oscilante, con un gesto de desprecio impasible. El contrabajo y la batería ya estaban sonando cuando Biralbo salió. Lo cegaron los focos, redondos fuegos amarillos tras los cristales de sus gafas, pero él sólo veía la listada blancura y la longitud del teclado: posar en él las dos manos fue como asirse a la única tabla de un naufragio. Con cobardía y torpeza inició una canción muy antigua, mirando sus manos tensas y blancas que se movían como huyendo. Buby hizo redoblar los tambores con una violencia de altos muros que se derrumban y luego rozó circularmente los platillos y estableció el silencio. Biralbo vio que Billy Swann pasaba junto a él y se detenía al filo del escenario levantando muy poco los pies de la tarima, como si avanzara a tientas o temiera despertar a alguien.

Alzó la trompeta y se puso la boquilla en los labios. Cerró los ojos: tenía roja y contraída la cara, todavía no comenzó a tocar. Parecía que se estuviera preparando para recibir un golpe. De espaldas a ellos les hizo una señal con la mano, como quien acaricia a un animal. A Biralbo lo estremeció una sagrada sensación de inminencia. Miró a Óscar, que tenía los ojos cerrados y estaba echado hacia delante, la mano izquierda abierta sobre el mástil del contrabajo, ávidamente esperando y sabiendo. Le pareció entonces que escuchaba el susurro de una voz imposible, que veía de nuevo el absorto paisaje de la montaña violeta y el camino y la casa oculta entre los árboles. Me dijo que aquella noche Billy Swann ni siquiera tocó para ellos, sus testigos o cómplices: tocó para sí mismo, para la oscuridad y el silencio, para las cabezas sombrías y sin rasgos que se agitaban casi inmóviles al otro lado del telón de las luces, ojos y oídos y rítmicos corazones de nadie, perfiles alineados de un sereno abismo donde únicamente Billy Swann, armado de su trompeta, ni aun de ella, porque la manejaba como si no existiera, se atrevía a asomarse. Él, Biralbo, quiso seguirlo conduciendo a los otros, avanzar hacia él, que estaba solo y muy lejos y les daba la espalda, envolviéndolo en una cálida y poderosa corriente que Billy Swann parecía por un momento acatar como si lo detuviera la fatiga y de la que luego huía como de la mentira o de la resignación, porque tal vez era mentira y cobardía lo que ellos tocaban: como un animal que sabe que quienes lo persiguen no podrán atraparlo cambiaba súbitamente la dirección de su huida o fingía que se quedaba rezagado y quieto, olfateando el aire, estableciendo con su música una línea inaudible que lo circundaba como una campana de cristal, un tiempo únicamente suyo en el interior del tiempo disciplinado por los otros.

Cuando Biralbo alzaba los ojos del piano veía su perfil rojizo y contraído y sus párpados apretados como una doble cicatriz. Ya no podían seguirlo y se dispersaban, cada uno de los tres afanosamente extraviado en su persecución, sólo Óscar pulsaba las cuerdas del contrabajo con una tenacidad ajena a cualquier ritmo, sin rendirse al silencio y a la lejanía de Billy Swann. Al cabo de unos minutos también las manos de Óscar dejaron de moverse. Entonces Billy Swann se quitó la trompeta de la boca y Biralbo pensó que habían pasado varias horas y que el concierto iba a terminarse, pero nadie aplaudió, no se oyó ni un rumor en la sobrecogida oscuridad donde la última nota aguda de la trompeta no se había extinguido aún. Billy Swann, tan cerca del micrófono que podía escucharse como una resonancia pesada su respiración, estaba cantando. Yo sé cómo cantaba, lo he escuchado en los discos, pero Biralbo me dijo que nunca podré imaginar el modo en que sonó su voz aquella noche: era un murmullo despojado de música, una lenta salmodia, una extraña oración de aspereza y dulzura, salvaje y honda y amortiguada como si para escucharla fuera preciso aplicar el oído a la tierra. Él levantó sus manos, acarició el teclado como buscando una fisura en el silencio, empezó a tocar, guiado por la voz como un ciego, aceptado por ella, imaginando de pronto que Lucrecia lo escuchaba desde la sombra y podía juzgarlo, pero ni siquiera eso le importaba, sólo la tenue hipnosis de la voz, que le mostraba al fin su destino y la serena y única justificación de su vida, la explicación de todo, de lo que no entendería nunca, la inutilidad del miedo y el derecho al orgullo, a la oscura certidumbre de algo que no era el sufrimiento ni la felicidad y que los contenía indescifrablemente, y también su antiguo amor por Lucrecia y su soledad de tres años y el mutuo reconocimiento al amanecer en la casa de los acantilados. Ahora lo veía todo bajo una impasible y exaltada luz como de mañana fría de invierno en una calle de Lisboa o de San Sebastián. Como si despertara se dio cuenta de que ya no oía la voz de Billy Swann: estaba tocando solo y Óscar y el baterista lo miraban. Junto al piano, frente a él, Billy Swann se limpiaba los cristales de las gafas, golpeando despacio el suelo con el pie y moviendo la cabeza, como si asintiera a algo que escuchaba desde muy lejos.

—¿Volvió a beber?

—Ni una gota. —Biralbo se levantó de la cama y fue a abrir el balcón: ya había un relumbre de sol en los tejados de los edificios, en las ventanas más altas de la Telefónica. Luego se volvió hacia mí mostrándome una botella vacía—. Porque no había renunciado al alcohol y a la música. Se le terminaron en Lisboa. Igual que esta botella. Por eso le daba lo mismo estar vivo que muerto.

Abrió del todo las cortinas y tiró la botella vacía a una papelera. Parecía como si a la luz de la mañana ya no nos conociéramos. Lo miré pensando que debía marcharme y sin saber qué decirle. Pero yo nunca he sabido decir adiós.

## CAPÍTULO XX

En los días siguientes hice un breve viaje a una ciudad no muy lejana de Madrid. Al volver pensé que ya era tiempo de escribirle a Floro Bloom, de quien nada sabía desde que me fui de San Sebastián. Ignoraba su dirección: decidí pedírsela a Biralbo. Llamé a su hotel y me dijeron que no estaba. Por un motivo que ahora no recuerdo tardé unos días en ir a buscarlo al Metropolitano. Volver a lugares donde estuve hace diez o veinte años no suele conmoverme, pero si voy a un bar que visité habitualmente al cabo de sólo dos semanas o un mes, siento una intolerable oquedad en el tiempo, que ha seguido pasando sobre las cosas en mi ausencia y las ha sometido sin mi conocimiento a cambios invisibles, como quien deja su casa una temporada a inquilinos desleales.

En la puerta del Metropolitano ya no estaba el cartel del *Giacomo Dolphin Trio*. Era temprano aún: un camarero a quien yo no conocía me dijo que Mónica comenzaba su turno a las ocho. No le pregunté por Biralbo y sus músicos: había recordado que ése era el día de la semana en que no iban a tocar. Pedí una cerveza y fui bebiéndola despacio en una mesa del fondo. Mónica llegó unos minutos antes de las ocho. No me vio al principio: miró hacia mí cuando le dijo algo el camarero de la barra. Venía despeinada y se había maquillado muy apresuradamente. Pero ella siempre parecía llegar a todas partes al final del último minuto. Sin quitarse el abrigo se sentó frente a mí: por su manera de mirarme supe que me preguntaría por Biralbo. En su voz no me sonaba extraño que se llamara Giacomo.

—Desapareció hace diez días. —Me dijo. Nunca habíamos hablado solos. Noté por primera vez que había tonos violeta en el color de sus ojos—. Sin decirme nada. Pero Buby y Óscar sí sabían que iba a marcharse. Se han ido ellos también.

—¿Se fue solo?

—Creí que tú lo sabrías. —Me miró fijamente y el color de sus pupilas se hizo más intenso. No se fiaba de mí.

—No me contaba sus planes.

—Parecía no tenerlos. —Mónica me sonrió de una manera rígida, como sonríe uno cuando está perdido—. Pero yo sabía que iba a marcharse. ¿Es verdad que estuvo enfermo?

Dije que sí: urdí mentiras parciales que ella fingió aceptar, inventé pormenores aproximadamente falsos, no del todo piadosos, tal vez inútiles, como los que se cuentan a un enfermo cuyo dolor no nos importa. Con recelo y desdén me preguntó al final si había otra mujer. Dije que no, procurando mirarla a los ojos, le aseguré que iba a seguir buscando, que volvería, anoté el teléfono de mi casa en una servilleta y ella lo guardó en su bolso. Al decirle adiós me di cuenta sin melancolía que no estaba viéndome.

Había empezado a lloviznar cuando salí del Metropolitano. Mirando los altos letreros luminosos quise imaginar cómo sería en ese mismo instante la noche de Lisboa: pensé que tal vez Biralbo había regresado allí. Fui caminando hacia su hotel. En la acera de enfrente, bajo los ventanales de la Telefónica, ya empezaban a congregarse las mujeres inmóviles, con cigarrillos en los labios, con cuantiosos abrigos de solapas subidas hasta la barbilla, porque venía un viento helado por las aceras oscuras. Distinguí sobre la marquesina, junto al rótulo vertical y todavía apagado, la ventana de la habitación de Biralbo: no había luz en ella. Crucé la calle y me detuve ante la entrada del hotel. Dos hombres muy parecidos entre sí, con cazadoras negras y gafas de sol y bigotes iguales, estaban hablando con el recepcionista. No di el paso que habría hecho que se abrieran las puertas automáticas del vestíbulo. El recepcionista me miró: seguía explicándoles algo a los hombres de las cazadoras negras, y su neutra mirada se apartó de mí, estudió con indiferencia las puertas de cristal, volvió a ellos. Les estaba mostrando el libro de registro, y al pasar cada página miraba de soslayo la placa que uno de los hombres había dejado abierta sobre el mostrador. Entré en el vestíbulo e hice como si consultara el cartel donde venían señalados los precios de las habitaciones. De espaldas, los dos hombres eran exactamente iguales: en medio de ellos la mirada del recepcionista volvió a posarse en mí, pero nadie más que yo habría podido advertirlo. Oí que uno de ellos decía, mientras guardaba la placa en un bolsillo posterior del pantalón vaquero, sobre el que brillaba el filo de unas esposas: «Avísenos si vuelve a aparecer ese hombre.»

El recepcionista cerró de un golpe las anchas páginas del libro. Los dos hombres de las cazadoras hicieron al mismo tiempo un excesivo ademán de estrecharle la mano. Luego salieron a la calle: el automóvil estacionado oblicuamente en la acera del hotel se puso en marcha antes de que ellos subieran. Yo estaba fumando y hacía como que esperaba un ascensor. El recepcionista me llamó por mi nombre, señalando hacia la puerta con un gesto de alivio: «Por fin se han ido», dijo, entregándome una llave que no tomó del casillero. Trescientos siete. Como disculpándose por una torpeza que nunca debió cometer me explicó que Toussaints Morton —«ese hombre de color»— y la mujer rubia que lo acompañaba habían registrado la habitación del señor Dolphin, y que cuando él llamó a la policía ya era demasiado tarde: pudieron escapar por la salida de incendios.

—Si llegan a subir diez minutos antes lo habrían encontrado —dijo—. Debieron cruzarse en los ascensores.

—¿Pero el señor Dolphin no se había marchado?

—No vino en toda la semana. —El recepcionista encontraba un cierto orgullo en manifestarme su complicidad con Biralbo—. Pero yo le guardé la habitación, ni siquiera se llevó su equipaje. Volvió esta tarde. Tenía mucha prisa. Me dijo antes de subir que le pidiera un taxi.

—¿No sabe adónde iba?

—No muy lejos. Sólo se llevó una bolsa de mano. Me encargó que si usted venía le diera la llave de su habitación.

—¿Le dijo algo más?

—Usted conoce al señor Dolphin. —El recepcionista sonrió, ligeramente erguido—. No es hombre de muchas palabras.

Subí a la habitación: que el recepcionista me hubiera entregado la llave era una señal de cortesía, porque la cerradura estaba rota. La cama estaba deshecha y los cajones del armario volcados en el suelo. Había en el aire un perfume como de leña húmeda quemada, un olor delicado y preciso que instantáneamente me hizo volver a la noche de San Sebastián en que vi a Daphne. Sobre la moqueta, entre las ropas y los papeles, la colilla de un cigarro aplastado había ardido dejando en torno suyo un círculo oscuro como una mancha. Encontré una foto en blanco y negro de Lucrecia, un libro en inglés que hablaba de Billy Swann, antiguas partituras con los bordes gastados, novelas baratas de misterio, una botella intacta de bourbon.

Abrí el balcón. La llovizna y el frío me golpearon bruscamente la cara. Cerré los postigos y las cortinas y encendí un cigarrillo. En la repisa del cuarto de baño encontré un vaso de plástico, tan opaco que parecía sucio. Procuré olvidar que tenía esa sordidez de los vasos donde se sumergen dentaduras postizas y lo llené de bourbon. Obedeciendo a una antigua superstición volvía a llenarlo antes de que estuviera vacío. Oía amortiguadamente el ruido de los automóviles, del ascensor, que a veces se detenía muy cerca, pasos y voces en los corredores del hotel. Bebí sin prisa, sin convicción, sin propósito, igual que se mira una calle de una ciudad desconocida. Sentado en la cama, sostenía el vaso entre las rodillas. El rojo bourbon relumbraba en la botella a la luz de la mesa de noche. Había bebido la mitad cuando sonaron unos cautelosos golpes en la puerta. No me moví: si alguien entraba me vería de espaldas, yo no iba a volverme. Llamaron otra vez: tres golpes, como una vaga contraseña. Entorpecido por el bourbon y la inmovilidad me levanté y fui a abrir sin darme cuenta de que llevaba la botella en la mano. Eso fue lo primero que Lucrecia miró al entrar, no mi cara, que tal vez no reconoció sino un poco más tarde, cuando dijo mi nombre.

El alcohol atenuaba la sorpresa de verla. Ya no era como yo la había conocido, ni siquiera como la imaginé tras las palabras de Biralbo. Tenía el aire de ávida soledad y de urgencia de quien acaba de bajarse de un tren. Llevaba una gabardina blanca y abierta y con los hombros mojados y traía con ella el frío y la humedad de la calle. Miró antes de entrar la habitación vacía, el desorden, la botella que yo sostenía en la mano. Le dije que pasara. Con un absurdo deseo de hospitalidad levanté un poco la botella y le ofrecí una copa. Pero no había donde sentarse. Parada en medio de la habitación, frente a mí, sin sacar las manos de los bolsillos de la gabardina, me preguntó por Biralbo. Como disculpándome a mí mismo por su ausencia le dije que se había marchado, que yo estaba allí para recoger sus cosas. Asintió, mirando los cajones abiertos, la turbia luz de la mesa de noche. Iluminada por ella, por el fervor vacío del bourbon, la cara de Lucrecia tenía esa cualidad de perfección y distancia que tienen las mujeres en los anuncios de las revistas de lujo. Parecía más alta y más sola que las mujeres de la realidad y no miraba como ellas.

—Tú también debes irte —le dije—. Toussaints Morton ha estado aquí.

—¿No sabes dónde ha ido Santiago?

Me pareció que ese nombre no aludía a Biralbo: nunca había oído a nadie que lo llamara así, ni siquiera a Floro Bloom.

—También se han ido sus músicos —dije. Sentí que una sola palabra bastaría para retener un instante a Lucrecia y que yo la ignoraba: era como estar moviendo en silencio los labios frente a ella. Sin decir nada más se dio la vuelta y yo oí el roce de su gabardina contra el aire, y luego el ruido lento del ascensor.

Cerré la puerta y volví a llenar el vaso de bourbon. Tras los cristales del balcón la vi aparecer en la acera, de espaldas, un poco inclinada, con la gabardina blanca extendida por el viento frío de diciembre, reluciente de lluvia bajo las luces azules del hotel. Reconocí su manera de andar mientras cruzaba la calle, ya convertida en una lejana mancha blanca entre la multitud, perdida en ella, invisible, súbitamente borrada tras los paraguas abiertos y los automóviles, como si nunca hubiera existido.